D1769723

DISCARD

FCPL discards materials
that are outdated and in poor condition,
in order to make room for current,
in-demand materials. Underused materials
are offered for public sale

Ángulo muerto

Voz y Tiempo — edaf

JORDI JUAN

Ángulo muerto

www.edaf.net

MADRID - MÉXICO - BUENOS AIRES - SAN JUAN - SANTIAGO

2015

Esta novela recibió el XIX Premio de Novela Negra
Ciudad de Getafe 2015 del Ayuntamiento de Getafe.
El Jurado de esta convocatoria estuvo presidido
por Lorenzo Silva; sus vocales fueron
Ramón Pernas, Berna González Harbour,
Marcelo Luján y Esperanza Moreno;
y la secretaria fue Ángeles González.

© 2015. De esta edición, Editorial EDAF, S.L.U.
© 2015. Jordi Juan Martínez
Diseño de la cubierta: Gerardo Domínguez
Maquetación y diseño de interior: Diseño y Control Gráfico, S. L.

Editorial Edaf, S.L.U.
Jorge Juan, 68,
28009 Madrid, España
Teléf.: (34) 91 435 82 60
www.edaf.net
edaf@edaf.net

Ediciones Algaba, S.A. de C.V.
Calle 21, Poniente 3323 - Entre la 33 sur y la 35 sur
Colonia Belisario Domínguez
Puebla 72180 México
Telf.: 52 22 22 11 13 87
jaime.breton@edaf.com.mx

Edaf del Plata, S.A.
Chile, 2222
1227 Buenos Aires (Argentina)
edaf4@speedy.com.ar

Edaf Antillas/Forsa
Local 30, A-2
Zona Portuaria Puerto Nuevo
San Juan PR00920
(787) 707-1792
carlos@forsapr.com

Edaf Chile, S.A.
Coyancura, 2270, oficina 914, Providencia
Santiago - Chile
comercialedafchile@edafchile.cl

Queda prohibida, salvo excepción prevista en la ley, cualquier forma de reproducción, distribución, comunicación pública y transformación de esta obra sin contar con la autorización de los titulares de la propiedad intelectual. La infracción de los derechos mencionados puede ser constitutiva de delito contra la propiedad intelectual (art. 270 y siguientes del Código Penal). El Centro Español de Derechos Reprográficos (CEDRO) vela por el respeto de los citados derechos.

Octubre de 2015

ISBN: 978-84-414-3584-1
Depósito legal: M-29436-2015

PRINTED IN SPAIN   IMPRESO EN ESPAÑA
COFÁS

A Emilio Martínez Huerta
In memoriam

Índice

I.	CORPUS DELICTI	13
II.	EL HECHO EN SÍ (Cinco meses antes)	16
III.	IN DUBIO PRO REO	44
IV.	EL HECHO EN SÍ (Tres meses antes)	49
V.	DENUNTIATIO	82
VI.	EL HECHO EN SÍ (Un mes antes)	85
VII.	CUSTODIA	117
VIII.	EL DÍA DE AUTOS	122
IX.	EL CEBO	165
X.	EL HECHO EN SÍ (Día 29)	169
XI.	LA BOCA DE LA LOBA	204
XII.	EL HECHO EN SÍ (Día 37)	207
XIII.	ANOMIA	252
XIV.	EL HECHO EN SÍ (Días 38 y 41)	256
XV.	ANOXIA	291

I.
Corpus delicti

El cuerpo de Ava tiene la forma de un signo de interrogación tumbado boca abajo. Desnudo y aterido, se humilla con la cabeza gacha ante una deidad perversa, implora clemencia en vano. Parece una estatua de sal, tallada por un demente, sobre la que hubieran derramado un pozal de sangre y mierda. El cuerpo de Ava es una ofrenda en el altar del espanto.

Bosco no puede dejar de pensar en el cuerpo de Ava cuando gira la llave en la cerradura y entra en la casa. Proveniente del fondo del pasillo, escucha el rumor quedo de la música clásica. Se quita el abrigo, la bufanda y la americana, los deja apoyados en el sofá del salón. Luego se descalza y se saca los calcetines de naylon. Avanza cauteloso sobre la punta de los pies hasta alcanzar la alcoba. La puerta se encuentra entornada, un aura de luz difusa y rosácea lame su marco. Bosco nota un brusco escozor en la curva del paladar, ese vértigo que precede siempre a sus encuentros. Siente también la urgencia del sexo enhiesto contra su muslo mientras reduce el espacio que los separa.

Le había anunciado su visita por correo electrónico esa mañana y confiaba en que hubiera seguido sus instrucciones precisas de ambientación. El sonido de la música es ahora más perceptible y anticipa el cumplimiento de sus órdenes: las luces de la alcoba apagadas salvo el neón, una cantata de Bach en el equipo, la vela humeando sándalo sobre el tocador; su cuerpo maniatado y en escorzo, listo para su asalto.

Bosco empuja la puerta. Advierte con un escalofrío su presencia inmóvil sobre la cama. La postura solicitada y, sin embargo, artificiosa de su cuerpo. De rodillas a mitad de lecho. Las nalgas apoyadas sobre los tobillos atados a las patas de la cama. La ondulación felina de su espalda. Las manos suspensas en el aire y amarradas al cabezal. Aquellos brazos tensos en la penumbra que ocultaban el abandono final de su rostro. Se aproxima con la respiración contenida y pulsa la llave de la luz. Verifica al pronto lo que su cerebro le ha advertido con un relámpago de pánico apenas un segundo antes, cuando la planta de su pie rebañó un líquido viscoso.

Ava tiene la parte posterior de la cabeza destrozada. Su cuerpo flota sobre un charco que ha empapado la sábana bajera y el colchón. A Bosco se le acelera el pulso a medida que advierte la nuca y el occipucio reventados, los sesos desparramados sobre la almohada y el dosel, el pringue de los restos fecales, las salpicaduras alrededor del lecho. Tiene que ser un error. Un montaje. Una alucinación. Pero no. El olor a sangre y mierda es aun más poderoso que el del sándalo.

Apaga la luz de un manotazo. El cuerpo permanece allí, nimbado por el resplandor del neón. El cerebro de Bosco vira y revira en un tiovivo infernal. Quiere gritar, pero el turbión de aire se le solidifica en la garganta y luego en los pulmones. Se ahoga. Trata de abandonar el cuarto a la carrera, pero las piernas le fallan y cae de rodillas junto a la puerta.

Se arrastra por el parqué hasta salir de allí. Se retrepa sobre sí mismo. Sentado en el pasillo con la cabeza entre los brazos, boquea su angustia. Muerta. Ava muerta. Piensa que él también va a morir en ese instante. Echa mano en su bolsillo a la corona del rosario. Hace pasar las cuentas entre sus dedos. Se persigna y ora.

Un acto de contrición, un padrenuestro y tres avemarías más tarde se ha quitado el pantalón y la camisa, y limpiado con ella la mancha del suelo y la sangre de su pie desnudo. Como un espantajo de guiñol, camina luego entre espasmos hasta el baño del pasillo y vomita en el váter. Se desembaraza de los calzoncillos y penetra tras la mampara. Se ducha con agua templada por cinco minutos. No deja de rezar en ningún momento.

Sale de la ducha, seca su cuerpo con una toalla y toma del cuarto contiguo una muda de ropa interior limpia, un suéter y un pantalón. Recupera en el salón el resto de sus prendas y se viste como un autómata. Busca luego en la cocina una bolsa de plástico e introduce allí sus ropas manchadas y la toalla húmeda. Se pone el abrigo, envuelve su rostro con la bufanda antes de salir. Baja por las escaleras, abandona furtivo la finca. Camina con el rostro embozado por la calle, sin mirar atrás, la bolsa oculta bajo el abrigo. Cuando se ha alejado casi un kilómetro, acierta a sacar el teléfono del bolsillo y marca un número.

—¿Bosco? ¿Qué te cuentas, amiguete? —su interlocutor deja pasar unos segundos en los que solo escucha un bronco jadeo—. ¿Oye? ¿Estás ahí?

—Estoy en un lío horrible. Necesito tu ayuda.

—Tranquilízate. Dime qué te ocurre.

—Es Ava. Está… Está muerta.

—Chist, ni una palabra más por teléfono. ¿Dónde te encuentras?

—Cerca del apartamento, en un plaza con un parque infantil. Llevo conmigo ropa manchada de sangre. No sé que hacer con ella, tío.

—Ni una palabra más —reitera el otro—. Busca el nombre de la vía en la que estés.

Camina entre sombras por el solitario parque hasta distinguir en una esquina el rótulo de la plaza y se lo dicta. Uncio le promete que en diez minutos estará allí.

Corta la comunicación y se recuesta en un banco de los que rodean la zona de juegos. Procura no pensar, pero las imágenes del cuerpo roto de Ava acuden en espiral a su cerebro. Se levanta, intenta desentumecer sus miembros y su mente cuando, a lo lejos, ve un vehículo de recogida de basuras enfilar la plaza. Sin pensárselo dos veces, atraviesa el parque, arroja la bolsa de plástico en un contenedor y vuelve sobre sus pasos. Agazapado tras un tobogán, observa desde la distancia cómo los operarios vuelcan con estruendo la hilera de contenedores en el interior del vehículo y prosiguen su ronda.

Aguarda un minuto, camina hasta el recipiente y certifica que está vacío. Se dispone a regresar al parque cuando un auto le lanza un par de ráfagas luminosas desde la esquina más próxima. A Bosco le da un vuelco el corazón. Encogido de tripas, repara al cabo en que se trata de Uncio.

II.
El hecho en sí
(Cinco meses antes)

Bocas. Abiertas. Una tras otra. Frente a mis ojos. Todos los días de mi vida laboral. Labios agrietados. Lenguas sarrosas. Encías sangrantes. Incisivos movedizos. Colmillos laminados. Muelas tupidas por la caries. Bocas entregadas al amor o a la ingesta. Bocas que succionan y degluten. Bocas que acusan o ríen. Bocas que en un estadio anterior de la evolución servían como utensilios para la defensa y el ataque: lanzaban feroces dentelladas, se hincaban en orejas, narices o gargantas, arrancaban órganos, despedazaban extremidades. Bocas que aún eran más bien fauces y devoraban corazones y otras vísceras humanas, crudas o asadas al fuego primigenio de la cueva.

—Muerda usted el molde, don Ignacio. Así, sin miedo.

—Gggñññjjj.

Bocas que, ya pasados los siglos, domesticadas en apariencia, hablan y no cesan en su parloteo inane. Bocas que se tuercen en llanto o se desorbitan en alaridos de pánico. Bocas que rechinan y supuran y besan. Bocas que murmuran, bostezan o calumnian. Bocas que vindican, sentencian y cantan arias. Bocas que exhalan aire o humo, esputan, roncan, regüeldan, regurgitan y babean y se crispan ante la llegada de la muerte. Bocas que, tarde o temprano, enferman. Bocas dañadas que revelan los secretos de sus dueños. Y yo viéndolas todas, una a una, tras mi máscara.

—Esto ya está listo. Enjuáguese, ande.

—Glu, glu. Burps, burps. Arf.

Mientras el abuelo bebe del surtidor y escupe en la pila, miro los objetos que me rodean. Aquellos que me auxilian en el examen pormenorizado de estas bocas. El espejo de aumento, los retractores y sondas, las pinzas, los cinceles y los picos, la cánula de aspiración y la jeringa hipodérmica con el líquido anestésico. El butacón reclinable de cinco posturas. El foco articulado de doscientos voltios. Escucho el sonido sibilante del taladro en el gabinete vecino. Anticipo la impepinable expresión de pánico en los pacientes que me restan por examinar esta mañana de sábado ante el simple anuncio de una extracción o una periodoncia o una desvitalización nerviosa. ¿De qué tienes miedo, pajarita? ¿Por qué sudas, panoli? Nada de esto pasaría si no fueras un macaco glotón, y tú una puerca tragaldabas. Higiene bucodental se llama. Pasarse el cepillito tres veces al día. Darle a la seda y hacer gárgaras con un colutorio. Así de sencillo. Pero no hay caso.

La gente deja que se le pudra la boca sin la menor oposición. Mastican y remastican, tragan y engullen y trasiegan sin dárseles una higa las consecuencias. Para eso estamos los de mi gremio. Para enriquecernos a costa de su inmundicia, su indolencia, su avidez sin límites. Para poner remedio a la podredumbre y la erosión, a ese deterioro que no cubre la sanidad pública. La boca es un orificio excluido del Estado del bienestar. Una excepción venturosa. Un verso suelto en el presunto derecho universal a la salud. Una mina de oro. Un negocio lucrativo como todo aquel que cuenta con clientela cautiva. Igual que las funerarias. O las farmacéuticas, la usura o la trata de blancas. No somos los únicos beneficiarios de la pequeñez humana, tampoco los más truculentos.

Tiernos infantes de incisivos y caninos oblicuos, torvos adolescentes con el paladar estragado por la droga, mujeres u hombres maduros de molares raídos, septuagenarios desdentados como don Ignacio. Todos acuden corriendo a mi consulta o a la de cualquiera de mis colegas al menor signo de molestia. Con el gesto contrito y la billetera abierta. Dispuestos a lo que sea para que les calmen el dolor, les saquen la pieza infectada, les cubran los feos orificios con postizos de la más diversa calidad y coste.

—¿Cómo dices?

—Pues verá usted, don Ignacio, que en vista del mal estado de su dentadura, tenemos dos opciones. O una nueva faena de aliño, o entrar a matar hasta la gola, como los grandes.

—¿A matar?

La frente del abuelo se frunce, transpira, sus cejas se enarcan en dos finos vectores.

—Vamos, que quizá habría que ir dejándose de parches y plantearse la extracción de las piezas restantes y el implante como solución definitiva para sus problemas.

—¿Una dentadura postiza?

—No. Los postizos se han quedado anticuados. Son sucios y solo dan disgustos. Pensaba en una intervención integral para sustituir por fases su dentadura entera con implantes. En la actualidad disponemos de piezas hechas de porcelana, zirconio y titanio.

—Pero eso costará un ojo de la cara.

—Marisa le informa de los precios y usted decide. Ya sabe que ofrecemos financiación en cómodos plazos. Y recuerde que lo barato sale caro.

—Recuerda tú que soy un buen amigo de tu suegro. Un descuento sería muy de agradecer.

—No se preocupe por eso, don Ignacio. Usted es un cliente de toda la vida y nos adaptaremos a su presupuesto sin problemas. Lo importante es que pueda usted masticar a su gusto. Morcillas, torreznos, chuletitas de lechal. Ya me entiende.

—Arf. Y tanto que te entiendo.

El abuelo suspira, bambolea el cráneo, la nostalgia de la vianda vetada y el hartazgo de la dieta blanda invaden su expresión facial y sus facultades volitivas. Más de una vez he pensado en instalar un humidificador de aromas culinarios para estos casos. Pero la simple mención de los alimentos prohibidos dispara las imágenes, los olores y los sabores en el hipotálamo y suele ser más que suficiente, lo es en el presente caso.

—¿Chuletitas de lechal, dices? ¿Podría?

—Y un chuletón de buey si se tercia.

—Ay, buey.

Don Ignacio respira hondo, pone los ojos en blanco, puedo escuchar cómo sus glándulas salivares toman la decisión sin titubeos. Marisa entra en ese instante y se lleva al abuelo entre zalamas camino del despacho y luego de la salida y, más tarde, del colapso arterial a consecuencia de una dieta carnívora rica en grasas que le conducirá con alta probabilidad a la tumba un par de años antes de lo previsto. Pero de buen grado, eso sí.

Rocío hace pasar a la siguiente visita. Un niño de ocho años feo como un piojo alevín acompañado por su madre, una mujer cuarentona e injertada de silicona, fea como una liendre adulta; si bien cargada de oro en orejas, cuello y muñecas. Me basta un primer vistazo a la madre para poner mi mente en la onda *brackets* transparentes.

—Buenos días, doctor Vidal.
—Hola, ¿cómo estás?
—Yo bien, pero este crío tiene unos dientes que dan grima.
—Ya será menos, mujer. Siéntate, vamos, ponte cómodo. Sin miedo. Abre la boca, chavalín.

Llevaba unos minutos despierta, pero se resistía a abandonar la cama. Dejó que la luz tamizada por la persiana impregnara la alcoba mientras se arrebujaba y frotaba sus pies uno contra el otro, lamía sus encías con la punta de la lengua, venteaba el remoto aroma del café que ascendía por el patio interior junto a los sonidos cotidianos de la vida desperezándose en las viviendas vecinas.

Sintió con plenitud el calor y la pereza, el sueño residual y la expectativa del nuevo día, el ahínco y la esperanza colándose de rondón, infiltrándose en su conciencia. La alegría de estar viva, de saberse viva, de seguir viva. Esa sensación lo poseyó todo. El milagro de despertar y, tras la clausura progresiva del sueño inducido por los hipnóticos, nada más despegar los párpados, comprobar que el mundo permanecía aún allí, le era restituido en su entereza sensorial: la vista, el tacto, el gusto, el olfato, el oído. Y, de fondo, la promesa que representaba al cabo de unas pocas horas el asombro pintado en el rostro de Raquel.

Turutut-turutut, se incorporó en la cama y pulsó la pantalla del móvil para que el sonido punzante de su alarma dejara de atronar desde el velador. Echó a un lado la sábana y las plantas de sus pies experimentaron como una bendición la frialdad del suelo. Al enderezarse, sin embargo, el crujido de su columna vertebral y el pinzamiento muscular que le acompañó sirvieron como recordatorio de lo fugaces que resultaban a menudo sus sensaciones de bienestar. El dolor podía regresar de improviso, en cualquier momento. Pero eso sucedería o no, tarde o temprano o nunca, y ceder al pánico de su inminencia era el peor de los errores que podía consentirse.

Tras la ducha y el paso por el vestidor, acudió a la cocina y se preparó un desayuno a base de zumo de pomelo, tostadas con tomate refregado, yogur y una rodaja de melón, y lo devoró con apetito. Repasó con mecánica indiferencia los titulares de la prensa del día en el portátil. El café corto y sin azúcar acabó por poner en marcha sus neuronas. Sus células grises, como las denominaban los escritores policíacos decimonónicos en aquellas viejas novelas que tanto tuvieron que ver con su elección de carrera profesional. Sí, sus células grises se habían activado y los detalles de los sumarios más urgentes ya estaban ocupando su cerebro y rellenando a toda prisa la agenda de actuaciones que le aguardaban en el juzgado, al margen de las imprevisibles en una jornada de guardia.

Mientras el taxi la conducía hasta la Ciudad de la Justicia, el teléfono vibró con el nombre de su secretario troquelado en la pantalla.

—Buenos días, Morales.

—Solo regulares, señoría. Nos acaban de avisar de un levantamiento.

—La primera en la frente —suspiró—. Cuéntame.

—Un tipo ha aparecido cosido a puñaladas en un ático. Los de homicidios están allí desde hace un rato.

—¿Quién lleva el atestado?

—Coco.

—Caray, qué suerte la mía.

—Los de la UDCI preguntan si procesan el escenario o esperan a la diligencia.

—Acabo de subirme a un taxi. Dame la dirección. Pilla a un forense y un agente con coche y nos vemos allí.

Cortó la llamada, ordenó el nuevo destino al chófer y trató de encajar la diligencia en la agenda sin que se le descolocara la mañana. Para que todo quedara provisionalmente en su sitio, hubiera debido renunciar a su cita a comer, pero se negó a hacerlo. No hoy, no ahora que tenía algo que ofrecerle. Una buena oferta con que paliar las desdichas que había tenido que vivir Raquel ese último año. La tarde anterior habló con Maqueda y le hizo prometer un periodo a prueba en su empresa. El viejo le debía favores y ella una oportunidad a la mejor de sus alumnas en el grado de criminología. Cerró el portátil y sus ojos se extraviaron en el tráfico intermitente de la primera hora del sábado, más arriba en las arcadas del puente que atravesaba el auto y, rebasando el blanco hormigón y el tenso acero que lo sustentaba, en el cielo zarco y sin nubes, en la luz porosa de aquella ciudad de clima privilegiado.

Aguardó la llegada de Morales, el médico forense y el agente judicial de turno paseando frente al domicilio del levantamiento. Se trataba de una finca nueva enclavada en uno de los barrios periféricos de la ciudad, casi lindante con un municipio vecino. Marian pensó que, de situarse el edificio apenas quinientos metros más al oeste, la competencia hubiera sido de otro juzgado. Parecía estadísticamente imposible que, del medio centenar de muertes violentas que solían producirse cada año en el área metropolitana, una sexta parte le tocara siempre a ella como titular de uno entre los veinte juzgados de instrucción; pero sucedía. Los asesinatos, los homicidios y las reyertas se adecuaban a sus horarios de guardia y al reparto del Decanato con sospechoso denuedo, parecían perseguirla. No le importaba mientras los sumarios pudieran resolverse con un culpable inequívoco. La perspectiva de un crimen impune le resultaba aborrecible. Aunque no menos que la de un error judicial, una condena en falso.

El escenario del presente crimen era el ático de aquella finca, situado en un séptimo piso. Cuatro efectivos de la unidad de homicidios y otros tres de la científica pululaban por allí cuando llegaron. Los policías estaban ocupados examinando dos ordenadores, uno fijo y otro portátil, además de un teléfono móvil. Un hombre enjuto y moreno, con un poblado mostacho sobre una sonrisa correosa, se apartó del grupo para saludarla.

—Juez Linares.

—Inspector Cocoví.

—La víctima está en el dormitorio. Lo han puesto a gusto al pobre.

—¿Identidad?

—Manuel Simarro. Nacido en Almansa hace cincuenta y cinco años. Maestro de obras, casado y padre de tres hijos.

—¿Quién dio el aviso?

—El capataz de la obra en la que trabajaban ambos. Se extrañó al no contestarle a sus llamadas y quedó a primera hora con una chica de la limpieza que tenía llaves de la casa.

—¿Casado y padre pero vivía solo?

—Parece que la promotora le alquilaba el ático mientras trabajaba en la ciudad. El tipo vivía en Albacete. Un jefe de obras pistonudo si hay que creer al capataz. Y una bellísima persona, claro está.

—¿Han hablado con la familia?

—Hace un rato. Le esperaban hoy para comer. La mujer se ha quedado de plástico. Pero más va a flipar cuando se entere de a qué se dedicaba el maridito por internet en sus ratos libres.

—¿Pornografía infantil? —inquirió brusca.

—Adulta. Chats de ligoteo e intercambio. Y en cuanto al móvil...

—Luego me cuenta. Vamos a practicar la diligencia.

—Todo suyo. La segunda puerta a la derecha.

El cadáver se hallaba en el suelo junto a la cama de un dormitorio matrimonial, despatarrado en decúbito prono sobre no menos de un litro y medio de sangre. Una toalla anudada a la cintura por todo atuendo, los brazos exangües y estirados a ambos costados del cuerpo como en demanda de auxilio o en expresión de perplejidad. Presentaba un total de siete heridas punzantes en la espalda pero la cantidad de sangre acumulada bajo su cuerpo hacía pensar en otras tantas en la parte frontal, como verificó el forense de guardia.

Dictó la diligencia a Morales mientras observaba el escueto entorno de la víctima: la cama limpia y bien tendida, un suplemento dominical abierto sobre el velador, junto a uno de esos antifaces para dormir que te regalan en los vuelos transoceánicos, una banqueta para hacer abdominales contra la pared, un cesto de mimbre con ropa sucia en una esquina. Un hombre aseado el muerto.

Dejaron paso a los efectivos de la científica y abandonaron el edificio tras despachar otra vez con Cocoví. El furgón del Instituto de Medicina Legal estaba aparcado frente a la puerta cuando salieron. Las cámaras de los medios aún no habían llegado pero un veterano reportero de un rotativo rondaba ya por allí al acecho departiendo con los vecinos. El plumilla la reconoció, le dedicó una ceja alzada y tuvo el buen criterio de abstenerse de abordarla en su camino hasta el coche. Siempre se había negado por sistema a hablar con la prensa.

En el juzgado dedicó su atención a los sumarios pendientes durante las horas que le separaban del mediodía. Su trabajo se vio interrumpido por tres denuncias presenciales: un altercado callejero, un descuidero reincidente en unos grandes almacenes, y un acoso vecinal. Delegó las declaraciones en sus subalternos y regresó a lo suyo. Aún hubo de firmar una orden de registro solicitada por Cocoví para el domicilio de una sospechosa. Le costaba asimilar que una mujer fuera la responsable de la atrocidad del ático; pero si algo no se podía negar de aquel machirulo de Coco era su eficacia.

A las dos en punto dejó sus papeles empantanados sobre la mesa, abandonó el complejo y tomó un nuevo taxi en dirección a un restorán del centro. Ya estaba allí, instalada en un reservado, cuando la pelirroja cruzó la puerta del local y la buscó entre los clientes. Se limitó a admirarla con embeleso hasta que ella reparó en su presencia. Raquel lucía su belleza y su encanto de costumbre, pero también la expresión ofuscada por algún nuevo mal desconocido. Para conjurarlo, Marian elaboró sin esfuerzo una sonrisa, saludó su aparición con un abrazo, dos besos lentos y pegados a la comisura de sus labios.

Recostado en el interior del todoterreno, con la música a bajo volumen, Bosco aguarda el final del partido de fútbol semanal de su hijo menor. Debería estar fuera, a pie de campo, dándole ánimos con su presencia cercana tal y como suele hacer casi siempre. Pero lo cierto es que le hastía la conversación monda y previsible del resto de padres futboleros y, peor aún, le repelen los bramidos de ánimo o contrariedad que profieren a cada instante. Así que hoy ha resuelto esperar en el aparcamiento y dedicar ese lapso a cuestiones de mayor provecho.

Acaba de realizar su examen de conciencia y su oración diaria de veinte minutos. Y, tras besar el escapulario de la Virgen del Carmen que pende de su cuello, tiene ahora un libro abierto frente a los ojos, un libro recomendado por su encargado que habla sobre el papel de la familia cristiana en la sociedad. *La Familia como vehículo de Santificación en el siglo XXI* se llama el opúsculo. Ojeda se lo prestó durante su último retiro y sabe que lo sacará a la palestra en la próxima reunión de grupo. Menuda mosca cojonera es Ojeda.

Bosco se retracta al punto de su pensamiento pernicioso. Un santo varón, eso es el bueno de José Antonio Ojeda. Y una eminencia como cardiólogo. Y el librito, un perfecto compendio de las virtuosas acciones y omisiones que Lourdes y él llevan practicando durante sus diecinueve años de matrimonio, así como en la educación de sus cinco vástagos. El menor de los cuales, por cierto, acaba de caer trompicado, más bien defenestrado por la acción de uno de los laterales del equipo rival, y ha estado en un tris de ensartarse en el banderín de córner. Pablo se revuelca ahora sobre la hierba entre quejidos de dolor.

Bosco salta como un resorte, sale del todoterreno y camina con sus largas zancadas hasta el campo. Mientras es atendido por el utillero, Pablo alza la vista y sus ojos llorosos enfrentan la mirada de su padre, que ya ha alcanzado la grada más próxima a la banda y lo contempla desde allí en apariencia para cerciorarse de que el golpe no reviste importancia, en realidad para indicarle con los dedos extendidos el número de dorsal del contrario que lo ha derribado. Su hijo asiente, se traga las lágrimas, se rehace lo mejor que puede y el árbitro da el visto bueno para que se reincorpore al terreno de juego. Pablo corre hasta el centro del campo y no duda en emparejarse con el lateral que le ha volteado por los aires hace un minuto. Bosco permanece atento a sus evoluciones cuando el móvil zumba súbito en su bolsillo.

—¿Cómo vais?

—Maritina y Lou ya han acabado con el ballet. En cuanto se cambien, nos vamos a recoger a Berta al gimnasio. ¿Te dará tiempo a pasar por Juanito?

—Aquí nos queda un cuarto de hora escaso. A la una puedo estar en la Hípica.

—¿Comerás en casa hoy?

—Por supuesto —deja ir en tono hastiado—. ¿Dónde iba a comer si no un sábado?

—Ah, eso tú sabrás. El sábado pasado...

—Tenía una reunión y lo sabes, Lourdes.

Su esposa suspira al otro lado, cargada de razones, de mudos reproches. La sombra de todo aquello que ignora y barrunta.

—Os veo luego en casa —zanja Bosco antes de cortar la comunicación.

Mientras, en el terreno de juego, el equipo de Pablo presiona al contrario en una avalancha continua de pelotazos que los arrincona contra su área. Se lanza un córner y, tras un tumulto de remates y rechaces, el balón acaba por alojarse de rebote en las redes. En mitad de las celebraciones, el lateral de marras se duele de un codazo recibido en plena boca. «Así se hace, chaval», se exalta en tanto observa a Pablito en su carrera hasta el centro del campo.

Siente por sus dos hijos varones una conexión epidérmica y casi telepática. No le sucede así con las niñas. Por sus tres hijas siente un amor y un afán de protección infinitos pero no el nexo que le une a sus hijos. Quizá porque nunca ha acabado de entender cómo funciona el cerebro de ellas, mujeres en ciernes pero mujeres al fin, siempre bajo la férula de Lourdes. Del mismo modo que nunca ha comprendido a Lourdes. Su ingenuidad y mojigatería juvenil de entonces y su pasividad resabiada y rencorosa de ahora. Sus acusaciones cada vez más frecuentes de frialdad, de ausencia de cariño, de distanciamiento y de soberbia.

Sí, puede que él sea un tipo soberbio. Pero también un cabeza de familia ejemplar. Un hombre que lo ha dado todo en la vida por los suyos, empezando por Lourdes. Un hombre que trabaja doce horas al día en el estudio y cuando llega al domicilio cena con sus hijos, los mete en cintura y asperja la cama matrimonial con agua bendita antes de yacer junto a su esposa. La esposa a la que juró honrar y respetar, a la que acompaña a diario a misa de ocho, a la que mantiene sin queja en sus mil y un caprichos y soporta en su sosería virtuosa. Lourdes. La bella y virginal Lourdes de hace dos décadas y la cuarentona inflada y resentida que es hoy en día. Su esposa. La madre de sus hijos que, merced a una concatenación de tres partos por cesárea, ya no podrá darle más descendencia.

Y no, él no es un supernumerario excelso. Ni siquiera un católico cumplido. Se pasa por el forro ciertos mandamientos siempre que puede aunque, de puertas adentro y afuera, cumpla con todos los ritos y exigencias de la Obra. Pero conserva su Fe. La Fe en la palabra divina y en la santificación. Pese a todos sus pecados, sabe que Dios lo tiene en su gracia. Por eso lo bendice con una familia venturosa. Por eso le ha dado la inteligencia y el talento para diseñar casas donde la gente vive, se aburre y muere. Por eso le ha brindado éxito y dinero y la envidia de sus colegas. Por eso lo mantiene en guerra contra sí mismo y lo prueba con las mezquindades de la vida diaria entre los hombres. Porque lo ama y lo tienta y lo absuelve al fin en su infinita misericordia.

Las tentaciones están para rechazarlas, pero solo una vez probadas. No se puede rechazar aquello que se ignora. En eso discrepa de sus hermanos en la Fe. Bosco no podría rechazar lo que la otra le ofrece. Necesita bañarse en el pecado y la sordidez antes de reingresar en su vida cotidiana, el estudio de arquitectura, el hogar familiar, el club deportivo. Aquellos escenarios donde ejerce su rol: diseña, dirige, pontifica y triunfa inmune al odio de sus subordinados, al temor reverencial de sus hijos, al resquemor silencioso de sus coetáneos.

Nada de eso le importaría ni le perturbaría si el recuerdo de la otra no le invadiese como una plaga devastadora una o dos o hasta tres veces por día. El recuerdo o más bien la presencia fantasmal de Ava a su lado en la cama. Ava en el sitio de Lourdes. Aquel cuerpo sensual y volcánico en lugar de ese otro ajado y mohíno. Aquel torbellino de sangre y carne en vez de la incompetencia sexual de su esposa. Aquel refugio muelle en el que hundirse una y otra vez hasta encontrar la paz del desahogo por un lado y la inquietud larvada de la condenación por otro.

Bosco sabe que está en pecado mortal, sabe que debe poner fin al asunto, expiar sus faltas y redimirse; pero no consigue sacársela de la cabeza. Ni siquiera en el curso del trabajo. Ni siquiera en el lecho matrimonial. Ni siquiera en la iglesia cada mañana mientras atiende a la lectura del Santo Evangelio, escucha el sermón del sacerdote, ora en sincronía con el resto de devotos, con Lourdes siempre a su vera; pero no puede dejar de fantasear con la lengua de Ava.

La lengua de Ava la tarde en que se conocieron. Su lengua en sus orificios más insospechados: en la oreja, en el ombligo, en el prepucio y el ano. La lengua de Ava culebrando por su cuello y su espalda y sus nalgas dentro de pocas horas. Ava se ha inoculado en sus venas como ponzoña, como una enfermedad crónica e incurable. Como un pecado mórbido y aniquilador. Pero también como su más feroz penitencia. Bosco sabe que Dios lo está poniendo a prueba. Mañana se lo contará con detalle a su confesor y recibirá sus admoniciones de templanza en la certidumbre de que las desoirá una vez más, sin remedio.

El árbitro hace sonar el silbato tres veces. Final de partido. Bosco observa a Pablo retirándose a los vestuarios y le muestra el pulgar en alto, su hijo le corresponde con una sonrisa flamante.

El capataz que dio aviso del hallazgo del cadáver, un sesentón ancho y retinto como un capazo de esparto, levantó la perdiz a la tercera pregunta:

—¿Y por qué se inquietó usted tan pronto? Podría haber estado enfermo o haber tenido que volver a Albacete por alguna urgencia.

—Sí, podría. Pero seguro que hubiera avisado antes. El caso es que me recelaba algo. Manolo era muy buena gente pero estaba raro en los últimos tiempos, ¿sabe usted?

—Explíquese, por favor.

—Distraído, mareado, enchochadito al principio y medio acojonado luego. Tenía un lío.

—¿Un lío? ¿Le iban los chavales? ¿Algún chapero?

—Qué va. No era sarasa, aunque su venita tenía Manolo.

—¿Y entonces? —se impacientó Cocoví.

—Una mujer guapa y rubia, alta como una torre.

—¿La conocía? ¿Los vio usted juntos?

—Solo una vez. A la salida de un cine. Parecían el punto y la i. A Manolo lo llamábamos el Chincheta en la obra, ¿sabe? Pequeñico pero con punta, una máquina para trabajar el manchego.

—Ya. Un lío. ¿Está seguro?

—Ya le digo.

—¿Qué más puede decirme de esa mujer?

—Poco más. Manolo era muy reservado, y quería mucho a su familia. Para mí que la angustia del engaño se lo estaba comiendo por los pies.

—¿Quería poner fin a la relación?

—Eso yo no puedo decírselo, pero se le notaba incómodo, agobiado.

Acabó de interrogar al capataz y a la chica de la limpieza de la promotora que lo acompañaba y que había abierto el ático con sus llaves, ella solo se había cruzado con la víctima un par de veces y decía que era un señor muy educado. Hizo que les tomaran los datos y les acompañaran abajo. Luego despachó con Zafra, que acababa el reconocimiento preliminar del ático.

—Piso de paso. Pocas pertenencias, muebles del Ikea. Anoche, eso sí, estuvo acompañado. He encontrado restos de la cena en el cubo de la basura, ensalada de ahumados y tallarines con almejas, los platos por fregar y dos copas de vino en la cocina.

—¿Te has fijado si faltaba algún cuchillo grueso?

—Ahí le has dado. Encontré una tabla de madera, de esas de picar verduras. Pero ni rastro del cuchillo en el fregadero ni en el lavavajillas.

—Manda a López a registrar los contenedores de la manzana. ¿Cómo van con los ordenatas?

—A ver qué nos cuenta Perico.

Perico Cremades contemplaba indolente en la pantalla del portátil de la víctima cómo un semental enculaba a una japonesa atada, amordazada con una pelota en la boca y suspendida en un balancín de *bondage*.

—Al menda le iba el *hardcore*, como podéis ver. Pero lo más interesante está en los registros de chats. Era asiduo de uno de corazones solitarios, solteros y divorciados a la caza de carne madura. Había contactado con otro usuario, y hay hilos compartidos desde hace casi seis meses.

—¿Y el móvil?

—Han borrado la lista de llamadas recientes. Podemos recuperarlas pero, de todas maneras, López ha sacado ya las anteriores y localizado un número que se repite a menudo al margen del de su casa en Albacete. La víctima lo tenía identificado como ÁNGELA.

—La Ángela de la muerte podría ser —apuntó entre dientes Zafra.

En esas, la juez Linares llegó al ático acompañada por su comitiva. Cocoví acudió a rendirle pleitesía. Aquella mujer hiperactiva y áspera siempre le inspiraba sensaciones contrapuestas. La última habitante del planeta que hubiera deseado que sobreviviera junto a él en una isla desierta, pero también la instructora de sumarios más competente con la que se había topado en la magistratura. La puso en antecedentes y le indicó la habitación del fiambre. Los de la UDCI habían llegado media hora antes y realizado todo el trabajo audiovisual. Salgado fumaba como un murciélago en la terraza del ático a la espera del levantamiento.

Cumplida la diligencia, volvió a despachar un rato con la juez y le solicitó el permiso para identificar el número reiterado en el teléfono de la víctima. Linares se lo concedió, ordenó el trámite y se marchó con su comisión. Diez minutos después, López regresó de la calle con un objeto envuelto en un trapo y cara de que le había tocado la Primitiva: un cuchillo grueso y afilado con restos de sangre en mango y vaina.

—Estaba en el contenedor de la esquina que da a la avenida. Igual hasta tomó un taxi para irse.

—Ponte con el tema en cuanto nos den la hora aproximada de la muerte —ordenó Coco.

Los científicos salieron al rato del cuarto y pidieron a un auxiliar que pasase con la camilla para el traslado. Salgado resumió sus impresiones:

—Dieciocho puñaladas le han asestado entre pecho y espalda. La mayoría en el pecho, pero las siete últimas en la espalda con el tipo ya caído en el suelo. El agresor era diestro y más alto que la víctima dado el ángulo de las heridas. Por el rigor y la temperatura, la hora del óbito no mucho más tarde de medianoche. Échale de una a tres de la mañana. Ya te confirmo en el informe.

—Ponte con las compañías de taxi, López.

—Acaban de llamar del juzgado —interrumpió Zafra—. Ya tenemos a la titular del número de móvil. Ángela Rojas Meneses con domicilio en Ciudad Jardín. He solicitado una orden de registro.

—Vamos para allá. Perico y López recogéis las pruebas y precintáis. El cuchillo y las copas que los procesen los forenses.

Cuando Zafra y él salieron de la finca, los buitres de las cámaras ya estaban apostados para registrar el traslado del fiambre. Un par de chavalas monas trataron de detenerlos con sus preguntas alcachofa en ristre. No se dignaron ni a mirarlas. Sin embargo, un cincuentón regordete les siguió el rebufo hasta el coche.

Cocoví se detuvo junto a la portezuela del copiloto y le examinó, facundo.

—Aparejador, cincuenta y cinco años, acuchillado.

Matoses le dedicó una sonrisa de dientes apiñados y amarillentos.

—Dime algo que no sepa, Coco.

—Dieciocho puñaladas le han endiñado al pajarito. Está como un gruyer.

—¿Tenéis ya sospechoso?

—Es pronto aún. Pégame un toque esta tarde.

Zafra arrancó el coche, instaló la sirena en el techo y la puso a zumbar más que nada por fastidiarle el oído malo, en opinión de Coco.

—Anda que no te gusta empreñar con el ninonino.

—Para una vez que está justificado —se quejó amarga—. Por cierto, ya te vale con la novata. Encuentra el arma y saca el número de la sospechosa, y ni una palmadita en la espalda.

—¿Te la quieres tirar?

Zafra soltó un bufido que le llenó las solapas de saliva mientras el coche se colaba haciendo un zigzag entre un autobús y una furgoneta.

—Yo tampoco. Perico sí. Deja que el chavalote le dé las palmaditas donde mejor convenga.

—Qué imprestable eres, Coco. Y qué alcahuete. Y ya puestos, otra cosa: ¿Por qué le sigues dando tanta pomada a ese plumilla?

—¿Y por qué no iba a hacerlo?

—¿Porque no te lo ha pagado más que con disgustos quizá? Ese tío es un resto de serie.

—Eso me lo cuentas dentro de quince años, morena. Para entonces igual has descubierto que casi todo el personal merece más de una oportunidad.

—Qué humano. Me vas a hacer llorar.

—Si es que eres de lágrima fácil tú.

Zafra volvió a rociarle la americana con otro bufido antes de saltarse como una exhalación el siguiente semáforo.

A primera hora llamó un tipo al que atendí ya un par de veces el mes pasado. Quería un masaje con final feliz. Lo mismo que en las ocasiones anteriores. Al parecer le habían hablado de mí en el Heaven. Y ni mis manos ni mi boca le han defraudado. Es un cliente idóneo, de los que me gustaría conservar. Cuarentón, reservado, físico anodino, ojos oscuros y serenos. Le he recibido sobre las once y a las doce menos veinte ya habíamos terminado. Saludó taciturno, me canceló los ciento cincuenta euros, se desnudó, se duchó, se tumbó en la camilla boca abajo, se dejó amasar y aceitar los músculos durante media hora y eyaculó en el preservativo a los cuatro minutos de felación. Jadeó otro par de minutos mientras le desenfundaba y limpiaba, me acarició agradecido las mejillas con la punta de los dedos. Se volvió a duchar, se vistió y se marchó sin más vainas. No es de esos que te cuentan su vida ni pretenden que se la cuentes tú a ellos mientras apuran el tiempo acordado. Es de los que vienen en busca de un ratico de relajo ultimado por el conveniente orgasmo, obtienen ambos, y se marchan a sus asuntos. Un cliente a conservar, ya digo.

Un cuarto de hora después suena otra vez el teléfono. Un tipo con el que hablé ayer y que afirma encontrarse cerca de la casa. Le refresco mis servicios y tarifas. Contrata el completo de una hora por doscientos euros. Le hago esperar mientras me ducho y me acicalo. Le abro con la bata blanca y las ligas rojas enmarcando el tanga de hilo negro, ladeada sobre el umbral del repartidor. Es un chamo de mi edad, sinuoso y bien parecido. De esos que se supone que no necesitarían recurrir a prostitutas. Le hago pagarme, lo conduzco hasta la ducha y luego al cuarto. Nada más llegar, se saca la toalla y exhibe una erección vistosa. La refriega por mi cara, me la pone en la boca. Se la trabajo por cinco minutos, le ensalivo el perineo y los testículos, me insulta cuando le meto el dedo corazón en el ano, «guarra, más que guarra», gime de placer y de odio, me aprieta violento la cabeza contra su sexo. Ni modo. Me zafo de él, doy por acabada la felación y el tipo pone pegas con el preservativo. Me muestro inflexible. Acepta a regañadientes y, una vez envainado, me empotra contra la cama y me penetra rabioso y mecánico. Tiene la verga larga y me hace daño en los ovarios, pero grito entregada como una gata en celo mientras me bombea. Ni asomo de eyaculación. Se detiene, me la saca, me pone en cuatro sobre la cama y prueba a sodomizarme. No se lo permito. Ni siquiera le reclamo el suplemento por el griego. Le amenazo con expulsarlo. Le doy a entender que no estoy sola en la casa y que va a acabar por buscarse un serio problema. El tipo se amansa, se arruga, me mira rencoroso. Le manipulo el sexo hasta volver a excitarle. Me acuclillo sobre su cintura y me empleo a fondo esta vez; eyacula al fin con un aullido selvático. Luego se viste y se larga sin ducharse ni despedirse. Yo sí que me doy una larga ducha, me enjuago la boca y cepillo a conciencia mis dientes. Me pongo una bata y doy por acabada la jornada matinal, silencio el celular tras resaltar el número del anterior cliente en la agenda para no volver a atenderlo.

Más tarde hago la colada entera de la casa. Las habitaciones de invitados y el lecho conyugal. Las dos camas donde recibo a los clientes que quieren cuerpo a cuerpo después del masaje, o los que incluso prescinden del masaje nada más verme en el recibidor, como el indeseable que se acaba de marchar. Y el lecho donde solo atiendo a Bosco. El lecho que el señor que paga puntual el alquiler de esta casa y las cuentas de la luz, del gas y del agua, al margen de una mensualidad por mis servicios, exige impoluto y perfumado. El lecho donde duermo solitaria cada noche, nunca acepto clientes después de las ocho, y en el que ejerzo dos o tres veces por semana desde hace casi un año el papel de querida complaciente o tempestuosa, de gheisa sumisa o de zorra arrastrada y provocativa, según le venga en gana ese día al arquitecto.

Después de tender las sábanas, me arreglo y acudo al bar de la esquina a tomar un bocado. Me gusta el bar y me gusta el barrio. Es tranquilo, anónimo, luminoso. Al igual que el apartamento. Tuvo buen gusto el arquitecto al elegir el escenario de su infidelidad. Quizá fuera una promoción de su propia empresa. Nunca le he preguntado al respecto. Aunque lo dudo, es muy cuidadoso para esa clase de asuntos. Más bien recurriría a una inmobiliaria de la competencia y con seguridad a través de un intermediario. Su familia, sus negocios, su domicilio, sus amistades de buena sociedad son cotos vedados para mí. A veces se le escapa alguna información y percibo la zozobra íntima que le supone. Su vida conmigo y su vida sin mí son compartimentos estancos para el arquitecto. Siempre lo han sido. Tampoco yo lo quiero de otra manera.

El camarero me sonríe cuando le pago la cuenta, charla conmigo un rato. Acudo allí un par de veces por semana, siempre sola. Para él, como para la clientela del lugar o la del supermercado, soy una mujer atractiva, elegante y discreta. La sudaca que siempre toma montaditos calientes y ensaladas tibias, la que bebe té o cola light, la que nunca pide postre para mantener la línea. En apariencia ignora mis secretos, mi impostura, mi oficio. Igual que todos los demás. Pero quién sabe, una nunca sabe en verdad lo que imaginan esos hombres pálidos y silenciosos, esas mujeres de ojos insolentes con las que te cruzas a diario en la calle, en la frutería, en la parada del autobús.

El número 29 me lleva hasta el centro en apenas cinco minutos. Ayer gané mil euros a jornada completa, así que resuelvo tomar esa tarde de sábado libre. Me apeo y recorro las avenidas comerciales. No busco nada en particular, pero el brillo de los anuncios y escaparates, el bullicio de las gentes siempre me sumerge en un olvido de mi doblez que sin serlo se parece al sosiego, o al menos a la ausencia de angustia. Accedo a unos grandes almacenes, vagabundeo sin prisa por sus secciones y acabo por comprar unos stilettos de Louboutin. Asciendo hasta la cafetería del lugar y meriendo unas tostadas y un té entre amas de casa, jubilados, jóvenes matrimonios con niños.

Garabateo en mi agenda las cuentas del mes y calculo lo que aún me falta por ganar antes de abandonarlo todo y desaparecer de la faz de esta tierra. La cifra se hace más corta cada día pero, incluso sumando los ingresos diarios y la paga mensual de Bosco, supone casi tres largos años. Me pregunto si los podré aguantar. Me hago el firme propósito de conseguirlo. Imagino esa vida normal y corriente que me aguarda al final del túnel, cuando toda la miseria y el asco de estos años cese en seco, se transforme no en el cuento de hadas que persiguen las niñas buenas, sino en la rutina tranquila y sin estrecheces que anhelan las mujeres malas del otro lado del cuento.

Al poco, vibra el teléfono en mi bolso y adivino sin sorpresa de quién se trata. El arquitecto balbucea con su voz comida por la ansiedad que en media hora estará en casa. Solo podrá quedarse hasta las nueve. Tomo un taxi en la parada que hay frente al gran almacén. Confío en que me dé tiempo a tender la cama y perfumar la alcoba. Me preparo durante el trayecto para dejar una vez más de ser yo. Y curiosamente no para representar a la escort de lujo, la de las amplias curvas, los dedos mágicos y la lengua voraz. Sino para ser otra, esa otra cosa por la que el arquitecto me paga.

—Cincuenta y cuatro —resolvió sus cuentas Marian—. Y una mancha de café en la punta de la nariz.

Raquel arrugó el morrito y se sacó el tizne con una servilleta de papel.

—La última vez eran siete pecas menos.

—Eso es que debes ir mucho a la playa últimamente —la pinchó, burlona.

—Pero si no salgo ni a la compra —protestó la aludida con un falso gesto de ofensa—. De casa al bufete y del bufete a casa. Llevo un mes empollando a saco.

—Ya será menos, pelirroja. Si tienes el grado en el bolsillo.

—Para lo que me va a servir —dejó ir desalentada—. Como no oposite.

—De eso precisamente quería hablarte.

—Ya. Ya sé que a ti la oposición te cambió la vida, Marian, pero...

—Que no, tontaina. Es otra cosa.

—¿Y eso?

—Hablé ayer con un amigo. Es el dueño de una agencia de investigación.

—¿Cuál?

—Logos.

—¿Emilio Maqueda? ¿Lo conoces?

Marian asintió sonriente mientras disfrutaba del asombro y la expectación dibujados en el rostro de la chica, burbujeando en sus ojos color pinocha.

—Te he arreglado una entrevista de trabajo con él.

—¿En, en serio? —tartamudeó—. No sé qué decir.

—Pues no digas nada entonces. La abogacía te aburre. El crimen es lo único que te interesa. Te he oído quejarte mil veces. Esto es una oportunidad de diversificar tu carrera. Cuando acabes los exámenes, llamas a Emilio y quedas con él. Ahí tienes la dirección y el teléfono.

Raquel observó de hito en hito el *post-it* que la otra acababa de alisar sobre la mesa. La agencia Logos, la empresa de investigación privada más boyante de la ciudad, y Emilio Maqueda, una suerte de leyenda para los estudiantes de criminología como ella. Parpadeó incrédula y al cabo buscó las manos de la juez por encima de la mesa.

—¿Cómo puedo darte las gracias?

—Eso lo sabes tú mejor que yo —replicó capciosa Marian—. En caso de que fuera necesario. Pero no lo es. Tienes el mejor expediente de tu promoción. Has alternado una pasantía con el grado. Eres brillante y escabrosa. La recomendación está justificada.

—Puede ser, señoría, pero yo no contaba con algo así.

—Aún no tienes el empleo —la cortó—. Y si te lo dan, será temporal y a prueba. Vas a hacer más horas que el reloj y te vas a comer todos los marrones que puedas imaginar. Igual acabas por odiarme más que por agradecérmelo.

—Ni de coña. Yo nunca podría odiarte.

Los pulgares de la pelirroja hacían arabescos en sus muñecas mientras su rostro se aproximaba al suyo. Comprobó que nadie las veía desde los reservados vecinos y estaba a punto de besarla cuando el zumbido de su teléfono disolvió de un golpe la magia. Marian verificó la identidad del inoportuno comunicante. Esbozó una mueca de disgusto pero atendió al punto.

—¿Inspector?

—La hemos detenido en el supermercado. El cornudo del marido ha sido el primero en negarle la coartada. Y encontramos ropa manchada de sangre en la lavadora de su casa. Al final la tía ha cantado por soleares. La tenemos en Jefatura. Yo de usted le tomaba la declaración en caliente.

Marian consultó la hora e hizo un calculo.

—Trasládenla al juzgado a las cuatro y media.

—Hecho.

—¿Ha solicitado asistencia letrada?

—Qué va. Si yo le contara…

—Llamen al Colegio y pidan un abogado del turno. Lo veo luego, Cocoví.

Marian cortó, miró a Raquel con una mezcla de pena y rabia. El tiempo junto a ella siempre le sabía a poco. La pelirroja hizo un gesto al camarero para reclamar la cuenta.

—Hoy invito yo.

—Ni se te ocurra.

Raquel lo miró desafiante mientras exhibía su tarjeta de crédito.

—Lamento recurrir al chantaje, señoría. Pero, si pagas hoy, no cuentes conmigo para lo que tú sabes mañana.

—Eres mala, pelirroja —protestó sintiendo batir su pulso en las sienes, el deseo arremolinado en la boca del estómago.

—La peor —respondió Raquel mientras introducía una pierna entre las suyas por debajo de la mesa—. Ya lo sabes.

La declaración de Ángela Rojas Meneses fue breve, veraz e incriminadora. Era una rubia alta con ojos de loca y se conducía de modo errático; pero no apreció en ella señales de anomalía psiquíca ni de ninguna otra eximente. Simplemente del estupor salvaje por el crimen recién perpetrado y de la quiebra emocional que lo había producido. La mujer, para pasmo del bisoño letrado de oficio con el que apenas había tenido ocasión de despachar durante media hora, admitió la relación clandestina con la víctima, primero cibernética y después real, y refirió que la noche anterior, a los postres de la cena a la que él la invitó, el hombre le había dicho que a la semana siguiente acababa su trabajo en la ciudad y lo mejor para ambos sería poner fin a la aventura. Civilizadamente. Como buenos amigos. Tanto que le propuso que hicieran el amor como despedida. La rubia a su vez le pidió que le aguardase en la alcoba, tomó un cuchillo de la cocina, fue allí y le asestó una puñalada en el corazón. En el mismo corazón que él acababa de romperle a ella.

—En el atestado figuran dieciocho incisiones—dijo mirando de reojo al abogado, transido por las atenuantes de la confesión y el arrebato—. ¿Por qué se ensañó usted de esa manera?

—¿Ensañarme? —preguntó desorientada—. ¿Qué quiere decir?

Tras cambiar impresiones con el fiscal Rubio, dictó prisión preventiva comunicada y sin fianza, ordenó su traslado hasta el centro penitenciario provincial, y felicitó a la subinspectora Zafra por la rápida resolución del crimen.

—¿Y Coco?

—Tomando un refrigerio en el bar de la esquina.

—Ya serán dos o tres —la subinspectora amagó una sonrisa y se encogió de hombros por respuesta—. Dele la enhorabuena de mi parte.

Zafra salió del complejo y buscó su coche aparcado en doble fila. La figura enjuta de Coco se recortaba contra un ventanal del bar esquinero. Se hubiera tomado una con él, pero era sábado y era tarde. Su marido y su hija esperaban en casa. Además, al otro lado de su mesa, el plumilla fondón parecía dar saltitos de alegría al escucharle:

—Como un puto cencerro. Casada y con hijos también. Se conocieron en un chat de internet y apretaban desde hacía medio año. Anoche quedó con la tía para poner fin al rollete.

—¿Ella se lo tomó mal?

—Y tanto.

—¿Dieciocho puñaladas de bellón? Mira que he dejado el titular ya puesto.

Cocoví lo confirmó con un visaje, apuró su copa y prosiguió el relato:

—Eliminó las llamadas recientes del móvil de la víctima. Se vistió, llamó a un taxi desde su propio teléfono y tiró el arma del crimen en un contenedor. Ni en borrar la huellas dactilares se molestó. No se puede ser más chapucero.

—Un asesinato burdo.

—Como casi todos los pasionales.

—No seas incorrecto, Coco. Ahora se llaman crímenes sexistas.

—Lo que tú digas. Y el caso es que el tío se lo debió ver venir. Se nota a la legua que ella es una desequilibrada.

—¿Algún detalle jugoso? —sondeó Matoses—. Yo pago esta ronda.

—No te lo mereces pero sí. Cuando le ofrecimos que hiciera una llamada, ¿sabes a quién llamó?

—Tú dirás.

—Al teléfono de la propia víctima.

—Igual quería pedirle perdón.

—Igual —concedió Cocoví mientras reclamaba la penúltima al chico de la barra y el plumilla tecleaba en la pantalla de su móvil—. Aunque mejor haría en pedírselo a la viuda y los tres huérfanos que el muerto ha dejado en Albacete.

El club está bastante concurrido. Como de costumbre a última hora de la tarde. Las pistas de tenis y las de pádel hierven de jugadores que evolucionan bajo la luz pulverizada de los paneles cuando Bosco Riera arriba con siete minutos de retraso para la partida. Viene ya vestido de corto y no tiene que entretenerse en los vestuarios. Uncio, Asensi y Vidal le aguardan peloteando en la cancha y mirando la hora de reojo, haciendo comentarios de doble sentido sobre las cada vez más altas exigencias de trabajo del arquitecto.

Bosco desenfunda la raqueta y entra en la pista elástico y confianzudo. No tarda en cortar el cachondeíto y poner en su sitio a sus compañeros con su lengua afilada: «Menos humos, leguleyo; cada día estás más tocino, chupatintas; a ver si esta partida no me haces pasar las de Caín, sacamuelas; dejaros de mariconadas y vamos ya por el saque». Se apropia del lado izquierdo de la pista cediéndole el *drive* al dentista, resuelve el peloteo inicial con una volea. Saca con su golpeo liftado y obtiene el juego en blanco sin dar opción a sus rivales.

Por desgracia, ni Uncio ni Asensi son mancos y les ponen las cosas tiesas durante la hora y media de partida. Se baten el cobre cada pelota a cara de perro y resoplan y maldicen en cada punto perdido. Bosco conserva su saque indemne y el dentista hace lo que puede con el suyo, hay que reconocer que ha mejorado mucho desde que lo admitieron en el grupo. Finalmente, tras dura brega, Vidal y él salen victoriosos por dos sets a uno y se retiran en comandita a los vestuarios entre risas y pullas rancias como la luz de ese día que ya declina.

Tras la ducha y el cambio de indumentaria, Uncio y Asensi se evaporan en dirección a una cena de negocios uno, al hogar y la prole el otro. Vidal remolonea en la puerta con su acostumbrada timidez gregaria, su cara de perro agrícola falto de cariño, su empatía advenediza y evidente por su compañero. Bosco le sonríe de medio lado, carga la bolsa de deportes al hombro y le palmea amistoso la espalda.

—¿Una cervecita antes de retirarnos, sacamuelas?

El bar del club luce un gran ventanal con vistas a la marina deportiva. Los reflejos de la luz del faro cabrillean sobre las aguas aceitosas. Los mástiles de los veleros que ocupan los vecinos pantalanes zozobran y rechinan agitados por la brisa de poniente. Los camareros enchaquetados sirven las cenas en el comedor privado. En una esquina de la barra, Bosco diserta y sienta cátedra con la segunda cerveza en la mano para atención de su compañero.

—La rutina nos hastía pero también nos sacia, sacamuelas. Uno a veces se cuestiona todo. Por qué esta ciudad, por qué este oficio, por qué esta casa, esta mujer y esta familia cuando mi vida podría ser diferente, mejor, más pura en otras circunstancias. Pero por suerte esa misma rutina devuelve al poco las cosas a su sitio. La familia y el trabajo son las guías sobre las que discurre la rutina. Y ambas cosas nos justifican y nos colman. ¿No crees?

Daniel Vidal asiente untuoso, sus ojos verdes prendidos con devoción del rostro del otro, los oídos impermeables a ese tono de pedantería didáctica que ya conoce de memoria.

—Pero, trascendencias a parte, el tiempo es lo que le da sentido a nuestro paso por la tierra.

—¿El tiempo?

—*Le temps*. Ese monarca absoluto. Nuestro mayor enemigo, pero también nuestro mejor aliado, si uno sabe leer sus designios.

—¿Aceptar su paso sin resentimiento quieres decir?

—Ajá. Asumir ese peaje pero cumplir plazos. Hacer que corra a favor y no en contra. Utilizarlo en lo esencial, pero también saber dejar unas migajas para lo accesorio. Estamos hechos de tiempo, tanto como de carne o de sangre, y por eso perderlo como tú y yo ahora divagando, supone un lujo que tan solo deberíamos permitirnos los que sabemos emplearlo con provecho.

—Ya. Algo así como los elementos de sujeción y resistencia en una obra, en un edificio como los que proyectas. Sin ellos no podría haber elementos superfluos, adornos que embellecen a la vista el conjunto.

Bosco mira sorprendido al otro por un segundo. No es la primera vez que el joven dentista parece leerle el pensamiento. De hecho, esa afinidad insólita y puesta de manifiesto desde el primer día que conversó con él es lo que le ha hecho prohijarle en el seno del club durante los últimos meses. Después de todo, Vidal no es sino un nuevo rico, un vulgar odontólogo que ha heredado y ampliado la cadena de clínicas de su suegro merced a un oportuno braguetazo. Un tipo sin pedigrí ni credenciales ni familia de dinero viejo, destinado a sufrir el desdén de los socios de toda la vida, esa repugnancia clasista inevitable entre los pudientes añejos y los recién llegados a la élite.

Vidal no tiene una pizca de tonto y agradece la atención que el otro le dispensa al punto de haberle introducido en su grupo de pádel y en su círculo amistoso. Bosco es un primer espada en ese club y en la alta sociedad lugareña. Solo sus antecedentes bastarían para granjearle una posición descollante en su entorno. Biznieto de famoso arquitecto modernista, nieto de prócer falangista, vástago de industrial desarrollista. Pero, además, es un profesional de carisma y éxito social. Un triunfador de los que pisan fuerte en todos los ámbitos. Y en particular, en aquel club exclusivo, refugio ocioso del poderío económico. Allí es donde Bosco campa a sus anchas con sus trazas de senador romano, sus maneras de aristócrata del antiguo régimen, su nariz aquilina elevada en mohín de disgusto ante cualquier simpleza o villanía, su atención rácana, dispersa hacia todo aquello que no sea él mismo, su familia o su interés, su liberalidad y cinismo mundanos, en apariencia incompatibles con su filiación religiosa; y su última palabra en lo tocante al gusto, cualquier gusto.

—Eres un enigma interesante. Pareces un buen chico mansito y trabajador. Pero tienes una inteligencia aguda. Y los tipos inteligentes siempre ocultan algo. ¿Me equivoco?

—No es mi caso, te lo aseguro. Me sobrevaloras.

—Tienes buen pico. Y mientes con garbo. Deberías entrar en política.

—La política no me interesa, Bosco.

—¿Seguro? Esto está lleno de figurones necesitados de gente que ponga la cara por ellos —señala vagamente en derredor—. Tan solo se necesita tocar las teclas adecuadas. Podrías hacer carrera.

—Tú sabes que el verdadero poder no está ahí.

Bosco le escruta serio un instante, distiende su rostro al fin en una sonrisa.

—Apuntas alto, sacamuelas.

—Gracias. Es un placer charlar contigo.

El arquitecto consulta la hora en el Patek Philippe de su muñeca y acaba la cerveza con uno de esos ademanes áticos que le caracteriza.

—Otra tarde seguimos con las filosofías. Hora ya de volver al redil.

—Cuando tú quieras y puedas, amigo.

Bosco dibuja una firma en el aire en dirección al camarero de la barra para que el otro le apunte en la cuenta las cañas y los panchitos, se cuelga al hombro la bolsa de deporte y estrecha la mano del dentista. Luego atraviesa el salón con sus amplias zancadas mientras reparte un par de gestos desganados de despedida y sale por la puerta en dirección al aparcamiento.

Vidal, solitario en la barra, contempla cómo los mástiles de los veleros se remecen en la lisa pantalla del ventanal, entre la oscuridad de la marina. Luego, comprueba de soslayo que nadie le esté observando, y saca de su bolsillo un objeto brillante que sopesa en la palma de la mano, pensativo. Lo guarda de nuevo, levanta su propia copa de cerveza y apura su contenido con un gesto en todo idéntico al empleado hace un minuto por el arquitecto.

III.
In dubio pro reo

Bosco se apresura a beber de la copa que el otro acaba de llevarle hasta la mesa del despacho. Ingiere un bucho de coñac y nota cómo el líquido desciende esófago abajo y caldea sus tripas. Levanta la vista, la ambientación del lugar le inspira una vaga sensación de estabilidad, de orden: el carillón junto a la puerta, las estanterías de roble con los rojos lomos del Aranzadi alineados en sus baldas, la ancha mesa con el secante verde, el flexo articulado y el abrecartas de platino, el paisaje veneciano de Fortuny hijo colgado a su espalda. Un reducto de jerarquía y erudición donde hurtarse al horror que aún le colma.

La voz de José María Uncio rasga el silencio del despacho, del bufete elegante y vacío en una noche de fin de semana:

—Y ahora vamos a examinar otra vez las circunstancias. Respóndeme con calma y piensa bien antes de hacerlo.

—Respóndeme tú algo primero.

—Adelante.

—Tú me crees, ¿verdad?

—Eso no es relevante, Bosco. No soy yo quien tiene que creerte.

—Déjate de palabrería jurídica. Para mí sí que es relevante. Eres mi amigo además de mi abogado.

—Lo soy —admite Uncio con su voz opaca—. Y sí, te creo. Nadie en su sano juicio haría una cosa semejante. Y tú eres un hombre cuerdo.

—Tú sabes que yo no podría hacer algo así a nadie. Y a Ava menos que a nadie —farfulla Bosco—. Yo la quería, coño, la quería.

Uncio lo mira en silencio, se muerde la cara interna de las mejillas. Lo insta con un gesto a vaciar la copa de coñac y lo observa atento mientras lo hace.

—¿Listo para el repaso?

Bosco lo mira incómodo y cabecea al cabo.

—¿Estás completamente seguro de que no viste el arma por ningún sitio?

—Sí. Encendí la luz de la alcoba y no había nada a la vista ni en el tocador ni sobre la cama. Salvo el cuerpo de Ava. El armario estaba cerrado.

—¿En el suelo? ¿Debajo de la cama?

—El suelo estaba lleno de salpicaduras de sangre, ya te lo dije. No miré bajo la cama.

—¿Y en el resto de la casa?

—No hice un registro, Josema. Salí de allí en cuanto puede.

—Me has dicho que estuviste en el salón y en la cocina. Y por supuesto en el baño. ¿No viste nada raro en esas habitaciones? ¿Algún objeto fuera de sitio?

—No. Todo estaba como siempre.

—Bien. Quiero que examines el resto de la casa antes de llamar a la policía.

Bosco alza los ojos desde la copa vacía de coñac hasta el rostro impasible de Uncio. El abogado lo mira fijamente desde el otro lado de la mesa, recostado en su butacón de cuero, sus dedos de uñas relucientes repasan el filo del abrecartas.

—No quiero, tío —silabea con un hilo de voz—. No quiero volver allí.

—No tienes otra, Bosco. No empecemos de nuevo.

—No puedo volver a verla... Y, además, yo no he hecho nada, coño.

—Y esa es nuestra ventaja. Esto es como una partida de póquer abierto. Tenemos que mostrar tus cartas desde el principio. Si eludes el aviso a la policía, te pones tú mismo la etiqueta de culpable.

—¿Y no se te ocurre otra manera de manejar esto? Me van a crucificar. Me van a joder vivo. ¿Por qué tengo que hacerlo?

—Porque es la única manera de afrontar el asunto. Tu nombre saldrá a la luz en cuanto encuentren el cadáver. La casa está llena de huellas y restos tuyos. Hasta de ropa y efectos personales. Por no hablar de las llamadas telefónicas, los mensajes, los correos electrónicos, los movimientos bancarios. Están los vecinos, el dueño y las putas del Heaven, los amigos como yo que sabíamos que tenías un lío con ella. Hay testigos que darán fe de tu relación íntima con Ava sin dudarlo. La policía iría a detenerte a tu estudio una hora después de entrar en esa casa. ¿De verdad es eso lo que quieres? ¿Un escándalo?

—No. Pero lo que me aconsejas es peor incluso. Supone el bochorno para mí y para mi familia. ¿Es que no te das cuenta?

—Perfectamente, Bosco. No voy a discutir contigo. Soy tu abogado. Estás afectado y confuso, no piensas con claridad. Confía en mí y limítate a hacer lo que te he dicho.

—Voy a ser un chivo expiatorio —murmura el arquitecto con la cabeza entre las manos—. Y el hijo de puta que la ha matado se va a ir de rositas...

—No adelantemos acontecimientos. Quizá el asesino haya dejado un rastro sencillo para la policía. Pero no podemos confiar en ello de momento. Tenemos que jugar nuestras propias bazas y, si no cometemos ningún error, saldrás limpio al final del proceso. Te lo prometo.

—¿Me llevarán a la cárcel?

—Te retendrán un par de días quizá, tres a lo sumo. Pediré la libertad bajo fianza. Pero la prisión preventiva queda al criterio del juez que nos caiga. No obstante, moveré Roma con Santiago, llamaré a mis contactos, y a los tuyos, que no son pocos. Créeme que haré todo lo posible por abreviarte este mal trago.

Tras su discurso alentador, el sonido de un mensaje entrante resuena en el móvil del abogado. Uncio lo consulta un segundo, se pone luego en pie y señala el carillón de la pared.

—Y ahora, vámonos. Cada minuto que pasa juega en tu contra.

Bosco se levanta y se deja conducir mansamente hasta la puerta del bufete y el ascensor y luego al garaje de la rancia finca del ensanche. Entra en el auto del abogado, se hunde en el asiento del copiloto, y el trayecto de apenas diez minutos hasta el apartamento de Ava le parece el inicio de un sueño pavoroso e irreal, una pesadilla cuyo desenlace siquiera llega a vislumbrar.

Uncio detiene el coche un par de calles antes del apartamento. Se gira para estudiar el perfil contraído del arquitecto y le aprieta un hombro.

—No te derrumbes. Tú siempre has sido un ejemplo de autocontrol. Sabes lo que tienes que hacer y cómo hacerlo.

Bosco se desembaraza del cinturón de seguridad, vacila un instante, enfoca el rostro del otro con una mirada vidriosa.

—Tú me crees, tío. Tú sabes que no he hecho nada. Que yo no podría haberle hecho algo así a Ava, ¿verdad?

—Sí. Te creo. Pero ese no es el problema.

Bosco asiente, sale del coche, toma aire y enfila los trescientos metros que lo separan del apartamento de Ava. Cuando se pierde tras la esquina de la calle, una figura embutida en un anorak negro golpea en el cristal de la ventanilla del copiloto. Uncio lo mira sin sorpresa, pulsa el tablero y sube los pestillos de seguridad. El hombre del anorak entra en el automóvil por una de las puertas traseras.

—¿Algún problema?

—Ninguno. No echó la llave al salir. Bastó con doblar el resbalón.

—¿Todo tal y como lo describió?

—Ajá. Ni rastro del arma. O armas. La chica tiene el cuello cortado y el cráneo hecho papilla. Por el escenario, parece una especie de crimen ritual.

Uncio traga saliva, examina los ojos del otro a través del retrovisor.

—¿Su rostro?

—Intacto. No se lo golpeó. ¿Quieres ver la grabación?

—Ahora no —rechaza con un gesto tajante la minicámara que la mano enguantada del otro le ofrece.

—Se va a montar un pollo del carajo en cuanto dé el aviso. Un asesinato de este tipo es de los que despierta la alarma social.

Uncio asiente y se pasa un mano por los ojos fatigados antes de encarar al otro.

—Ya se verá. Las prostitutas no son santo de la devoción de los biempensantes. Además, siempre cabe la posibilidad de que el asesino se la tirase antes de matarla.

—Si lo hizo, se puso una goma fijo. Pero creo que ni por esas, demasiado riesgo de dejar pelos y dermis en el cuerpo de ella o en la cama.

—¿Piensas en un profesional?

—Podría ser. O quizá un tarado con experiencia. O eso, o que tu amigo nos la ha metido bien doblada.

Uncio asiente en silencio, entrega un sobre cerrado al individuo del anorak negro, y pulsa en el salpicadero el botón de arranque.

IV.
El hecho en sí
(Tres meses antes)

Marco Aurelio la estaba cascando. Llevaba enfermo desde meses atrás y ciego como un topo las últimas semanas. Se pegaba el pobre unos leñazos contra las paredes y puertas que hacían daño de solo oírlos. Para colmo, desde el domingo había perdido la continencia y se meaba y cagaba por todos los rincones. Marco Aurelio iba como puta por rastrojo y el apartamento apestaba a heces y orines pese a los continuos fregoteos de Raquel; la situación no podía prolongarse. Había llegado el momento de tomar una decisión dolorosa pero inaplazable.

Abrió la cremallera de la bolsa felina de viaje, introdujo y acomodó al gato en su interior. Marco Aurelio se dejó manipular, débil y sumiso, con un punto de resignación en sus ojos velados por las cataratas, y pegó el morro a su ventanilla transparente. Bajó en el ascensor hasta la plaza y cruzó la avenida con la bolsa sujeta contra un costado. La clínica veterinaria se encontraba apenas a doscientos metros. Llamó al timbre del local y Lisa le franqueó la puerta con gesto de circunstancias. Hablaron por teléfono hacía un rato y, tras ser puesta al corriente del estado terminal del bicho, ella le recomendó, aséptica:

—Si lo tienes claro, cuanto antes mejor. Pásate esta mañana si puedes.

—En un cuarto de hora estamos ahí.

La veterinaria la invitó a entrar en la trastienda donde tenía la camilla y la inyección dispuestas. Sacó al gato de la bolsa y lo depositó cuidadosa sobre el lecho. Lisa pasó la mano abierta por el lomo grisáceo y despeluchado de Marco Aurelio, le cosquilleó la base de la nuca. El bicho emitió un maullido y, como si su instinto le hubiera advertido del trance que afrontaba, empezó a temblar desde el rabo hasta las orejas. Sin pensarlo, extendió un brazo y le acarició la cabeza. Marco Aurelio se revolvió y trató de morderle los dedos. Retiró la mano veloz, no pudo evitar que se le humedecieran los ojos.

—Sal un rato afuera, Raquel —sugirió Lisa—. Te aviso cuando esté hecho. Es solo un minuto.

—No —rechazó—. Estoy bien.

Lisa se encogió de hombros y tomó la jeringuilla de una mesa metálica. Volvió a pasarle la mano abierta por el lomo al gato, aunque esta vez le sujetó con fuerza por una de sus ancas. Le clavó la aguja con la mano libre y le inyectó de un golpe el contenido de la hipodérmica. Marco Aurelio experimentó una brevísima convulsión y su cuerpo se fue relajando hasta quedar ovillado.

Mientras miraba su cadáver, Raquel pensó que parecía haber disminuido de tamaño en varios centímetros. Quizá el alma del bicho había abandonado repentina su cuerpo llevándose con ella su volumen incógnito en aquel tránsito hacia el mismo lugar donde habitaba ahora su amo. Marco Aurelio fue la última de las mascotas de su padre. Antes le precedieron Pirrón, el loro; Pascal, el hámster; y Nietzche, el caniche. Todos muertos.

—Hecho. Ya no va a sufrir más, pobre minino.

Asintió, se secó los ojos con un pañuelo de celulosa que le ofreció la veterinaria mientras salían juntas a la tienda.

—¿Quieres llevártelo para enterrarlo en algún sitio o prefieres…?

—Incineradlo vosotros mejor, Lisa. Gracias.

—¿Recogerás las cenizas?

—No. Y cóbramelo todo cuando puedas.

Raquel salió de la clínica y arrojó la bolsa de viaje del gato a un contenedor de reciclaje plástico. Luego alumbró un cigarrillo y dejó que sus zancadas la encaminaran perezosas hacia el centro en lugar de tomar la moto. Calculó que le costaría al menos media hora llegar a la oficina, no tenía maldita la prisa.

Era la primera mañana libre que Maqueda le había concedido desde que trabajaba en la agencia. Y los paseos siempre le calmaban los nervios. La combinación del suave ejercicio físico y las fugaces visiones de rostros desconocidos por la calle. Aquel viejo juego suyo consistente en adivinar el rostro del niño en el anciano y el del abuelo en el niño, y el de ambos en el hombre o la mujer madura con que se cruzaba, la colmaba de un extraño sosiego; pero no, aquel día ni siquiera el juego consiguió distraerla. Se detuvo en un bar y pidió un café solo sin azúcar.

Le supo mal haberle dicho a la veterinaria que hicieran lo que quisieran con las cenizas del bicho. Largarlas al contenedor de basura orgánica, imaginó. ¿Pero qué iba a hacer ella si no? La casa de sus padres donde el gato había sido joven y feliz estaba cerrada a la espera de su venta. Dejarlas allí en una pequeña urna plástica sería una especie de broma macabra para el nuevo propietario a la cual no le veía la menor gracia. Y aventarlas en cualquier lugar estaba descartado.

No hacía ni medio año que había hecho lo propio con las cenizas de su padre. Había elegido una montaña cercana a la ciudad como escenario de su último adiós para el Capitán Araña. Detuvo su moto en una de sus laderas y vació el contenido de la urna dejando que el polvo se mezclara con las jaras, el tomillo y las agujas de los pinos. Luego subió hasta la cima del monte y contempló la fértil llanura a sus pies con el mediterráneo como telón de fondo. Se sintió pequeña y feble. Huérfana. Aún le quedaba su madre, pero eso no era consuelo. Sara padecía Alzheimer y hubo que internarla en una residencia un par de años antes.

A toro pasado, conjeturó que la depresión del Capitán debió originarse en ese preciso instante; pero no quiso o no pudo darse por enterada. Su padre era todo fraude, también todo entereza. Y ella pensaba que él en realidad jamás amó de verdad a su madre. No hasta ese punto. Nunca imaginó que la enfermedad de ella pudiera causarle daño a él. Nunca previó su caída en barrena. Ni el Capitán dijo nada ni ella, y esto era lo que más le dolía, se había percatado de su paulatino deterioro. Cierto es que lo vio contadas veces en aquel lapso, pero llevaba años adiestrándose precisamente para que detalles como aquel no se le escaparan. Y desde unas pocas semanas atrás, gracias a

Marian, ejercía un trabajo en que algo así resultaba esencial. Únicamente a una egoísta patológica, a una necia que no viese más allá de su propio ombligo, le pudo suceder una cosa semejante. Esa idea la había torturado desde entonces.

Era como si la enfermedad de su padre hubiera permanecido en ángulo muerto para su visión. Presente pero indetectable. Como «La carta robada» de Poe. Como un movimiento demasiado veloz para ser captado por el ojo humano. Como la actividad invisible de los microrganismos. Lo que está ahí desde el principio pero no se ve. Lo que se te escapa. Lo que te acosa silente e implacable. Lo que te desnuda y deja en manos del azar. O del instinto. Porque lo que no es visión, lo que no es aprehensión por los sentidos, lo que no puede ser conocimiento, solo puede ser instinto. Y ese instinto, por tanto, lo único que impide el desastre inminente, lo único que consigue operar el milagro que supone detener ese plano con el ojo en mitad del movimiento que lo encubre, arrojar una luz en la tiniebla. Salvarnos y salvarte.

Ella no había podido hacerlo. No pudo salvar a su padre. No lo hubiera logrado en ningún caso a la vista del brutal accidente que lo mató. Empotrado contra los ejes de un camión a ciento diez por hora. Por despiste, por temeridad, por desmayo. O acaso por simple voluntad. Nunca lo sabría. La religión de su padre execraba el suicidio; pero Yahvé y el Capitán Araña siempre habían tenido sus diferencias de criterio. En todo caso, su deber era haberse dado cuenta de lo que afectaba a la persona que más había odiado y amado en este mundo; y no lo hizo.

Aquella mañana, después de aventar las cenizas del Capitán, se prometió a sí misma que nunca iba a volver a sucederle. Examinaría los hechos en que se viera envuelta desde todos los ángulos, de tal manera que los puntos ciegos se hicieran visibles, que la menor porción de realidad se ocultara a su escrutinio. Un brindis al sol. Una quimera. Aunque quizá no del todo, según estaba comprobando con su trabajo cotidiano en la agencia Logos. Una quimera, a su juicio, en la que salía a cuenta aplicarse.

Raquel apuró el café y lo pagó; observó el rostro del camarero al otro lado de la barra mientras le cobraba: sanguíneo, adusto, ojos sin pestañas, cabello escaso y apelmazado con espuma contra el cráneo. Vio al punto su rostro pasado y su máscara futura. Habría sido sin duda un infante rencoroso, y prometía ser un abuelo prematuro e impregnado de crueldad. Evitó los ojos del hombre al recoger el cambio, salió a la calle y volvió sobre sus pasos en busca de la moto.

Uncio cruza y descruza las piernas mientras ojea por completo desinteresado un reportaje sobre *fitness* en una revista corporativa. En realidad, su atención oscila mientras lo hace entre una chica rubia muy joven, universitaria a buen seguro, de rostro pícaro y jugosos muslos enfundados en unos *leggins*, a quien cree haber visto ya en algún otro sitio y que no para de teclear en su móvil a toda velocidad; y una mujer añosa pero resultona envuelta en una serie de confidencias en voz baja con una hija en plena pubertad que luce un aparatoso corrector dental. Un par de hombres silentes y trajeados como él completan el aforo de la sala a las nueve y media de la mañana. Uncio abandona la revista sobre la mesita baja, mira la hora en su muñeca, se impacienta, piensa en la vista pública que le aguarda a mediodía en la Audiencia, busca sin obtener los ojos de la rubia. Suspira.

No debería haberse dejado convencer para el tema del blanqueo, pero hay que reconocerle al sacamuelas que sabe ser persuasivo en lo que a su negocio concierne. Y también que unos meses le han bastado para hacer valer su condición de ambidiestro y convertirse en un crack del saque y la volea. Para colmo, es agudo, tiene buena presencia y don de gentes. Ha superado de largo la prueba a la que Bosco le sometió antes de admitirle en el cogollito.

La conversación de sobremesa en la cena del jueves pasado tras la última partida parecía en retrospectiva propia de un manual de ventas directas. El sacamuelas supo hurgar donde más escuece. Crear, como quien no quiere la cosa, la necesidad improrrogable del producto.

—Os habréis dado cuenta de que hay un momento en que las mujeres dejan de mirar con interés a los hombres —dejó caer Vidal mientras rellenaba las cuatro copas de vino—. Las mujeres jóvenes en particular.

—Ya te digo, lo malo no es que dejen de mirarte —terció Asensi con la boca llena de bogavante—. Lo peor es cuando ya ni siquiera te ven. Cuando te atraviesan con los ojos como si fueras translúcido.

—Como un cuchillo la mantequilla, sí. Es una cosa inevitable —admitió el propio Uncio, nostálgico—. La biología es lo que es.

—Bueno, tampoco hay que exagerar —matizó Bosco—. Los hombres maduros tenemos otros atractivos que hacer valer. La cuestión es no claudicar. Ni darle al asunto mayor importancia de la que tiene.

Uncio le pensó en la cara al arquitecto que siempre habla quien más tiene que callar. Siempre da lecciones el más torpe de la clase. Bosco y su prostituta de lujo, a la que ha puesto piso y sueldo en una ilusión ridícula, un remedo absurdo de exclusividad. Cuando la mitad de sus antiguos clientes del Heaven, él incluido, se la siguen calzando y pagando sus precios de cortesana exclusiva en la flamante moneda europea. Si Ava sigue a ese ritmo de ganancias, poco tiempo le va a durar al beato estirado de Bosco y más pronto que tarde echará a volar del nido.

—Pues os sorprenderá saber en la mayoría de los casos la clave del asunto reside en la boca —ponderó Vidal mientras pelaba una gamba rallada.

—Y en la alopecia y en las arrugas y en la papada y en los michelines —enumeró revirado Asensi.

—Y en la vanidad —propuso Uncio mirando al arquitecto—. O en la billetera.

—Más bien en la pasión y el tiempo que cada cual invierta con las mujeres —resolvió Bosco con su autosuficiencia hipócrita de costumbre—. Y la pasión es como la fe. O se tiene o no se tiene.

—Estoy de acuerdo con esa analogía. Pero, en cualquier caso, una sonrisa blanca hace milagros.

—Tú juegas con ventaja, chaval —le afeó Asensi—. Aún no has cumplido los cuarenta. Y la sonrisa te viene de serie. Además de ser tu oficio.

—Tendríais que ver los resultados que ofrece el blanqueamiento dental —insistió Vidal—. Una sonrisa blanca en un rostro bronceado y veterano pone a temblar las rodillas a más de una.

Fue entonces cuando Uncio no pudo evitar el recuento del mucho tiempo en que su sonrisa no hacía temblar ni una hoja. Y compró. Adquirió la esperanza de un ilusorio regreso a la juventud, un lenitivo para el adocenamiento y la erosión de la edad madura. Y ahí estaba ahora mismo. Ridículo, avergonzado e impaciente.

En esas, la recepcionista asoma su atractivo rostro en la salita y pronuncia su nombre. Uncio se levanta, se despide para indiferencia de universitaria y madre, echa a andar tras los pasos de otra enfermera de corta bata azul que le aguarda junto al mostrador y le deslumbra con su presencia. Joven y angulosa, silueta de viola, trasero respingado y unas corvas perfectas que sabe lucir como si desfilase por una pasarela en los quince pasos que lo separan del gabinete donde le aguarda Vidal con bata blanca, mascarilla verde caída sobre el pecho y los brazos abiertos en gesto de disculpa.

—Siento el retraso, letrado. Una mañanita de locos.

—Más lo siento yo, me queda media hora escasa.

—Tiempo de sobra. Hoy solo te vamos a tomar unas fotografías y unas placas. Así ya podemos encargar al laboratorio los moldes para uso doméstico. Como te expliqué, practicamos un tratamiento combinado. Agentes inductores del blanqueamiento y luz fría en la clínica. Y luego moldes con gel en casa durante todas las noches de una semana.

—Me podías mandar a la maciza de tu enfermera para que me pusiera ese gel. O a la guapa de la recepción. Anda que no te sabes tú buscar al personal, eh, pájaro —bromea Uncio mientras se saca la americana y se instala en el butacón a un gesto del otro.

—No te equivoques, tío, estoy casado. Y, además, nunca mezclo placer y negocios. Ya sabes el refrán. En caso de necesidad, pagar por sexo resulta mucho más operativo y menos comprometido.

Uncio le mira suspicaz, parece que sea la voz de Bosco la que ha salido por la boca del dentista con la teoría que esgrimió en su momento para sustituir sus infidelidades por el amor mercenario. De modo que las charlas de aleccionamiento posteriores a la partida de pádel semanal versan sobre sexo, y no el de los ángeles.

—Ya. Para mi desgracia, con casi cincuenta tacos y dos divorcios a mis espaldas, algo sé del tema. Así que, si te pega el apretón, puedo recomendarte alguna amiga tan guapa como tus enfermeras.

—No te digo yo que no, letrado. Nunca se sabe.

—Las hay que también se ponen la batita para según qué apaños. Igual podías intercambiarlas.

—Ni de broma. Marisa y Rocío son dos joyas. No sé qué haría sin ellas.

—A mí lo que se me ocurre son más bien las cosas que se puede hacer con ellas.

Vidal esboza una mueca que parece de disgusto o tal vez simple hastío antes de prender un foco. La potente luz hace guiñar los ojos de Uncio.

—Perdona, chico. Últimamente estoy más salido que el pico de una plancha.

—Tranquilo. Por lo pronto, Rocío te tendrá que hacer una limpieza bucal previa al tratamiento con ultrasonidos.

—Hmmm. Suena prometedor.

—Marisa te dará hora cuando te marches. Aunque yo de ti no me haría ilusiones, el marido de Rocío es campeón de triatlón.

—¿Y el de Marisa?

—Me temo que a Marisa no le interesan demasiado los hombres.

—¿Ni los de blanca sonrisa en rostro bronceado y veterano?

El sacamuelas le dedica una mueca de dientes parejos y relumbrantes, la camufla al instante bajo la mascarilla quirúrgica, selecciona una pieza de entre su instrumental y ordena con voz suave:

—Anda, abre ese piquito de oro, letrado. Sin miedo. Hoy solo te voy a hacer una valoración clínica, pero te prometo que, cuando acabemos contigo, vas a ser la envidia de todo el Foro.

Uncio obedece, traga saliva cuando el otro le encaja una cánula de ventilación en la comisura de los labios y comienza a hurgar con unas pinzas mientras sus ojos glaucos evolucionan por su dentadura, atentos como los de un ofidio al acecho de su presa.

Marian acudió temprano al juzgado esa mañana. Una hora antes de que lo hiciese el personal fijo; oficiales, agentes y auxiliares. Sin embargo, Morales ya estaba allí. Siempre lo estaba. Su secretario parecía habitar aquellas dependencias más que trabajar en ellas, el primero en llegar y el último en irse cada uno de los días del calendario judicial; sus subordinados ironizaban sobre esa omnipresencia suya con el argumento de que Morales en realidad formaba parte del mobiliario.

—Buenos días, Marian —saludó el secretario asomando su cabeza pelada a un lado de la pantalla del ordenador—. ¿Cafelito?

Aceptó la oferta y fue a instalarse a su despacho. Examinó los ítems de la jornada en su agenda manuscrita para verificar que coincidiesen con los de la electrónica, y no hubiesen sorpresas de última hora. Vano empeño. La sorpresa era el ingrediente esencial de un juzgado de instrucción como el suyo. Igual que el retraso, la lentitud y las trabas de toda índole. La sorpresa al menos ponía el picante en el mortero de la justicia. Aquella era la salsa en que ella y los suyos se maceraban día tras día. Y hoy no iba a ser menos.

Morales apareció al poco taza en ristre y con una pila de documentos para ser firmados. Marian probó el brebaje que expelía la máquina del pasillo y que, según la leyenda del personal, provocaba ardores, insomnios y severos problemas de hemorroides. Tanto su secretario como ella, al parecer, estaban inmunizados contra estos estigmas. Se alimentaban con ese café, sándwiches, ensaladas de *tupper* y bebidas energéticas para subvenir a las largas jornadas de trabajo, sin que les afectara la salud en lo más mínimo. O al menos así era hasta hace unos pocos meses, cuando Morales protagonizó un debut hipertensivo que le mandó primero de cabeza al hospital y luego le puso a dieta baja en sodio y presunta abstinencia de alcohol y cafeína. El secretario, pasado el susto, seguía tomándose sus cinco tazas diarias de café. Más las que se tomara a escondidas añadiéndole brandy de su petaca cuando los demás no habían llegado o ya habían salido. Los tres *red-bull* opcionales al menos quedaron descartados. Marian había resuelto solidarizarse con él, aunque solo fuese en la restricción de bebidas energéticas.

Morales colocó sobre su mesa la pila de legajos y ella los fue rubricando allá donde el otro le señalaba en una mecánica rutinaria que se remontaba a los inicios de su relación profesional. Marian firmaba y firmaba sin tiempo ni ganas de reconocer los autos, edictos, autorizaciones, providencias y demás papeleo que el otro, no obstante, controlaba al milímetro. Era tal su confianza en el buenhacer de Morales que se había acostumbrado a firmar a ciegas cualquier documento que el otro le presentase. Podría haber sellado así sus últimas voluntades, la hipoteca de un hipódromo, una donación voluntaria de la totalidad de sus bienes a la Beneficencia o la Mafia.

Su secretario y ella tenían la misma edad, parecidos gustos y una obsesión común por el trabajo bien hecho, una fe incombustible en la necesidad de su desempeño como garantía del orden, de la estabilidad social. Una concepción idéntica de la diosa Iustitia como un ser vivo, dinámico y dúctil. Confiaban en la adecuación de la legislación a la realidad social, y si esta no se daba con la suficiente rapidez, en su aplicación elástica como garante de la equidad entre los ciudadanos.

Y, creencias al margen, su secretario era un tipo encantador y sorprendente a partes iguales. Tras el funcionario infatigable y concienzudo en su trabajo judicial, se ocultaba el ligón de fin de semana en los bares de ambiente, el aventurero que escapaba su agosto completo de vacaciones a los destinos más recónditos cada vez acompañado por un novio diferente, todos atractivos, todos jóvenes. Aquel cincuentón aplicado y discreto que había pencado codo con codo junto a ella durante una década era una caja de sorpresas y pulsiones a menudo contradictorias; pero casi siempre coherentes.

—Te llamó ayer el Juez Decano a última hora de la tarde. Decía que no le cogías el móvil —le informó tras la última firma.

—Lo habría silenciado —respondió Marian distraída—. Lo hago cuando me meto en la cama.

—¿Sola o acompañada de esa belleza pelirroja que de tan buen humor os pone, señoría? —dejó ir Morales con su mejor sonrisa trotaconventos.

—Secreto de sumario —fintó Marian—. ¿Y qué quería el buen señor?

—Una cita contigo. No especificó de qué clase. ¿Amorosa quizá?

—A buenas horas. ¿En serio que no te dijo el motivo?

—Dijo que te volvería a llamar hoy sin falta.

La llamada del excelentísimo señor Decano llegó media hora después. Su exmarido se mostró al teléfono un pelín cargante, como siempre, y una pizca enigmático, como nunca. Quería tratar con ella un asunto urgente y de la mayor importancia. Le pidió que fuera a verle esa misma mañana.

Jaume Buigues la recibió en su enjundioso despacho con vistas al Palau de la Música. Estaba avejentado, sarmentoso y gordo como un bolo; pero aún conservaba su magnetismo de encantador de serpientes. Tras las cordialidades de costumbre, su divorcio había cursado de mutuo acuerdo y constituido una catarsis provechosa para ambos tras dos décadas de matrimonio imposible, fue al grano sin más preámbulo:

—Tengo una propuesta para ti, Marian. Una propuesta aún extraoficial. Queremos que seas la nueva Magistrada en la Sala de lo Civil y Penal del Tribunal Superior de Justicia.

Marian Linares relampagueó su sorpresa por los ojos antes de reaccionar:
—¿Queréis? ¿Tú y cuántos más? ¿O tú y cuántos menos?
—Hubo unanimidad en la candidatura. Tu nombre fue propuesto por el propio Presidente del Tribunal y aprobado por consenso. Encabezarás la terna que les *Corts* remitirán el próximo trimestre al Consejo General.
—Quieres decir que los representantes de las asociaciones fueron vetándose las candidaturas unos a otros hasta llegar a un callejón sin salida.
—No necesariamente. De vez en cuando es el turno de una independiente. Y tú encajas en el perfil como jurista de probado prestigio. ¿Qué me dices?
—¿Tengo que contestarte ahora mismo?
—No, pero tampoco dilatar la aceptación más allá de un par de días.
—¿Y quién te asegura que vaya a aceptar?
Jaume la miró en silencio del otro lado de su larga mesa. Compuso al fin esa añeja mueca suya de perdonavidas que podría haber patentado.
—Te conozco, juez Linares. Eres idónea para ese puesto. Y además, te lo mereces. Te las das de dura, siempre lo has hecho. Y de íntegra. Y de progre crítica con el sistema cuando no te gustan las servidumbres del cargo. Y a mí, como todo lo tuyo, me parece bien. ¿Pero por qué ibas a rechazar un ascenso semejante?, dime. ¿Un aumento retributivo? ¿Un incremento exponencial de tu futura pensión? ¿Una..?
—¿Una toga con puntillas? ¿Una secretaria rubita tan guapa como la que tienes ahí fuera? ¿Una bandera nueva y un retrato del pasmado de turno?
Se echaron a reír al unísono, como solían en los viejos tiempos. Tanto que Jaume se atoró y empezó a resollar. Definitivamente, estaba demasiado obeso. Aguardó a que se serenase para levantarse y darle un par de besos de despedida.
—En unos días tendrás mi respuesta, Decano.
—Dos días. No te hagas mucho más la interesante, ¿de acuerdo?

Marian asintió con un guiño cómplice y salió. Atravesó al antedespacho sin ahorrarle una despedida seca a la rubia. ¿Se la tiraría Jaume igual que se había tirado durante años a las funcionarias, procuradoras y abogadas bisoñas que pasaban por su juzgado? A buen seguro lo habría intentado como mínimo. Pintaba machucho y porcino, pero aún conservaba los restos de su tirón, su aura, su imán para las incautas o las aprovechadas. Y la industria farmacéutica, por lo visto, hacía milagros.

Ganó la calle y paseó el borde del río seco. Contempló por primera vez en un lustro su futuro profesional con algo semejante al optimismo. Una buena vida. Un buen sueldo. La oportunidad de crear jurisprudencia de alto rango. Una pensión sin estrecheces a diez años vista. Y por el momento ni rastro de la enfermedad. Algún dolor aislado de vez en cuando pero tan solo eso. Y la guinda del pastel. Raquel. Esa misma noche le pensaba pedir que se quedara a dormir con ella. No unas cuantas horas de sexo y ternura para luego verla partir de madrugada. No. La quería a su lado. Velar o acompañar su sueño con el suyo. Amarla. Esa y todas las noches de su futura vida de Magistrada. Estaba decidido. Marian Linares alzó una mano autoritaria y detuvo un taxi como si golpease el aire con un mazo.

Anoche me bajó la regla. Así que hoy he eliminado todos los anuncios de las páginas de internet y los periódicos, y he desconectado el celular. Cuatro días de descanso por delante. Y de descanso no solo del trabajo habitual, sino también del esfuerzo extra que Bosco supone. Por fortuna, al arquitecto le repugna la simple visión de la sangre menstrual y tiene a bien repudiarme durante el periodo. No puede imaginar cuánto lo agradezco, como no puede imaginar el asco que le estoy tomando sin remedio. El asunto es que me conviene aguantarlo, su salario es lo que me permite el desahogo de estos días francos, su sueldo el que me da la ocasión de caprichos en ropa o en viajes, su plata es libertad y yugo al mismo tiempo.

Y el caso es que en la cama no resulta difícil complacer al arquitecto. Hay que ser versátil y paciente para adaptarse a sus exigencias, a sus repentinos cambios de humor, a sus mil manías y reclamos; pero eso nunca me supuso problema. Mala profesional sería yo si me lo causara. Y, por lo demás, sus hábitos y apetencias sexuales resultan sencillos de aplacar. Bosco es un hombre de paladar basto en el fondo. Pese a su pedantería y sus presuntos refinamientos, el arquitecto es soso, ramplón, poco imaginativo y eyaculador puntual; la mejor de sus virtudes. El problema y el asco es otro. El que antecede al sexo y el que lo prosigue.

La intimidad es el problema. Esa intimidad que se empeña en desplegar a mi lado, como si fuera veraz, como si fuésemos un par amantes, un matrimonio reciente, una pareja que inicia su convivencia; y no una puta y el señor que le paga el piso. El problema es el amor con mayúsculas que dice y declama y por lo visto se ha convencido de sentir por mí. El problema es esa celopatía que cada vez ejerce con mayor despotismo.

Todo empezó hace poco más de un año, en el Heaven, también los celos. Me sacó de allí porque no podía soportar que los otros clientes hablaran maravillas de mí en la barra de los bares: las manos de Ava, la boca de Ava, el coño y el culo de Ava. Esas quería el arquitecto que fueran sus exclusivas posesiones. Su chacrita particular. Al mes de visitarme a diario, me hizo su oferta como quien pide casamiento. Le seguí la onda porque me convenía y porque, tras dos años en el prostíbulo, por muy elitista que fuese, estaba hasta la coronilla del dueño. De sus mordidas y rabietas, sus abusos y censuras sin motivo, de la envidia de las otras putas menos populares, de la rutina resabiada del negocio. El arquitecto llegó a un apaño económico con aquel enano cabezón hijo de su madre y adiós, te borraste.

A fecha de hoy, no sé si el cambio me valió la pena. En lo económico sin duda, pero Bosco cada día me resulta más insoportable. Ya me costó un calvario hacerle entender que no podía pasar la vida mano sobre mano, que con su dinero no me bastaba ni de lejos y necesitaba fajarme por mi cuenta para ahorrar lo mío. El pacto fue claro entonces. Yo me organizaba el trabajo como mejor me conviniese, pero tenía que estar siempre disponible para él con la única condición de una llamada previa. Hasta ahora ha cumplido con su parte. Doy gracias porque nunca se le ha ocurrido venir al descuido, utilizar sus llaves y sorprenderme en la cama o en la camilla con otro.

Pero sé que él lo piensa a todas horas, que sufre de un modo enfermizo. Y es por eso que su obsesión se traduce desde hace tiempo en preguntas desairadas, en interrogatorios cada día más severos. Quiere saber a quién vi y qué hice o qué me hicieron. Lo que más le inquieta es que vengan por aquí los antiguos clientes del Heaven, sus amigos y colegas de trabajo y de laya, los que ahora siguen hablando de mí, a sus espaldas, en la barra de los bares: la boca de Ava, las tetas de Ava, el coño y el culo de Ava. Tanto le daría que tirase con un mozo de bar o un peón de albañil, como si estos pudieran pagar lo que yo cobro; pero que mi cuerpo se encuentre a disposición de los de su mismo pelaje es lo que lo saca de sus casillas, lo que le agria y descompone.

El asunto es que precisamente esos viejos clientes, y aun otros que vienen a casa por su recomendación, son la base de mis ingresos. Esa pandilla de señores casados y solteros y divorciados de clase alta, profesionales liberales y peces gordos de la banca o la administración; maduros con el riñón bien cubierto como Bosco que se pueden permitir mis precios. Altos y bajos, gordos y flacos, alegres o tristes, fogosos o remolones, guapos y feos; todos cortados por el mismo patrón. El de su hipocresía, su riqueza y su clasismo. Todos relativamente fáciles de contentar pues cualquier carantoña que se salga de la norma y laranciedumbre con que viven el sexo les entusiasma, les enloquece y les vacía de leche. Todos veloces y todos egoístas y todos invisibles. Buenos clientes al fin.

Por eso me trastorna y me confunde tanto cuando aparece algún cliente de los malos. No de los indeseables, los groseros o los violentos o cocainómanos o borrachos. A esos con atenderlos una vez tengo bastante. A esos me los saco de encima con mis mañas de puta experta y me aseguro de que no vuelvan. Me refiero a otra clase de clientes. A esos visibles y con iniciativa propia. A esos que te dejan huella a tu pesar. A esos que son como el cliente de ayer por la tarde. Ya han pasado casi veinticuatro horas y no consigo sacármelo de la cabeza.

Llegó a las cinco y ni masaje ni ducha ni copa ni película ni charla sobre el tiempo. Solo esos ojos verdes como limones que sabían mirar hasta el fondo y esas manos de dedos tan largos y nudosos palpándome el cuerpo en silencio. Solo eso antes de su nariz. Su nariz repasando desde el tobillo hasta la cara interna del muslo, sorbiéndome a lentas inspiraciones, su nariz haciendo dibujitos sobre mi pubis pelado como preludio a su lengua. Su lengua larga y dura apoyándose a cada poco en el botoncito y contorneando los labios. Una y otra y otra vez hasta que me hizo venirme. Y odiarle.

No puedo evitarlo. Lo detesto. Si hay algo que aborrezco de este trabajo es a esos tipos que se creen que han comprado con su dinero el derecho a darte placer de verdad. El derecho a verte retorciéndote de gusto y a oírte gruñir como una perra. El derecho a hacerte suya aunque sea por medio minuto. El cliente de ayer lo hizo con su lengua de inicio y con sus dedos más tarde mientras yo le lustraba la verga y le enfundaba. No llevábamos en la cama ni un cuarto de hora aún y ya me había corrido por partida doble.

«¿Pero tú a qué viniste, cabrón?», le pregunté con los ojos prendidos de sus ojos verdes. «A pasar un buen rato», fue lo primero que dijo, con gesto frío, desapegado, y casi también lo último. Luego me hizo tenderme en aspa ante él y se comportó como un amante sabio y complaciente. Como si nuestros papeles estuvieran cambiados, y él fuera mi puta y yo su cliente. Me coció a fuego lento durante media hora mientras seguía leyendo braille en mi cuca con sus dedos de ciego para finalmente acelerar el ritmo en el momento justo. Y lo peor no fue eso, sino lo que vino luego. Tras sus embestidas cada vez más hondas y nuestra descarga larga y conjunta. Me giró suave la cabeza y me buscó los labios con un lento sondeo. Abrí la boca, dejé entrar su lengua y le besé con todas mis ganas. Como hacía años que no besaba.

Bosco larga la amarra de popa mientras José Antonio Ojeda maniobra al timón con mano experta para hacer recular el barco y poner proa a la bocana del puerto deportivo. Se recuesta contra la borda y deja que sus ojos repasen indiferentes el intrincado paisaje de yates de recreo y embarcaciones neumáticas alineadas en los pantalanes que va quedando atrás hasta perderse de vista cuando Ojeda aumenta la velocidad para abandonar la rada y singlar a mar abierto. Contempla el horizonte esfumado en esa mañana de sábado otoñal e inspira con fuerza el aire salobre que les rodea.

No le disgusta el mar, aunque tampoco es un fanático del mismo como tantos amigos. Prefiere de largo la caza junto a su hermano Paco, el esfuerzo y la concentración del ojeo, el paisaje abrupto del coto familiar y la satisfacción primitiva ante la pieza abatida. Además, nunca encontró tiempo para obtener el permiso de patrón, ni comprarse el barco de rigor, esa fantasía de libertad, esa pátina de glamur por la que los otros pugnan y hasta se endeudan más allá de sus medios. De hecho, sus veranos están plagados de invitaciones para navegar a Ibiza y Formentera, hasta Menorca y aun a Córcega o Sicilia, de itinerarios de circunvalación de esas islas y fondeo en las pertinentes calas paradisíacas en apariencia, a reventar de horteras de medio pelo en realidad. Planes estivales que él y su familia rechazan por sistema, qué sentido tendría aceptarlos, Lourdes se enferma al primer golpe de mar, y los niños prefieren la tierra firme y su pandilla en la urbanización de la sierra.

Bosco levanta ahora la vista y la voltea hacia la cabina, observa a Ojeda en silencio calculador. Sabe que esa cita en apariencia ociosa, ese paseo marítimo con su encargado de grupo encubre una prueba espiritual de primer orden. Los rumores, la meledicencia, el runrún de sus hermanos en la Fe debe haber llegado hasta los oídos del cardiólogo y este no ha dudado en convocarlo para esa charla de hombre a hombre, de pastor a oveja, de encargado espiritual pío y responsable a supernumerario descarriado. Bosco está listo para la confrontación, no en vano su confesor lo somete a un marcaje cada vez más estrecho.

Minutos después, Ojeda apaga el motor y larga el ancla.

—¿Leíste el libro que te presté durante el retiro? —pregunta al tiempo que le ofrece un bote de refresco y se acoda a su lado en la borda.

—Lo he traído para devolvértelo. Lo leí hace semanas.

—¿Y qué te pareció?

—Inspirador. Un enfoque oportuno de la institución familiar.

—Ya, y hablando del asunto, ¿cómo están Lourdes y los niños?

—Bien, muy bien. Como siempre.

—No son esas las noticias que yo tengo, Bosco.

—¿A qué te refieres?

—Lourdes sufre en silencio. Y tú sabes bien los motivos.

—No lo creas, José Antonio. Lourdes siempre sufre, tenga o no tenga un motivo para ello. A veces parece que lo haga por pura ansia de mortificación. Y a mí me resulta difícil distinguir una clase de sufrimiento del otro.

—No te tomes a la ligera el asunto, Bosco. Me consta que tú, a tu manera, también sufres.

—¿Y quién, con verdadera conciencia del pecado, no lo hace?

—¿Así que estás en pecado?

—Lo estoy. Pero en él encuentro mi propia penitencia. Como tantos otros.

—No te compares con los otros. Sabes que no eres un hombre vulgar y corriente. Eres un arquitecto eximio, un pilar de la comunidad y de la Obra. Has elegido la vía de la santificación. Y tu conducta en los últimos tiempos desmiente tu elección de un modo lamentable.

—No lo veo yo así, José Antonio —rechaza sin énfasis, mientras piensa en una probable ruptura del secreto de confesión por parte del reverendo Altuna, tan obsesionado con su caso desde que le relató sin ambages sus pecados, su culpa y su liviano espíritu de contrición al respecto—. Y además, ¿qué sabes tú de mi conducta con exactitud?

—Te conozco, soy tu encargado de grupo desde hace un lustro.

—Y a mí me honra que seas tú precisamente quien guíe mis pasos en la Fe y en el Apostolado.

—Y además soy médico. Lidio a toda hora con la debilidad del ser humano. Con su cobardía y su sensualidad y su materialismo. Puedo comprender la tentación en la que has caído preso.

—¿Puedes? —pregunta Bosco con voz ronca.

El barco se remece en la calma chicha de esa mañana otoñal. El maduro cardiólogo columbra el horizonte, apura su bote de refresco, se gira con lentitud, asiente.

—Pero eso no significa que te aliente en tu mal paso ni comparta ese cinismo con el que te niegas a asumir la necesidad de una pronta expiación.

—No me niego. Conservo mi Fe. Dios es mi bien más preciado. Mantengo mi compromiso de santificación. Sé lo que debo hacer y lo haré más pronto que tarde, no te quepa la menor duda.

—Eso es justo lo que esperaba escuchar de tus labios —afirma el cardiólogo antes de consultar su *Rolex* y apuntar al mediodía en su esfera—. Y ahora, si te parece, unámonos en oración para que cumplas cuanto antes con tus obligaciones.

Ojeda saca un rosario del bolsillo de su chaquetón marinero, se persigna, humilla la cabeza y comienza a entonar el cántico del *Trium Puerorum*; Bosco le imita al punto con un escalofrío de emoción. Una ola inesperada hace zozobrar la quilla del barco bajo sus pies. Ambos se aferran con fuerza a la borda y siguen cantando. La vastedad del mar que los rodea absorbe sus voces, parece engullirlas y elevarlas en espiral hasta alcanzar los dominios del Altísimo.

Cuando acaban el rezo de los cinco misterios, Ojeda lo abraza fraterno, leva el ancla, alcanza la cabina para poner en marcha el motor, hace rotar sobre sí mismo el barco e inicia el regreso a puerto. Culminado el viraje, el maduro cardiólogo asoma su rostro sobre el panel plástico de la cabina con un gesto interrogante.

—¿Conoces a Luis Romero?
—¿El odontólogo?
—Sí. Se retiró de la vida pública hace años a raíz de un ictus. Me han dicho que anoche le impusieron los Santos Óleos.
—Dios lo acoja en su gloria. Mi padre fue cliente suyo. Yo tuve poco trato con él por cuestión de edad. Pero a quien frecuento desde hace un tiempo es a su yerno, Daniel Vidal.
—Un buen chico, tengo entendido.
—Excelente muchacho.
—Una pena que no sea de los nuestros.
—Cierto.
—Quizá deberíamos aprovechar su triste pérdida para tratar de atraerlo a la Obra —sugiere Ojeda.
—El proselitismo no es lo mío, José Antonio.
—Tienes el terreno abonado. Me consta que ese chico te admira mucho.
—¿Y eso?
—Él mismo me lo dijo durante una revisión que le hice la semana pasada. Excelente corazón, inteligencia despierta, voluntad laboriosa. Ha sustituido con aprovechamiento a Romero al frente de sus clínicas. Y su esposa, como el difunto padre, es de los nuestros desde niña.
—Con su mujer no recuerdo haber coincidido nunca.
—Amalia. Devota como pocas. Y se diría que el chico no se muestra refractario a la Fe. Únicamente parece faltarle un último empujón. Quizá le haya llegado la hora de pitar.
—Quizá —admite Bosco con una sonrisa voluntariosa.

Consigue arrastrarse hasta el baño y escupe un coágulo en el lavabo. Observa su rostro en el espejo. Podría hacerse una fotografía e incluirla en una enciclopedia para ilustrar la voz coloquial: Eccehomo. Tiene el párpado derecho tan inflamado que la pupila apenas asoma a través de un intersticio. El ojo izquierdo está surcado de venas rojizas pero se mantiene indemne en su visión. Gracias a él puede apreciar las raspaduras del mentón y ambas mejillas; la nariz, un hematoma con dos amasijos de papel higiénico teñidos de rojo introducidos en las fosas nasales para empapar la hemorragia, la hinchazón brutal que le deforma la oreja y el cuello en el hemisferio diestro.

Definitivamente el asaltante se había ensañado con su parte derecha, el brazo de ese lado le colgaba inerte y tumefacto como un salami a un costado del cuerpo. Prueba a desinfectarse una vez más las heridas del rostro con tintura de yodo pero desiste al poco; parece un cruce entre Toro Sentado y el Hombre Elefante. Deja el antiséptico en el botiquín y en su lugar toma una caja de analgésicos. Mastica un par de comprimidos de gramo y se amorra al grifo. Con esos dos ya van seis desde anoche.

Trastabilla de regreso hasta el cuarto y se deja caer en la cama, sobre las sábanas empapadas con la sangre de toda una madrugada infernal. Al sentarse, el dolor le atraviesa desde la punta de los pies hasta la coronilla con una parada especial en su brazo derecho. Contiene las ganas de berrear y observa el teléfono en la mesita, tres llamadas perdidas procedentes de la redacción.

Teclea un conciso sms: ENFERMO; y lo manda de vuelta. No se encuentra con ánimos para hablar con nadie y, sin embargo, debe hacerlo cuanto antes. Aunque no precisamente con alguien del periódico. Toma el chisme, busca en su agenda, y pulsa al cabo. Una voz ronca le atiende del otro lado:

—Qué hay, plumilla.

—Coco, necesito verte. Es por una cuestión personal.

—¿Te encuentras bien? Suenas como la mierda al caer al agua.

—No puedo casi ni hablar. ¿Te importaría pasarte por casa?

—Voy para allá.

—Ven tú solo.

Corta la comunicación. Intenta acomodarse contra el cabezal de la cama. Cierra su ojo izquierdo y comienza a respirar lentamente con el diafragma. Inspirar, contar hasta treinta reteniendo el aire, expirar progresivo. Mientras lo hace, las imágenes de la golpiza regresan a su cerebro sin remedio como llevan haciéndolo durante las horas precedentes: el primer y tremebundo puñetazo nada más entrar en el patio que le hizo ver las estrellas y zumbar los oídos. El segundo que le reventó las narices. El tercero que le arrancó fuegos artificiales tras la cuenca del ojo. Las manos del sicario que le taparon la boca mientras le sujetaban contra la pared y la voz calmosa, de consonantes arrastradas, que le advirtió que un solo grito y no la contaba. «¿Por qué?», consiguió articular al fin hacia los ojos fieros que asomaban por la abertura del pasamontañas. Conocía a aquel sicario, ignoraba su nombre, pero lo había visto alguna vez antes con Lucho. «Usted sabe por qué, viejo *man*» respondió la voz mientras retorcía su brazo derecho tras la espalda. Eso era cierto. Lo sabía. «Una semana» añadió antes de partírselo con un brusco movimiento de ascenso. Su pérdida de conciencia no impidió que el castigo se prolongase mediante patadas al bulto caído en el suelo; tenía señales de ello en todo el abdomen, el trasero y las piernas.

El timbre del apartamento resuena en ese instante. Al poco, abre la puerta a la presencia perpleja del inspector Cocoví.

—La madre... Te han caído las del pulpo pero de verdad.

—Me han dado hasta en la partida de nacimiento.

—¿Y qué haces aquí? ¿Por qué no estás en un hospital?

—Quería hablar contigo antes —susurra Matoses haciéndole un gesto para que baje la voz y entre en el piso.

—Déjate. Hablaremos por el camino. Te llevo a Urgencias.

—¿Has venido solo?

—Que sí, hombre. Ponte algo de abrigo y andando.

El inspector lo sostuvo en pie en el ascensor y le hizo de muleta hasta salir a la calle y entrar en su coche. Alguien había baldeado los restos de su propia sangre en el suelo del patio, observó de camino Matoses, alguien que al parecer no se había molestado en preguntarse por el origen de aquellas manchas.

Benditos vecinos. Que no contaran con él para la próxima reunión de escalera.

Mientras van camino del hospital, Cocoví lo mira de soslayo, en silencio. No parece tener dudas sobre el motivo de la paliza, pero sí la piedad suficiente para no humillarlo en su actual estado. Se conocen desde hace demasiados años. Desde los tiempos universitarios en la Facultad de Derecho. Ninguno llegó a acabar aquella tortuosa carrera. Tras completar la diplomatura, Cocoví opositó con éxito al Cuerpo de Policía. Y Matoses empezó a ganarse la vida como gacetillero y abandonó sin reparo las aulas.

Se conocen. Conocen sus respectivas debilidades y zonas oscuras. Saben el lugar donde al otro le aprieta el zapato. Matoses le informa al fin en tono neutro:

—Se llama Balboa, Lucho. Colombiano. De Antioquía.
—Te juntas con lo mejor de cada casa. ¿Dónde es la timba?
—Itinerante. La última vez en un chalé por la sierra.
—¿Cuánta panoja y desde cuándo?
—Treinta mil. La cosa se ha desmadrado estas últimas semanas.
—¿Y qué piensas hacer?
—No tengo ese dinero. No tengo un clavel.
—Puedo prestarte algo. No todo, pero sí una parte.
—Ni de coña. Aún no te he devuelto lo último.
—Denuncia entonces y vamos a por ese bastardo.
—Tengo una hermana, un cuñado y tres sobrinos, Coco. Esos cholos no se paran en barras. Hay otras formas de quitármelos del cogote que no pasan por una denuncia.
—¿Por ejemplo?
—Mueven farlopa en el puerto con estibadores untados y gente de aduanas.
—No es lo mío. Tendría que hablar con los del grupo.
—Tú sabrás qué hacer. El asunto es que les busques las cosquillas.
—Eso llevará tiempo y no elimina tu problema.
—No, pero me dará un respiro. Hasta que me den el alta por lo menos.

—¿Y qué piensas decir en el hospital, por cierto?
—Accidente doméstico, tropecé al bajar una escalera.
—¿Mixta o de color?
—No hagas leña del árbol caído, mamón.
—Bastante leña te han dado a ti ya, plumilla.

Cocoví lo deja en la puerta de Urgencias a cargo de un celador y se va a aparcar el auto. Cuando regresa, Matoses ocupa una silla de ruedas en mitad de un pasillo atestado de enfermos. El policía se apoya contra la pared y considera el aspecto defenestrado del periodista.

—¿Cómo es que no te han pasado a un box?
—Me han dicho que primero hacen un *triaje*.
—¿Y eso qué significa?
—Pues que a quien Dios se la dé, san Pedro se la bendiga. Un suponer.

Cocoví sonríe ante el humor resignado del periodista. Observa luego neutro a los pacientes diseminados por el pasillo y la sala de espera; una decrépita escudería de sillas de ruedas y camillas oxidadas. Carraspea.

—No utilizaste lo de la llamada al muerto en el artículo del aparejador.
—No —admite Matoses—. Sonaba demasiado a literatura, ya sabes.
—Me encontré con una amiga funcionaria de prisiones hace poco. Trabaja en el módulo de preventivas y tienen allí a la asesina.
—¿Y qué se cuenta?
—Ha seguido llamándole al móvil durante todo este tiempo. Tres meses ya desde que lo cosió a cuchilladas y le continúa llamando la tía. Aquella tipa rubia y alta, guapa pero con esa careto de zumbada que se le veía a la legua, sale cada día del chabolo y aprovecha su turno de llamadas para intentar hablar con el muerto. Sin suerte, claro. ¿Te lo puedes imaginar?
—No —responde Matoses, pálido como un cirio—. Me duele demasiado el brazo.

Coco asume la petición de socorro y sale a la caza de algún médico.

Raquel condujo su *scooter* con prudencia de regreso a la ciudad. Acababa de visitar a su madre en la residencia geriátrica de las afueras donde vivía confinada desde un par de años atrás. Se obligaba a hacerle una visita al mes, pero lo cierto es que cada vez le resultaba más inútil y deprimente el cumplir con ese precepto. Sara vivía recluida en el piso superior de una mansión campestre. La planta baja del lugar estaba ocupada por los ancianos que todavía conservaban sus facultades mentales y físicas, o al menos no estaban tan mermados como para precisar de atención exclusiva. En el piso superior residían pues los grandes inválidos y los pacientes de Alzheimer como ella.

Aquella mañana Raquel la sacó a pasear por el jardín en su silla de ruedas, más que nada por huir del opresivo ambiente del lugar con sus llantos y aullidos tenebrosos, y la aparcó junto a una rosaleda. Sara era como un mueble. La enfermedad había arrasado con sus facultades cognitivas en un plazo muy breve, no digamos con su memoria. Y pese a la medicación que se le administró y las sesiones de terapia diarias, los médicos nunca dieron el menor margen a la esperanza de una levísima recuperación. Sara tan solo vivía de puertas afuera en el aspecto biológico. Respiraba, se alimentaba y cumplía con el resto de sus funciones orgánicas; pero el discernimiento había desaparecido de su ser por completo. No hablaba ni la reconocía ni experimentaba el menor cambio de conducta en su presencia. Su compañía operaba en ella el mismo efecto que la de un ácaro. Raquel había intentado acostumbrarse a ello en vano. Le hablaba, la acariciaba y besaba. La miraba fijamente a los ojos por largo rato sin obtener ni un mero parpadeo. Le cantaba nanas, hacía carantoñas y probababa a practicar con ella juegos infantiles, sin resultado. Pese a ello, insistía cada vez que iba a verla. Sabía que el día que dejase de intentarlo sería como dar por válida su muerte anticipada. Aceptar el desastre. Rendirse. Justo lo que ella temía que hubiese sucedido con el Capitán Araña.

Raquel entró en la ciudad, sorteó el tráfico de la periferia en dirección al centro histórico. Alcanzó al poco el edificio que albergaba la sede de la agencia Logos. Aún no era ni mediodía y pensó que Emilio se sorprendería de verla aparecer allí tan temprano tras haberle concedido graciosamente aquel permiso doméstico. La idea de sorprender a Emilio Maqueda resultaba sugestiva, aquel galápago parecía tan de vuelta de todo que ni la más rocambolesca de las circunstancias, ni el más cutre de los extremos de algún informe, parecía despertar su sorpresa. La había admitido como becaria y mantenido haciendo fotocopias y cafés por un mes antes de dejarla salir a la calle. Ahora al fin se había ganado la oportunidad de aprender junto a sus compañeros las rutinas del oficio.

Recordaba la entrevista de trabajo que mantuvo con Emilio Maqueda tras acabar sus exámenes finales como si la hubiese grabado en vídeo y pudiese rebobinarla y verla tantas veces como quisiera en el monitor de su cerebro. Una mujer madura llamada Gloria la introdujo en el tótum revolútum que era aquel despacho con vistas al albero de la plaza de toros. Maqueda la acogió con una sonrisa taimada bajo sus ojillos azulados y saledizos.

—Pasa y siéntate, Raquel Bonafed. Acabo de leer tu currículum. Estás demasiado buena para tanta matrícula de honor. ¿Dónde está la trampa?

—En ningún sitio —respondió tan pronto como digirió la retranca del tipejo—. ¿Empieza usted todas las entrevistas con un acoso sexual?

—Ajá. Y más si la candidata viene tan bien recomendada como tú.

—La juez...

—La juez Linares me dijo que no eras ninguna empollona inocente. Más bien una borde y una tocapelotas. Así que apéame el tratamiento y abandona esa actitud remilgada cuanto antes si quieres el trabajo.

—Tú... Tú... —se mordió los labios para reprimir un denuesto.

—¿Ves? Eso está mucho mejor. Y ahora, pelirroja, cuéntame: ¿por qué quieres ser investigadora en una agencia privada como la mía?

—Soy abogada. Y criminóloga. Bueno, lo seré dentro de poco.

—Con excelentes notas. Podrías seguir ejerciendo en tu actual bufete o hacer oposiciones a notarías o a la judicatura, supongo. ¿Por qué investigadora?

—Me interesa el crimen desde un...

—¿El crimen? —la cortó zumbón—. Mira qué cachonda. Aquí no nos dedicamos al crimen sino a la información. Mejor olvídate de esas ínfulas.

—Digamos que por curiosidad entonces.

—Te creo. Tienes cara de morbosa. ¿Algún motivo más?

—Por afán de experiencia. Y por dinero.

—No vas a hacerte rica aquí, si es lo que pretendes.

—Con sacar lo suficiente para vivir me doy por satisfecha. De momento.

—Te puedo ofrecer unas prácticas de tres meses con el sueldo mínimo. Si rindes en ese tiempo, hablamos de un contrato temporal. ¿Te interesa?

Raquel no pudo reprimir un veloz cabezazo de asentimiento.

—Me alegro. La juez Linares te describió muy bien.

Emilio Maqueda depositó sus ojos saltones sobre los suyos y la calibró en silencio por un largo minuto.

—Aunque Marian no es tu única valedora.

—¿Cómo? —se sobresaltó—. ¿Qué quieres decir?

—Conocí a tu padre, Raquel Bonafed. Fue en Beirut hace veinte años. No éramos exactamente amigos pero nos llevábamos bien. Los dos jugábamos al mismo juego pero en distintos equipos. ¿Me explico?

—Mi padre abandonó ese juego hace tiempo por lo que yo sé.

—Ese juego nunca se abandona del todo. Tu padre era un sentimental y no se le daba bien tragar con ruedas de molino. Digamos que se hizo a un lado.

—Pareces conocerle mejor de lo que yo hice nunca.

—El Sefardí era un tipo con las pelotas bien puestas —zanjó Maqueda—. Lamenté su muerte. Y ahora es un placer poder dar empleo a su hija en mi empresa. Bienvenida. Gloria te pondrá al tanto de tus obligaciones.

Raquel recuerda que salió de aquel antro tundida como si hubiera recibido una paliza anímica. Aquel tipo decrépito y desagradable que se había convertido en su jefe resultaba ser un no exactamente amigo del Capitán Araña. El que a todos enrola y a todos engaña. Beirut, a inicios de los años ochenta. Su aparente profesión de fotógrafo y reportero bélico no solo era una excusa para mantenerse lejos de ella y de su madre durante meses. También la cortina de humo tras la que ocultaba su verdadero oficio. El Sefardí. Un tipo con las pelotas bien puestas. Un periodista free-lance cuyas crónicas más recientes se remontaban a su juventud y cuyas fotos se habían publicado apenas un par de ocasiones y punto. ¿Por cuánto tiempo perduró aquel engaño? El suficiente para que el Capitán pasara de héroe a villano ante ella al conocer la dimensión exacta de su falsedad. Ella fantaseó de niña con ser también fotógrafa, reportera de guerra a imitación de su ídolo. Al aliento de sus fotos: aquella sucesión de imágenes que encarnaban tantos otros fragmentos arrancados a la vida por la mirada de su padre.

Aquella mirada que se suponía conciencia cuando únicamente era disimulo. La vida secreta de su padre. El Sefardí. Un peón de aquellos mismos que bombardeaban a los protagonistas de sus fotos falsarias. Lo supo muchos años después y merced a la confesión que definitivamente separó sus vidas. Aunque siempre detectó una zona de sombra en él y en sus viajes, en sus desapariciones arbitrarias. Siempre se supo parte de esa cortina de humo que protegía a su padre en detrimento de su madre y ella misma; aun así escuchar la confirmación de boca de otros era algo distinto. Algo obsceno pero también remotamente tranquilizador.

Raquel observó la fachada del edificio de oficinas donde se alojaba la agencia Logos. Buscó con la vista la ventana de

Maqueda y creyó adivinar allí el perfil conspiratorio de Emilio. El no exactamente amigo de su padre. Un agente del viejo Cesid que había fundado tras su abandono del servicio una empresa de investigación que funcionaba como la seda. Resolvió que iba a subir y ponerse a su disposición para cualquier faena pendiente; la información y el crimen habían resultado ser primos hermanos al cabo.

El cabronazo del viejo al fin estiró la pata. Parecía que no iba a hacerlo nunca. Un infarto cerebral lo dejó medio gilipollas tres años antes, pero aun así se las apañó para seguir incordiando hasta hace solo un par de noches tras una semana entera de lenta agonía. Incordiar era su pasatiempo favorito: en el trabajo, una vez jubilado con su supervisión absurda; en el ocio, con su perenne intromisión paterna; en el domicilio, con su presencia minusválida a lo largo de este último, inacabable trienio.

Recluido en su silla de ruedas, con la mitad derecha del cuerpo paralizada y la mantita sobre las rodillas, engullendo las cucharadas de sémola que le ponía en la boca Amalia o cualquiera de las tres asistentas que se turnaban día y noche para atenderlo hasta en sus más íntimas necesidades. En sus maniáticos reclamos que ya no lograba articular con aquella voz fangosa y esa mente presuntamente cortocircuitada. Dormitando en apariencia frente al televisor pero con el ojo izquierdo siempre abierto para vigilarme mientras cenaba con Amalia en la mesa del comedor familiar o leía en la biblioteca o estudiaba en el despacho. Su único ojo atento, suspicaz, impúdico. El que había sobrevivido al marasmo de su cerebro, el que recordaba y sospechaba y hacía cálculos rencoroso como los hacía con ambos ojos mientras la trombosis le respetó y aún no había devenido en un Polifemo arrumbado.

Aquel par de ojos grises, fríos como monedas, de Luis Romero que me examinaron de arriba abajo duros, adversos nada más conocerme en el colegio de Odontología hace una década. Aquellos ojos que me vigilaron censores durante años en la consulta y fuera de ella, acechantes como haces de rayos láser a la caza de algún letal carcinoma anímico. Aquellos ojos que habían transigido primero a regañadientes y luego resignados ante el noviazgo y mi posterior boda con Amalia. Aquellos ojos risueños mientras me hacía leer el pliego con las capitulaciones matrimoniales redactadas a su dictado por el notario, aquellas disposiciones de ineludible rúbrica por las que me obligaba a renunciar al dinero amasado en exclusiva para la hija única y esos nietos que nunca habían llegado. Aquellos ojos reacios que descalificaron cualquier sugerencia o propuesta de mejora y modernización en las anticuadas instalaciones de sus consultas; hasta que al cabo, un par de años antes de sufrir el ictus, aceptaron maliciosos mis iniciativas de ampliación negocial, a condición de que los créditos figurasen a mi solitario nombre, con mi magro sueldo y pálidos ahorros por aval, en el deseo apenas disimulado de que esa inversión de futuro fuese la azada con la que cavar mi propia tumba profesional a base de pérdidas monetarias y desafección de clientes añejos.

No le di semejante satisfacción. Más bien al contrario. Así hubo de ver desde su decrepitud no solo cómo conservaba la clientela de ambas consultas, sino que la doblaba y hasta cuadruplicaba con la apertura de otras dos. Cómo el arribista, el huerfanito surgido del arrollo, el oportunista del supuesto braguetazo tan solo consentido porque la hija era más rara que una seta y sus deseos de descendencia más intensos aún que su mezquindad, triunfaba en su ambición. Cómo el odiado yerno, se mostraba cada vez más renuente, cada día menos proclive a aceptar sus consejos envanecidos o sus venenosas trampas, cómo los hechos le validaban y le hacían quitarse del cuello la presión de sus garras.

Así hasta que en una noche augusta y secreta, vi la vía expedita para el golpe y no vacilé en asestarlo. Tras una cena copiosa y los licores de después, en mitad de una charla enconada de la que Amalia decidió borrarse, entré al trapo de su pullas y le restregué por la cara mis logros profesionales y mi íntimo desprecio tras haber multiplicado por mi cuenta y riesgo sus beneficios, afianzado el prestigio viejuno de sus consultas, capitalizado su patrimonio, dejado atrás su anacronismo y su racanería insufribles. Y cómo, no contento con la ira que se acumulaba en sus facciones arrugadas de batracio y en sus insultos sobre mi mucho aventurerismo y mi poca hombría, le informé de la probada incapacidad reproductiva de su única hija y de la razón de los continuos abortos, del hastío de una situación irreversible, de las ganas enormes de mandarlo al guano tras toda una década de disimulo y sometimiento. Cómo encajó mis palabras con sorpresa violenta hasta que su rostro se tornó bermejo de cólera, su cuerpo convulsionó, apretó los puñetes y trató de golpearme sin éxito para caer luego al suelo víctima del bendito colapso.

La tacha del asunto fue que el golpe no fuera definitivo, que el viejo de mierda sobreviviese al ictus y que, tras una larga convalecencia, hubiese que trasladar el domicilio familiar hasta su enorme mansión del Carrascal a piadosa iniciativa de Amalia para cuidar de él en su desgracia. Y así nos tocara convivir, víctima y victimario presuntos, en una misma casa por tres largos años. De ahí que aquel ojo único se tornó disminuido pero paciente, tenaz en su revancha, en su torva voluntad de venganza.

Intentaba comunicarse pero no lo conseguía el batracio. Con Amalia, con sus asistentas, con su neurólogo y con sus escasas visitas. Intentaba hablar para acusarme y le salía un hilo de voz desmedrado, alguna sílaba suelta e ininteligible, intentaba escribir su alegato contra mí y únicamente conseguía garabatos mongoloides para tamborilear luego con la estilográfica sobre la mesa en un redoble asimétrico y pueril. Pero su ojo único me decía siempre que me hallaba en su campo de visión cuanto no podía expresar ante los demás y a mí me resultaba diáfano: su empeño en hacérmelas pagar todas juntas aunque fuese más allá de la tumba.

Y por eso aquel ojo, ahora ya definitivamente cerrado y emparejado con el otro que había sucumbido al ictus, ambos párpados bruñidos por los cuidados cosméticos de la funeraria, clausurado tras la mampara transparente del ataúd, no me inspira más que asco y desprecio mientras soy yo ahora quien lo vigila para que no reviva a imitación de su ídolo, entre los llantos de la familia cercana, entre las palabras rituales y los golpes de hisopo del sacerdote de la Prelatura, entre el traslado del féretro hasta el interior del mausoleo, entre el gesto demudado de Amalia, que busca sin encontrar en mi rostro complicidad ni consuelo, sino una conmoción que encubre mi alivio por contemplar al fin el ingreso sin retorno de su padre en la sombra, en la gusanera, en el olvido; en esa nada tan merecida, tan bien ganada.

Ahí te pudras, batracio cabrón. Bailaría sobre tu puta tumba si todos estos no estuvieran presentes: tu heredera, tus familiares, tus acólitos, los carcamales de tus amigos y las fuerzas vivas de tu secta. No, no voy a echarte de menos. Ni un minuto voy a dedicar a tu recuerdo. Ni un segundo a tu inquina pertinaz. Ya solo me queda seguir disimulando durante el luto mi propio odio por todo lo que fuiste y ya no eres, al igual que lo he tenido que hacer hoy primero en el velatorio y luego en el funeral en la basílica de la Virgen. Al igual que lo haré ahora por un rato aún mientras recibo junto a Amalia, formado junto a sus tíos y primos, los últimos pésames y abrazos y apretones de manos de los asistentes al entierro, mientras vislumbro con sorpresa la presencia de un rostro conocido al final de la ringlera de deudos, mientras no puedo evitar un leve rubor en mi rostro por esa inesperada delicadeza de la que soy objeto.

Precedido por el cardiólogo Ojeda, Bosco llega al cabo frente a nosotros, sujeta las manos de Amalia y le ofrece su más sentido pésame en el nombre de toda su familia y en el suyo propio. Se detiene frente a mí luego, me interpela en silencio antes de fundirse conmigo en un fuerte abrazo.

—Te acompaño en el sentimiento, Daniel.

—Gracias por venir, Bosco.

—No hay por qué. Contad conmigo para cualquier cosa que necesitéis.

—Gracias de nuevo.

—Lo digo en serio, cualquier cosa. Aunque sea para tomar algo juntos y charlar un rato. Las penas compartidas son menos. Llámame, ¿de acuerdo?

Asiento conmovido y lo veo marchar luego con sus amplias zancadas de autómata en dirección a la puerta del cementerio. Repartir allí unos besos, unas palmadas, un par de gestos de condolencia antes de buscar con mirada urgida su todoterreno en el aparcamiento con la intención de emprender al punto la fuga, su larga fuga sin motivo pero tan semejante en lo demás a la mía.

V.
Denuntiatio

Bosco se detiene ante el portal, mira a un lado y a otro de la calle desierta, respira hondo. La ligera caminata desde el coche de Uncio hasta allí le ha servido para infundirse ánimos. Saca su llavero y franquea el portal de la finca. Asciende en el ascensor hasta el quinto piso, desciende el tramo hasta el cuarto por las escaleras, sigiloso y avergonzado. Como si ella aún estuviese viva, como si su discreción fuera a evitar el desastre. Gira la llave y penetra en el apartamento. Toma el teléfono del bolsillo interior del abrigo y pulsa la pantalla que destella en la oscuridad del vestíbulo. Aguarda.

—Lourdes, soy yo. Me ha surgido un imprevisto. Es posible que llegue tarde esta noche. O que duerma en el estudio... No, no tengo tiempo ahora para explicarte. Dale un beso de mi parte a lo niños. Adiós.

Corta la comunicación, abrupto. Se mesa los cabellos. Lourdes. Su mujer. Sus cinco hijos. Su familia. Pensar en ellos le paraliza y no puede permitírselo. Atraviesa el recibidor, prende los focos halógenos del pasillo y se dispone a cumplir con las instrucciones del abogado. El escrutinio del resto del apartamento: la cocina, los cuartos de baño, las dos habitaciones pequeñas y el salón.

Así, entra en el salón y contempla la camilla desplegada a un extremo del mismo, el velador de mármol con los cirios y aceites balsámicos, los bastidores y los paneles con escenas de caza rupestre que servían para dividir en dos ambientes el rectángulo de la estancia, el amplio sofá de cuero negro salpicado de cojines frente a la alfombra turca y la pantalla de plasma. Todo en orden. Luego viene el turno de la cocina: limpia y sin restos de la menor actividad culinaria, Ava no tocaba una sartén nunca; todas sus comidas eran de encargo o las hacía en el bar de enfrente. Abre el cuarto de baño del pasillo donde se duchó un par de horas antes para no regresar a la alcoba y utilizar el privado. Aquel era el de los clientes. Con los geles, champús y colutorios dispuestos en la balda de un armario supletorio. Nada que reseñar allí salvo los restos de su propia ducha tras la mampara. Bosco los elimina con una rociada de agua. Va luego a la cocina y regresa al baño para pasar el mocho por el suelo y apoyar contra la pared la tabla de madera. Restituye cubo y fregona a su lugar y prosigue la revista. Ahora los cuartos con sus respectivas camas de cuerpo y medio en las que Ava alternaba sus servicios. Ambas perfectamente tendidas, sus almohadones apoyados contra los cabezales, las ristras de preservativos y los tubos de gel en los canastillos de mimbre sobre los veladores, junto a las dos lamparillas de noche apagadas y gemelas.

Nada de más o fuera de sitio. Ni el menor rastro de una presencia extraña. Ni la menor huella visible. Bosco abre los armarios que conservan las mudas de ropa que Uncio le ha desaconsejado pierda tiempo en eliminar, examina el suelo de madera, se arrodilla e indaga debajo de las camas. Nada. Salvo una fina capa de polvo sobre la tarima del parqué. Salvo la sombra esfumada del paso de todos aquellos hombres. Salvo la fantasmagoría sonora tantas veces imaginada de los muelles chirriando bajo el peso de Ava y de todos aquellos hijos de puta que se la tiraron allí mismo. El alboroto de gemidos y resuellos y voces desmayadas al alcanzar el orgasmo ante, con, contra, para, por, según, sin, sobre, tras Ava. Nada salvo esa secuencia obsesiva de cuerpos hincados en el cuerpo de ella que remolinea enloquecida otra vez en su cerebro.

Basta. Se levanta y sacude sus rodillas rabioso, abandona el cuarto. Se detiene en el pasillo y resuelve dar término al examen; no hay nada allí que lo acuse o exculpe del crimen. Nada de lo que enorgullecerse y mucho de lo que arrepentirse; pero no ahora. Ahora tiene miedo de perder el control de su mente y la pavorosa sensación de estar buscando pruebas contra sí mismo.

Además, aún le resta lo más difícil del trámite. Mira al frente y traga saliva. Camina hasta el fondo del pasillo, empuja la puerta de la alcoba. Se queda en el umbral, bañado por el débil resplandor rosado del neón y golpeado por el hedor de la muerte. Alarga un brazo para pulsar el interruptor de la luz cenital. La vela de sándalo ya se ha consumido por completo sobre el tocador y, pese al pañuelo empapado en colonia que aprieta contra su boca, la vaharada está a punto de hacerle vomitar de nuevo. Contiene a duras penas las náuseas, sus ojos rehúyen el cuerpo de ella, fija la mirada en el suelo y topa con las salpicaduras de sangre ya reseca en el parqué. Eleva la vista al punto, contempla el equipo de música encendido pero silencioso, los altavoces por donde las cantatas de Bach nunca más resonarán para deleite del oído de nadie, para acompañamiento de su propio gozo y el de ese cuerpo desarbolado que sus ojos evitan a roda costa.

Camina hasta el baño de la alcoba cuidadoso y verifica que está limpio y no contiene otra cosa que los mil y un afeites que ella no volverá usar. Retrocede, se agacha y comprueba que no hay nada bajo la cama de matrimonio. Al enderezarse, no puede sortear la visión fugaz de su cuerpo roto, de su cráneo machacado Sus ojos se humedecen tras el pañuelo que aprieta contra la boca, esta vez para sofocar un aullido que parece nacer en lo más hondo de sus tripas. Recula luego de rodillas, como un penitente inverso, hasta la mitad del pasillo. Genuflexo, con el rostro bañado en lágrimas, se persigna y ora.

Con la calma que siempre le infunde la oración, diez minutos después, se pone en pie y regresa sobre sus pasos. Se arrellana en el sofá del salón. Trata de reunir fuerzas. Y justo entonces distingue el brillo del objeto, en el reposabrazos, medio oculto por un almohadón y hasta ahora inadvertido. Se aproxima, toma su escapulario plateado de la Virgen del Carmen y lo observa con asombro. Lo echó de menos meses atrás e incluso adquirió otro en su lugar. ¿Qué hace el medallón allí? Ava lo encontraría extraviado por la casa y lo habría dejado en el sofá para devolvérselo. Esa era la explicación más segura. Y, además, su hallazgo le parece un inesperado signo de fortuna en mitad del marasmo. Se cuelga el escapulario del cuello y besa su imagen con reverencia. Hace acopio de valor. Saca el móvil del bolsillo y pulsa tres dígitos al cabo.

VI.
El hecho en sí
(Un mes antes)

El encargo de postín me llegó a primera hora. La llamada procedía de una centralita, una larga traza de números guiñoteando en la pantalla. En un ay estuve de no contestar, o hasta de rechazarla. Pero lo pensé un momento, podía ser alguno de los funcionarios a los que atiendo que me contactaba desde su propio despacho. Una falta de discreción, un descuido producto quizá de una calentura imperiosa, una comunicación que dejaría su rastro en algún registro oficial; pero eso, a fin de cuentas, no era asunto mío. Respondí al quinto timbrazo.

La voz pertenecía a un tipo joven que me tranquilizó al punto, era una línea oficial pero también segura. Se podía conversar sin tapujos. Para mayor confianza, aquella voz sacó a relucir los apellidos de un par de mis clientes más asiduos. Ambos me habían recomendado encarecidamente a su jefe, y este quería conocerme hoy mismo, a primera hora de la tarde. El lugar de la cita sería un hotel en el distrito financiero de la ciudad, encontraría una suite reservada a mi nombre de guerra, no habría preguntas ni tendría que mostrar documentación alguna en la recepción. La duración del servicio sería de tres horas. Saqué a relucir el asunto de mis honorarios especiales por salida y los suplementos varios; la voz del joven asistente me los dobló, rumbosa. Era una cita especial para un cliente especial. El dinero no suponía un problema. Pero, eso sí, también debía cumplir ciertos requisitos. El primero, la discreción más absoluta; el cliente era un hombre público y famoso. El segundo, la entrega de unos análisis de ets a realizar esa misma mañana en un laboratorio de confianza. El tercero, sumisión y complacencia sin reservas, y total ausencia de medidas de protección. Al cliente le iba el sexo duro y a pelo. ¿Estábamos de acuerdo?

«¿El cliente es un hombre sano? ¿Podía él también demostrarlo con una analítica?», pregunté de vuelta. «Soy una escort de lujo y no puedo arriesgarme a un contagio». La voz del asistente se atragantó en una risa súbita, por supuesto que su jefe era un hombre sano, que no tuviera la menor duda, ¿para qué si no me pedía a mí la prueba? «¿Quién de los dos practica la promiscuidad?» «Los dos por lo que usted recién me cuenta», respondí sin empacho. La voz guardó unos segundos de silencio al otro lado del hilo. Retomó la charla esta vez con una inflexión autoritaria en el tono: «Mira, Ava, tendrás que conformarte con una analítica del mes pasado, tu cliente se encuentra esta mañana en Madrid y no se le puede molestar allí con pejigueras. Si el negocio te interesa, adelante; si no, tengo otras profesionales en la agenda». Ahora fui yo la que permaneció en silencio haciendo cálculos y tragándome el sapo, intuyendo que no era lo único que esa tarde habría de tragarme. Riesgos, siempre riesgos por muchas medidas de protección que una se obligase a seguir. Y no siempre tan bien remunerados. «¿Qué me dices?», me urgió el asistente. «De acuerdo», contesté, «deme la dirección de ese laboratorio».

Me extrajeron sangre apenas media hora después en un aséptico gabinete de una clínica privada. Pasé un par de horas tomando té y mordiéndome las uñas en una cafetería mientras aguardaba los resultados. Negativo en todas las pruebas realizadas, constaba en el papel que me entregaron en el mostrador. Al fin respiré tranquila. Me practicaba análisis una vez al mes a requerimiento de Bosco y del último no hacía ni un par de semanas; pero en este oficio arrastrado una no sabía, nunca sabía cuándo el bicho podía pegar su dentellada.

Regresé en taxi. Me quedaba tiempo para almorzar algo en el bar de siempre y luego arreglarme con especial esmero. No era la primera vez que iba a acostarme con alguien famoso. Antes hubo un joven presentador de televisión, y un jugador argentino de fútbol, y un maduro actor de cine que se empeñó en hacer un trío conmigo y con su último ligue, una chavalita medio anémica pero muy guapa que demostró en la cama mucho más interés por mí que por el viejo enviagrado que pagaba por aquel número.

Cuando llegué al hotel, el asistente me estaba esperando en el *lobby*. Era un treintañero bien planchado. Me reclamó la analítica, me entregó un sobre con el dinero junto a la tarjeta de la suite, y me instó a subir y aguardar allí. De la analítica del cliente se había olvidado, que lo disculpara. Me ofreció la mano como despedida y se la estreché taladrándole la jeta. Llevó la mía hasta su boca y rozó el dorso con los labios. «Sé buena chica y quizá repitamos, mi jefe o yo mismo la próxima vez». Le arrebaté mi mano con brusquedad y le di la espalda. Menudo lambucio. Ojalá que el cliente fuera menos relamido que aquel palanganero lamesuelas. Reconté los billetes mientras tomaba el ascensor hasta la octava planta.

En la suite había una botella de Taittinger enfriándose en el interior de una cubitera plateada. Esperé durante diez minutos mirando por la ventana. Me puse el body de terciopelo rojinegro y ya estaba por descorchar la botella de champán y probarlo cuando el celular mostró su nombre destellante: BOSCO. Pensé, carajo, por qué no lo he apagado. Porque él podía llamarte. Pensé, y qué hago yo ahora. Atenderlo. Si no lo haces, habrá verbena. Invéntate algo, una excusa que invalide su apremio. Pulsé la pantalla y me llevé el chisme a la oreja. El arquitecto se quejó de mi tardanza en la respuesta, iba a salir de su estudio a la hora de siempre hacia mi casa. Tragué saliva y también quina, afecté una voz sufrida, le anuncié que me encontraba en la cama, con un dolor de muelas que me estaba matando. Que a punto estaba de apagar el celular, solo lo había dejado en marcha por si acaso él llamaba. La voz del arquitecto se dulcificó del otro lado, ¿tenía algún medicamento con que calmarme? Tenía, sí, y ya los había tomado pero como si nada, estaba viendo las estrellas, me dolía tanto que me subía por las paredes. «Es que me estoy volviendo loca con esta vaina, mi amor, esta tarde no estoy para nadie, ni para ti y ya lo siento». Bosco entiende y transige, magnánimo en apariencia, propone pasarse por casa a hacerme un ratico compañía, sin más pretensión. «Ay no», me espanto, «no te molestes, creo que me voy a buscar una farmacia de urgencia. A que me den algo bien fuerte y luego a la cama, que ni comer puedo, a ver si al menos duermo». Bosco acepta por fin, aunque noto su sospecha matizada de fondo, mañana me llama para ver cómo sigo. Agradezco y le cuelgo muerta de nervios. Silencio el trasto justo cuando se abre la puerta de la suite, y asoma el cliente tras una sonrisa macerada y resuelta.

Resultó que sí era importante el tipo. Y famoso. Cansada estaba de verle la cara en pantallas y papeles, yo que no sigo las noticias ni de suerte. Cansada de oír su voz en las radios y en las televisiones, a mí que la política me importa un coño. Cansada acabé las tres horas de tralla, el tipo andaba por los cincuenta y tantos, pero era una máquina de tirar a destajo. O eso, o las pastillas que se había metido antes del evento. El asunto es que me hizo ganarme el jornal bien ganado el hijo de su madre: masaje, adoración de verga y luego pimpampum hasta llenarme con su esperma los tres agujeros. Me lisonjeó de lo lindo en los entreactos; le habían hablado maravillas de mí, pero se habían quedado cortos, y se puso mimoso a última hora. Intentó meterme la lengua en la boca y ahí le paré. Justo ahí estaba la raya de mi complacencia. ¿Entendía? Entendió, putero resabiado al fin, pero no por ello se privó de volver a colgarse mis tobillos de las orejas y seguir dándole al fuelle hasta que sonó la bocina: una llamada que lo prevenía de la inminencia de una entrega pública de premios seguida de una cena de gala. Se duchó y se vistió como un tiro. Me mandó un beso con la punta de los dedos. Salió de la suite precedido por la misma sonrisa dentífrica de su llegada.

Tomé otro taxi en la puerta del hotel. Hice el trayecto fatigada y nerviosa. Tenía dos llamados perdidos del arquitecto. Ya solo me faltaba que hubiera acudido al apartamento para verificar la autenticidad de mi coartada. No había nadie en el patio ni en la calle. Entré en mi propia casa como una quinceañera que regresa donde los padres de madrugada. La cerradura con doble vuelta y ni rastro de Bosco. Suspiré aliviada y me metí en la ducha pese a que ya lo había hecho en el hotel antes.

Dejé que el agua cayera larga y pensé sin poderlo evitar mientras me daba jabón entre las piernas en el tipo para el que no tracé la raya. El tipo de la lengua de culebra. El de los ojos verdes, la nariz husmeadora y los dedos de ciego. El del rostro frío y la verga caliente. Tres veces más vino a verme y a cual fue mejor que la anterior. Dos semanas hacía desde la última. Me sequé, comí fruta, me eché en la cama reventada de cansancio y también de esa cosa bien puta que es la añoranza.

La historia de Matoses le olió a chamusquina casi desde el principio. El plumilla ejercía ya de burlanga allá por el año de la catapulta y, pese a sus sistemáticos revolcones e intentos de rehabilitación, no había conseguido superar aquel vicio. Tampoco era la primera vez que andaba metido en problemas con gente de deuda peligrosa ni que le solicitaba préstamos o recurría a él para favores de esa índole. En más de una ocasión estuvo tentado de mandarle al peo; pero nunca lo hizo. Al margen de escritor de mérito y ludópata redomado, Matoses era el padrino de su hijo Bruno. Mila, la hermana del plumilla, pedagoga y terapeuta, le había conseguido plaza al pituso en su propio colegio de educación especial. Y Gustavo, su cuñado, le llevó el pleito de divorcio con Nuria por una miseria. Matoses y él habían retroalimentado su amistad a base de cruces de información y favores personales durante más de dos décadas. Su relación con el periodista rebasaba el ámbito amistoso en demasiados aspectos como para no concederle el beneficio de la duda.

Con los datos que le proporcionó en el hospital, Coco recurrió a otra vieja amistad. Llamó a Adolfo Goñi y quedaron en verse a la mañana siguiente en La Tarara, el bar de la esquina de Jefatura. Adolfo había pasado tres lustros destinado en Mallorca y desde hacía un año era el nuevo inspector jefe del grupo de Narcóticos. También era el estupa con menos pinta de estupa que conocía. Nada de esas chupas de cuero, esos cráneos rapados, esas perillas de corsario, esas pulserillas cutres de artesanía, esos perendengues en las orejas, ese desaliño y ese perfume a sobaco resentido con que intentaban dar el pego de buscavidas, y por lo común acababan pegando un cante más jondo que el de las Minas.

Adolfo, además de afeitado y con un corte de pelo reciente, iba siempre vestido como un figurín. Trajeado de pies a cabeza con ropas de marca, gemelos brillantes en los puños, pasador dorado en la corbata, sello macizo de oro en el anular. Llevaba encima más colorao que un padrino calé de boda. Solo le faltaba el tatuaje con el careto del Camarón en el pecho, tipo Sagrado Corazón de Jesús. Estuvo tentado de pedirle que se lo enseñara cuando el elegante estupa cruzó la puerta del garito y se sentó frente a él en una mesa del reservado.

—Dichosos los ojos, Coco. Estás hecho un chaval.

—Estoy hecho una ruina, Fito.

—Ya será menos. Anda, vamos a lo nuestro que voy justo de tiempo.

—¿Conoces al tal Balboa?

—Más de lo que yo quisiera. Treinta y siete tacos. Sicario de los Carvajal desde los dieciséis. Orden de extradición cursada por la Audiencia. En Colombia le imputan cinco asesinatos. Lleva operando en España tres años, desde el 2000 hasta la fecha. Ha subido hasta el escalafón intermedio del cártel. En Madrid se hizo cargo de una oficina de cobros y se le sospecha el encargo o la comisión de otros cuatro asesinatos más.

—Una joya el chavalote.

—Aún no he terminado. Establecieron una oficina subsidiaria aquí y el encargado desapareció o lo desaparecieron hace medio año. Desde entonces, Balboa se vino para la costa y se ocupa de la logística, distribución y transporte de lo que entran por el puerto. Tu amigo está bien informado.

—¿Los tenéis en la mirilla? —sondeó aguardando el consiguiente capotazo.

Fito, por contra, bajó la voz y le hizo un guiño cómplice.

—Llevamos el último trimestre detrás del grupo. Tenemos un contenedor marcado en origen y en Aduanas lo van a dejar desembarcar sin registrarlo. Cuando acudan a por el mantecao, vamos a estar esperándolos.

—¿En breve?

—No sabemos con exactitud.

—En cuanto a mi amigo...

—No me jodas, Coco. Tú sordo, ciego y mudo.

—Ya, como la niña de Anne Sullivan. ¿Y si le vuelven a reclamar la deuda?

Adolfo Goñi removió el culo en el asiento, infló los mofletes y abrió los brazos en un gesto que aunaba la concordia con la indiferencia.

—Yo de él me iría un tiempo de viaje. Un mes por lo menos, me dedicaría al descanso y la meditación. Y aprovecharía para quitarme el pavo.

—Veré qué puedo hacer.

—Hazlo. Un gusto verte, Coco.

Tras acompañar a la puerta a Goñi, se pidió un segundo carajillo y sopesó las posibilidades del asunto. Había tenido suerte el puto plumilla. La misma que los naipes o la ruleta o las tragaperras le negaban. Si el operativo tenía éxito, se iba a quitar de encima a aquellos pájaros. Y si no lo hacía, los colombianos tendrían que poner tierra por medio y no iban a jugársela por sus treinta pepinos de deuda. Llamó a Matoses y le atendió su hermana. Mañana le daban el alta. Le explicó el asunto por encima a Mila, que hablase con el periódico y adelantara las vacaciones.

Al día siguiente recogió al plumilla en el hospital y se lo llevó de viaje. Su cuñado Gustavo tenía una caseta de playa al sur de la provincia, y allí lo dejó perplejo, con un brazo en cabestrillo y más solo que la una a la orilla del mar. Aunque también con víveres para una larga temporada, ropa limpia y quinientos euros de fiote. Matoses le intentó sonsacar sin éxito durante el trayecto, e insistió luego a pie de auto.

—Dentro de un mes estaremos en las mismas.

—Igual no —dejó ir y se arrepintió al punto.

—¿Qué quiere decir eso? —se vino arriba el plumilla.

—Mira, no me busques las vueltas que bastante he hecho ya por ti. Cúrate en salud. Reposa, lee o escribe. No te signifiques en el pueblo. Y me llamas para cualquier cosa.

Coco volvió a la ciudad corroído por las dudas, si por él fuese le hubiera puesto una escucha en el teléfono pero tampoco era plan; y un amigo, aunque bocazas de profesión y burlanga de querencia, un amigo al fin. Como otras veces, resolvió actuar conforme a ese quince por ciento de confiable que cifraba en el ser humano, ese residuo de lealtad y entereza que prevalece pese a nuestras taras.

No tuvo noticias ni buenas ni malas de él en dos semanas y se olvidó del asunto durante un tiempo. Justo hasta que esa misma mañana Zafra le advirtió que recién se había tropezado con Matoses en los juzgados, el plumilla asistía a una vista pública. Se apresuró a buscar el número de su móvil en la agenda.

—¿Qué carajo haces por aquí?

—Ganarme los garbanzos. No soportaba ni un día más de exilio.

—Si los colombianos quieren ir a por ti, se lo estás poniendo a huevo.

—No te preocupes por eso. Está solucionado.

—¿Qué me estás contando?

—Deuda saldada. Un golpe de suerte. Jugué, gané y pagué lo que debía.

Coco le dedicó una mentada de madre y cortó. Llamó a Goñi a su unidad. Nada más reconocer su voz, el estupa dejó de un lado la elegancia para ciscarse en sus ancestros. El grupo entero de Balboa se había hecho humo la semana anterior. Nadie se acercó al contenedor marcado, y había cincuenta kilos dentro. Iban a decomisarlo hoy mismo. Tres meses de trabajo por la alcantarilla. Al menos, tenían el alijo de consuelo. No podía acusarlo de irse del pico pero, eso sí, que no volviera a pedirle ni agua.

Colgó con las facciones desencajadas de ira. El chivatazo, por otra parte, podía haber partido de cualquier sitio: de aduanas, de la estiba, de los mismos hombres de Goñi. Fito ya se había comido algún marrón parecido en Mallorca. Pero Coco intuía mejor que nadie su origen exacto. Localizó al plumilla en la redacción de su periódico, se lo llevó de una oreja hasta el bar más cercano. Le pidió un sol y sombra como anestesia preventiva.

—O largas o te va a parecer una broma lo que te hizo aquel cholo.

—Le dije que os tenían pegados al culo. ¿Qué querías que hiciese?

—Debería llevarte a Jefatura y dejarte un rato con el menda al que le has reventado el trabajo. Y luego denunciarte y meterte en el hotel una temporada. Te ibas a hinchar a jugar al póquer y darle palique allí a los narcos.

—Perdóname, Coco. Tú sabes que no tenía otra.

—Claro que la tenías. Me has hecho quedar como un panoli. Pero eso se acabó. Ni se te ocurra volver a arrimarte a mí. Para nada. ¿Estamos?

Matoses se sorbió los mocos y asintió con aire compungido. Coco alisó un billete sobre la barra y se largó sin despedirse.

Vidal aguarda a pie de cancha a que acabe la partida anterior a la suya: dos chicos y dos chicas muy jóvenes juegan entre risas nerviosas y torpes lances. No hay en esa disputa competencia deportiva, tan solo efluvios de testosterona y feromona friccionando por el aire en el trueque más viejo del mundo. Una de las jugadoras, una rubia angulosa, no deja de observarle de reojo y parece dedicar sus torsiones y estiramientos más a él que a sus compañeros. Vidal desvía la vista, risueño pero también prudente. Al cabo, consulta la hora y el número de pista para asegurarse de que no está en un error. Acaba de salir de los vestuarios y le ha extrañado que ninguno de los otros anduviese ya por allí. Pasea vestido de corto por el corredor central de las pistas cuando el arquitecto aparece enfundado en un chándal de marca con su bolsa de deporte al hombro y la mala noticia en la boca:

—No hay partida, sacamuelas. Asensi ha tenido una indisposición de última hora.

—Nada grave, espero —dice Vidal.

—Qué va. Le ha sentado mal la comida, creo. Otro gallo le cantaría a ese tocino si no comiese como el perro del afilador.

—¿Una gastroenteritis?

—Algo así me dijo Uncio hace un rato al teléfono. El letrado tampoco viene, pero tú y yo sí que podíamos aprovechar la reserva para sudar un rato si te parece. La pena es que las pistas individuales están todas ocupadas.

—Por mí, perfecto.

Los contendientes juveniles desalojan apresurados la cancha en cuanto Bosco hace ademán de entrar en esta. La rubia se gira un par de veces camino del vestuario para mirar al dentista, que le devuelve la sonrisa. Bosco, ajeno, hace un breve calentamiento y ambos intercambian raquetazos durante un cuarto de hora. Vidal entonces le propone al otro que entrenen saques. Le gustaría perfeccionar el suyo; en realidad, quiere aprender a cortar la bola del modo endiablado en que lo hace el arquitecto. ¿Podría enseñarle? Bosco accede complaciente y pasa al otro lado de la cancha. Le muestra a cámara lenta la técnica del golpeo. El giro de muñeca final. La distancia exacta con la línea de la pista y la altura precisa del bote. La postura del cuerpo y la velocidad de la acometida. El cambio a uno u otro ángulo según la postura del jugador que recibe. Vidal asiente y practica su saque a imitación del arquitecto ora con la zurda, ora con la diestra.

—Aprendes rápido, sacamuelas —observa Bosco entre dientes, orgulloso a su pesar de los progresos del otro.

—Qué va. Llevo meses intentando hacerlo como tú y no hay manera.

—Lo conseguirás. Tienes buena mano. O buenas, en tu caso.

Juegan luego un set a campo cruzado y Bosco gana el *tiebreak* por los pelos. Tanto que tiene la sensación de que el dentista no ha echado toda la carne en el asador y eso le revienta. Como si el alumno aventajado hubiese decidido en el último momento perdonarle la vida al maestro. Está por desafiar a otro set al presuntuoso, pero decide echar pelillos a la mar y se olvida del asunto mientras se duchan. A la salida del vestuario es Bosco quien propone esa tarde la cervecita de turno, la charla entre sumo sacerdote y acólito. ¿Son imaginaciones suyas o parece que el dentista acepta sin gran entusiasmo? Más por no hacerle un feo que por verdaderas ganas. No, camino del bar Vidal le retribuye con su sonrisa reverente, su sumisión obsequiosa, su agradecimiento de siempre ante la oferta.

Se acodan al extremo de la barra del club, en el lugar de costumbre, piden al camarero y charlan sin urgencia ni formalidad. Así lo llevan haciendo un par de veces a la semana desde hace ya casi un año y, aún con mayor frecuencia desde que murió el suegro de Vidal, su esposa sigue muy afectada por la pérdida. El dentista, sin embargo, no oculta su alivio.

—Era ya muy mayor, Bosco. Y su estado, sencillamente penoso. Amalia no lo puede ver así pero yo creo que fue una suerte. Una muestra de piedad por parte de Dios el llamarle al fin a su lado.

—Está bien que lo interpretes de esa manera. No obstante, a veces hablas de Dios como un firme creyente, y otras pareces el peor de los descreídos. Una mezcla entre beato y volteriano. Alguien que no acaba de decidirse entre el cielo o el purgatorio.

La reconvención no toma por sorpresa a Vidal. El arquitecto lleva desde hace dos meses sondeándolo sobre sus creencias, sus aspiraciones, su disposición en definitiva a ingresar en la Prelatura, a imitación de su difunto suegro y de su deprimida esposa, y del propio Bosco. El odontólogo sabe que le conviene dar el paso en el aspecto material, que sería un modo perfecto de asentar su actual posición e incluso de promocionarse; pero se resiste como ya lo hizo en el pasado.

—Tengo muchas dudas, no te lo niego. El mensaje evangélico siempre ha prendido en mí, desde bien niño. Ya te conté que me eduqué en una institución religiosa. Pero Dios demasiadas veces parece una ficción, un comodín sin mayor sentido que el que cada uno quiera darle.

—Cuidado, Daniel. Bordeas la blasfemia. La Fe no es condicional.

—Se tiene o no se tiene, ¿verdad?

—La Fe es mitad intelecto, mitad voluntad. Es un don, y desperdiciarlo un pecado infame. Y ese relativismo que tú practicas, una plaga de nuestro tiempo. Un error en el que alguien de tu valor no debería caer.

—Agradezco tus palabras pero...

—La Obra supone un proyecto de vida en la Fe. Un proyecto riguroso y compartido. Piensa en tu mujer. Piensa en la inmensa alegría que le daría saberte a su lado en ese proyecto. Y más en estos momentos de duelo.

—Eso es precisamente lo que más me tienta. Un paso mío en ese sentido sería un impulso para salir del estado en que se encuentra.

—¿Y te parece poco? ¿Acceder al camino de santificación como prueba de amor?

—¿Fue eso lo que tú hiciste?

—No. Lourdes y yo nos conocemos desde niños. Nuestros padres eran miembros de la Obra casi desde su fundación. Devotos pero también amigos del Santo.

—¿El amor no tuvo nada que ver entonces?

Bosco mira al otro con severidad mientras apura su cerveza. Ese tipo de salidas están fuera del guión. Empiezan ya a hartarle las excesivas confianzas del dentista y su actitud escurridiza. Empieza a hartarle también ese proselitismo que Ojeda parece haberle impuesto como una penitencia por sus desviaciones de otra índole y en el que no se encuentra cómodo.

Vidal acusa su mirada y se apresura a aclarar:

—Me refiero a la relación entre amor e ingreso en la Obra. Vuestra elección fue anterior a vuestro matrimonio, ¿no?

—Así es. Los caminos del Señor son inexcrutables, valga el tópico —zanja impaciente—. Y cambiando de tercio, te quería pedir un favor antes de que se me olvide. Esta tarde una de las secretarias de mi estudio se ha puesto malísima con un dolor de muelas. ¿Te importaría echarle un vistazo mañana en tu consulta?

—En absoluto. Dame su nombre y ya le haremos un hueco. Te mando mañana un mensaje con la hora de la visita.

Bosco le dicta un nombre femenino poco usual seguido de un apellido vulgar y Vidal lo teclea en la agenda de su teléfono. El arquitecto mientras mira la hora y dirige una seña al camarero para que cargue el aperitivo en su cuenta.

—Hora de recogida, sacamuelas. Tengo a mi hija pequeña con gripe y el cuento de antes de dormir es ahora doblemente sagrado.

—Yo también voy a retirarme. Y gracias por tus consejos, Bosco. Créeme que voy a pensarlo muy seriamente.

—Me alegro, chico. Hasta la próxima.

El Gualdrapas aprieta el cronómetro de su móvil y Raquel manipula el cubo de *Rubik* a toda velocidad para asombro de Merceditas, Imbernón y el Sabio Almela. Permuta, gira, voltea, hace magia con sus dedos. Apenas emplea unos segundos en restablecer la uniformidad cromática de sus caras. Ante la viva frustración del Gualdrapas, el cronómetro da fe de su hazaña: 00:09:46.

—La madre que te parió.

—No haberte apostado el almuerzo, listillo.

—¿Cómo lo puedes hacer tan rápido?

—Entreno. Hay campeonatos de velocidad con el cubo en todo el mundo. El último que participé fue en Alicante y quedé la cuarta.

—¿Cuarta? ¿Quieres decir que hay gente que lo hace más deprisa que tú?

—Y tanto. El récord mundial está en cuatro segundos. Lo tiene un armenio.

—Todos lo armenios son unos friquis.

—Eso no lo sé. Pero sí quién paga hoy, Gualdrapas.

El aludido se levanta de mala gana y camina hasta la barra para hacerse cargo de la cuenta del almuerzo. El resto de la tropa recoge sus pertrechos y se dispone a regresar a la oficina tras el tentempié de media mañana.

La becaria Bonafed, como la llaman desde que empezó su trabajo en la agencia Logos, ya en la calle se cuelga del brazo de Merceditas y la interroga sobre el seguimiento de esa tarde. Aún no sabe si la acompañará en la salida. Su compañera, tan fría y huraña al principio, ahora siempre quiere que Maqueda se la asigne como refuerzo. Merceditas es el espécimen callejero más escurridizo y habilidoso que ha conocido, capaz de mimetizarse con un buzón de correos de ser necesario. Posee un don especial para seguir los pasos a la gente, para grabar sus movimientos y conversaciones sin levantar sospechas. Además, cuarentona y breada, tiene contactos en todos los archivos y registros oficiales, así como una labia y una desenvoltura para sonsacar a vecinos y testigos varios con las excusas más peregrinas. Raquel lo pasa siempre en grande junto a ella, y aprende las mañas de oficio; pero no menos que con sus otros tres compañeros.

El Sabio Almela es una lumbrera electrónica, con él se ha hartado a hacer barridos en las sedes de bancos y empresas punteras. No hay micro ni cámara que se le resista al Sabio. Los instala y desinstala con la misma habilidad según la coyuntura del encargo: prevención del espionaje o su desempeño activo; él no tiene manías y Maqueda incluso menos. Cincuentón, verboso y reposado, es un caimán a tener en cuenta. Imbernón aún no ha cumplido los veinticinco, pero es un filibustero informático de primer orden, atesora una colección de troyanos capaces de infiltrarse en los servidores supuestamente más blindados del orbe. Podría forrarse con sus trucos y chanchullos en cualquier empresa del ramo digital, o incluso pasándose al lado oscuro; pero prefiere trabajar para Maqueda, Raquel sospecha que Emilio le debe tener bien agarrado de la bragueta por alguna trastada anterior. En cualquier caso, es un lujo aprender las tretas y misterios de la red procelosa a su lado. Guapo de cara y macizo de cuerpo, el Gualdrapas es un canalla de la vieja escuela de los ochenta. Todo lo que tenga que ver con el lumpen y la mala vida le atañe y divierte. Taxistas, porteros de hotel y discoteca, carteristas y estafadores de medio pelo, putas y putos y travelos, gentes de la bohemia y del alambre. Se mueve en la espesura nocturna como una hiena. No descolla por la limpieza de sus medios, ni de sus orejas; pero es un hacha en lo suyo el impresentable.

A los cuatro hubo de ganárselos nada más aterrizar en la agencia. Y a los cuatro se los ganó pasados los meses. Los cuatro le tiraron los tejos sin remedio, Merceditas la más rezagada pero también la más contundente. Y a los cuatro disuadió en sus pretensiones lascivas con buenas dosis de mano izquierda, y con la derecha también en el caso del Gualdrapas. Ahora, con varios meses de roce a sus espaldas, sabía de qué pie cojeaba cada uno y les bailaba el agua por turnos. Todos ellos carecían de estudios universitarios y habían pasado por la policía en algún momento, salvo Imbernón, autodidacta. A ninguno le gustaba hablar de su pasado en el Cuerpo. Emilio Maqueda al parecer les había salvado los respectivos culos de algún pufo y rescatado para la actividad privada.

Al único que seguía sin pillarle el punto era precisamente al viejo. Maqueda era el tiburón más sanguinario que hubiera podido imaginar. También el pirata más listo e intuitivo con el que se había topado. Siempre un paso por delante de los demás Emilio. Siempre atento y al acecho de sus progresos. Siempre poniéndola a prueba, no fuera cosa que la recomendación de Marian Linares fuera un ful y la herencia genética del Sefardí indetectable, y ella una niñata sin agudeza ni arrestos.

Así que cuando entraron en la agencia y Gloria, la recepcionista, le indicó que Maqueda la estaba esperando en su despacho, a la becaria Bonafed le dio un espasmo en la rabadilla.

Raquel se adentró en el angosto pasillo de la oficina preguntándose cuál sería el examen por sorpresa, la trampa saducea que el jefe pensaba tenderle esta vez. Golpeó modosa la puerta y escuchó una suerte de aullido hipohuracanado por respuesta. El viejo se limpiaba los belfos con brío y un pañuelo al otro lado de su mesa.

—Adelante, pelirroja, la puñetera alergia me lleva frito.

—Con uno de esos estornudos le podrías volar el casco a un bombero.

—Raquel Bonafed y su espíritu chandleriano. Todos los graduados en criminología estáis envenenados de literatura. ¿Aún no te has dado cuenta que este oficio y la novela negra se parecen como un huevo a una castaña?

—Ya te encargas tú de demostrármelo todos los días, jefe.

Maqueda la trepanó con sus ojillos saltones durante un rato. El tuteo y la gresca verbal había sido el caldo de cultivo de su relación laboral desde el inicio. Se diría que disfrutaba puteándola, pero también que apreciaba su inteligencia y su desenvoltura. Su aprecio, eso sí, se traducía por el momento en pullas, chanzas y reconvenciones de toda índole.

—Te voy a demostrar algo más, chica. Voy a dar por acabado tu periodo como becaria en la agencia.

—¿Cómo dices? —balbució Raquel, el corazón encogido como una nuez. No, no podía echarla a la calle. Haría lo que fuese por impedirlo.

—Te vas a encargar de tu primer caso.

—¿En serio?

—Sola ante el peligro, pelirroja. ¿No era eso lo que querías?

—Por supuesto —se rehízo al instante—. ¿De qué se trata?

—Un caso de divorcio. Justo de esos que Philip Marlowe no aceptaba.

—Marlowe es un personaje. Encantador pero ficticio, jefe. Y yo me muero de ganas de ponerme al tajo.

—Eres un experta en decir lo que el otro quiere oír. Es una de tus virtudes pero no la única, Raquel. Eres larga y rápida y muy resolutiva cuando toca serlo. Tus compañeros piensan lo mismo. No les defraudes. Y a mí aún menos.

Maqueda sacó un dossier de un cajón y se lo lanzó por encima de la mesa. Raquel se apresuró a abrir la carpeta y bucear en sus páginas. Emilio emitió otro estornudo de Guinnes, se refregó la cara con el pañuelo y la miró, ceñudo.

—Eso lo puedes hacer en otro sitio. La cliente vino ayer a verme y volverá esta tarde. Empápate con el material y atiéndela en sus pretensiones. No están muy claras. Parece un caso vulgar de divorcio pero tiene su componente exótico. No es habitual recibir encargos póstumos. Ánimo.

Raquel abandonó el despacho de Maqueda con las rodillas aún temblando. Pasar del temor a un despido fulminante a la certeza de su primer encargo en solitario había sido una experiencia tan intensa como memorable. Al fin aquel pirata le había ofrecido su bautismo de fuego en lugar de hacerla dar saltitos al borde de la tabla.

Sacó un café de la máquina, se encerró en el cuchitril que le habían asignado, una triste ergástula con una mesa, un ordenador antediluviano y una silla plegable, y se dispuso a leer con avidez aquellas páginas.

La mañana transcurre idéntica al resto de mis mañanas en la consulta. Los pacientes van desfilando uno tras otro ante mis ojos, frente a mi máscara: bocas, bocas y más bocas mermadas, deformes, carenciales o enfermas; siempre sarrosas y a menudo hediondas. Muy de vez en cuando la sorpresa escasamente rentable de alguna dentadura en buen estado. Exámenes iniciales, valoraciones clínicas, actuaciones cautelares. Pura filfa.

Nada de emocionante hay en la rutina de mis mañanas, nada de novedoso o delicado. Las intervenciones quirúrgicas de mayor enjundia están programadas en turno vespertino. Esa misma tarde acabo la ronda de implantes de titanio en la boca de don Ignacio, tan lloroso el abuelo en el entierro de mi suegro apenas un par de meses antes. Tan pimpante ahora con su dentadura reluciente y filosa, dispuesto al regreso a la dieta carnívora cuanto antes y a cualquier precio. No en vano eligió al fin, con el sabio asesoramiento de Marisa, el material ortodóncico más oneroso. Y a tocateja, que el banco no financia a los carcamales. Para lo que me queda en el convento…, debió pensar al ver el ataúd de su coetáneo camino del pudridero.

Acabo de examinar a un tipo maduro que ha venido para una revisión urgente. Hace un lustro que nadie le mira la boca y se queja de sangrado de encías y mal aliento. Es un caso de manual, padece de periodontitis en estado avanzado. Le explico, para su espanto, que además de eliminar la presencia de bacterias en las encías, vamos a tener que regenerar quirúrgicamente el tejido y el hueso.

Llamo a Rocío a fin de que le haga las radiografías pertinentes y le programe el calendario de visitas vespertinas del mes próximo, así como la entrega del presupuesto. Me despido del piorreico cincuentón con unas palabras de ánimo antes de que se ponga a hacer pucheros, y me encierro en mi despacho para tomarme un respiro. Aún no he apurado mi capuchino de media mañana cuando Marisa golpea la puerta y anuncia que la siguiente visita ya me aguarda en el gabinete.

Me cruzo con el doctor Gámez en el pasillo. Me saluda con cordialidad exagerada, inicia un conato de charla cómplice que corto por lo sano con una mueca de apuro. Está contratado en prácticas y el chaval finge simpatía y buen ánimo en cada una de sus actuaciones. Hasta para raspar una carie desborda entusiasmo, hasta en evitar las miradas al culo de Rocío pone cuidado, no sea que entre ella y yo haya algún apaño, hasta a la hora de cobrar su ridícula nómina chorrea obediencia y ganas de agradar. Me recuerda a mí mismo hace diez años, como un calco. Y así le rehúyo sistemático, evito cualquier acercamiento o muestra de aprecio por su persona. Sé que cada una de mis desatenciones causa una laceración en su tierno ánimo de odontólogo en ciernes; pero se acostumbrará, todos se acostumbran. Si lo hace y da el callo, lo trasladaré a otra de mis clínicas con un contrato semestral. Y si no, se irá a la calle en un par de meses con una mano delante y otra detrás. Al tiempo.

Entro en el gabinete y voy a lavarme las manos. La paciente de turno se encuentra ya instalada en el butacón. Observo su aspecto a través del espejo del lavabo mientras me enjabono. Cobriza, esbelta, en los treinta y tantos. Tiene el busto lleno, cintura exacta y un par de piernas bien torneadas apoyadas en el reposapiés de plástico. Reclinada sobre el brazo de la pila de enjuagues, parece distraída en contemplar la plazuela arbolada que se aprecia por el ventanal del gabinete.

Acabo de enjuagarme las manos y mientras las seco meticuloso con el papel desechable, le dirijo un saludo protocolario. La mujer se voltea entonces hacia mí para devolverlo y la reconozco de golpe en la luna del espejo. Mi primer impulso es cubrirme el rostro con la mascarilla verde y así lo hago de inmediato. Ella no advierte la urgencia del gesto, como tampoco parece haberle dado tiempo a observar con atención mis facciones. Soy para ella únicamente un dentista. Un tipo ataviado con una bata blanca, un gorrito y una mascarilla quirúrgica sobre la cara. Un hombre cualquiera. Así como ella para mí también es y siempre ha sido, pese estar ahora vestida con elegancia y no ofrecida en cueros sobre una cama, una hembra cualquiera.

Me aproximo hasta el butacón y le pregunto con amabilidad su nombre. Un asomo de reconocimiento chisporrotea en sus ojos al escuchar mi voz, pero se apresura a reprimirlo y me contesta con un nombre vulgar en todo ajeno al mercenario. Micaela Fernández. Acaso su nombre verdadero u otro falso pero idéntico al dado por Bosco ayer en el club y transmitido a Marisa a primera hora para ser colada entre horas e inmediatamente olvidado. Deploro mi torpeza, mi escasa capacidad de anticipación y sospecha. Debí imaginarlo enseguida, a qué tanta inquietud por una secretaria de su estudio.

—Encantado. Soy el doctor Vidal. Abra la boca, por favor, señorita. Algo me han comentado de un dolor de muelas. ¿Puede ser?

Ella asiente y obedece al punto, separa los labios fruncidos en una mueca mirliflor mientras me examina la frente y los ojos. Enciendo el foco y me inclino atento sobre ella. Su boca se abre como una herida en mitad de su rostro: el labio superior prendido en acento circunflejo, las dos ringleras de dientes blancos y saludables, el rosado colchón de su lengua, ancha y vibrátil, la curva del paladar y la campanilla brillante de sus amígdalas al fondo. La abarco de un vistazo. Toda su boca. Entera, muelle, acogedora y amarga. Nunca antes había examinado en mi propia consulta una cavidad bucal donde sé a ciencia cierta que ha penetrado mi falo.

Disfruto del reconocimiento. Me demoro en su observación. Introduzco allí un atacador y voy tocando una a una sus piezas. Ella se deja hacer con sus ojos fijos en mi rostro. No puedo verlos, pero los siento como se siente la caricia del sol en la piel un día de invierno. Como siento su aliento bañado de saliva en el que registro menta, cardamomo, silicio, fluor y, de fondo, el pálpito ferruginoso y pugnaz de su sangre. Cuando acabo mi examen, le pido que se enjuague. Ella vuelve a obedecerme sin rechistar. Se inclina sobre la pila, traga y escupe, deja el vasito de plástico apoyado en su muesca circular. Se gira por fin y me enfrenta ahora los ojos con una sonrisa desafiante.

—¿Te gusta mi boca, cabrón?

—¿Cómo dice?

—Quítate esa máscara y responde.

La complazco sin más tardanza.

—Me encanta tu boca, Ava.

—Por fin se acordó de mí el dentista. ¿Es que ya no pensabas volver a visitarme?

—No lo sé. ¿Es por eso que estás aquí? ¿Me averiguaste la vida?

—No me hubiera importado, dentista vanidoso; pero no. A tu consulta me mandó un amigo.

—¿Bosco Riera es tu amigo?

—Y el tuyo también por lo que parece, doctor Vidal.

—Mejor no le digas que también soy tu cliente.

—¿Y eso? —pregunta burlona—. ¿Es que te da miedo?

—Miedo ninguno. Le tengo aprecio. Y me consta que es un hombre celoso.

—Lo conoces bien entonces —valora Ava pensativa—. Muy bien, yo no le digo la verdad y, en pago, tú le dices una mentira.

—¿Por ejemplo?

—Que tengo las muelas hechas una pena, y ayer el dolor me dejó tirada. Pero que me curo pronto.

—De acuerdo —acepto tras un silencio que empleo en acariciarla con los ojos—. Pero antes quiero saber algo sobre ti. Algo que me pregunto desde el primer día.

—¿Qué cosa? —sonríe ella.

—Tú nombre. El de verdad. ¿Es el que me dijiste antes?

Ava se mira en mis ojos, despaciosa e intensa, abre su boca, pronuncia dos cortas sílabas:

—Mía.

—Es hermoso. Es perfecto.

—Micaela Fernández. El mismo que di a tu enfermera. Mica o Mía.

—Mía para mí. Quiero que seas mía, Mía.

—No hagas joda, pendejo. ¿Querías mi nombre? Ya lo sabes.

—Me alegro mucho de conocerte.

—¿Ah, sí? —ríe ella mientras introduce una mano sinuosa como un áspid debajo de mi bata y topa con una erección violenta—. Hmmm. Tendré que creerte, papi.

Marian trata de abstraerse a los murmullos de la sala de espera hospitalaria que le llegan pese a llevar en las orejas un par de audífonos. Sube el volumen de la música y deja que la voz pedregosa de Brassens elimine con su zumba las voces de los otros pacientes arracimados junto a ella. Inclina la cabeza sobre los legajos del sumario, lee con atención las declaraciones transcritas y procura concentrarse en los hechos que en ellas se describen. No lo consigue, pero persiste en ello pese al filo de dolor que le acuchilla la columna vertebral a intervalos regulares.

En esas, advierte que el móvil vibra en su bolsillo. Saca el trasto y mira la pantalla líquida donde las seis letras del nombre de Raquel parpadean insistentes mientras Brassens canta que la muerte le persigue con celo imbécil, pues jamás le perdonó haber sembrado de flores los agujeros de su nariz.

—Hola, señoría.

—¿Qué tal tu mañana?

—Agitada. Tengo una buena noticia. Me han dado mi primer caso.
—Enhorabuena. ¿Estarás feliz, eh?
—Sí, y un poco aturdida también. ¿Y tú por dónde andas?
—¿Dónde quieres que esté? Sentada detrás de mi mesa, impartiendo esa justicia que tanto le hace falta al mundo.
—Oigo voces de fondo. ¿Tienes lío?
—Sí, tenemos a un par de equipos de fútbol juvenil esperando para declarar. Un altercado multitudinario. Se liaron a guantazos los jugadores en el campo y los familiares en la grada.
—Qué folclórico.
—No te creas. Hubo dos heridos graves. A uno le rompieron una botella en la cabeza, y a otro le tuvieron que extirpar el bazo.
—Qué animales. Espero que les hayas citado por separado.
—Claro, y además tengo a Morales poniendo orden con un banderín y un silbato.

Raquel ríe en el auricular y su risa es el mejor de los bálsamos para el dolor que, mientras departe con ella, parece atenuarse un punto. Marian, no obstante, decide abreviar sus embustes:

—Ahora te voy a tener que dejar, mi vida —anuncia brusca—. ¿Te veo esta noche?
—¿Quieres que lleve algo de cena?
—Tráete tú misma. Veremos qué se puede hacer.
—Te tomo la palabra. Hasta la noche, señoría.

Marian cuelga y cierra los ojos. El dolor irradia ahora poderoso y alterno desde su columna vertebral hacia arriba, los hombros y la base del cráneo, y hacia abajo, las caderas y la pelvis. Se obliga a despegar los párpados y observa que el paciente que la precede, un hombre joven, acaba de entrar en la consulta. Saca dos cápsulas de ibuprofeno del bolso y se resuelve a engullirlas con un bucho de agua, aunque teme que el antiinflamatorio no aplacará a la fiera. Dejó de hacerlo hace ya un par de semanas. Sin embargo, minutos más tarde el dolor le lleva la contraria y se amortigua un instante. Le permite al menos ver, respirar, escuchar de nuevo el murmullo de voces a su alrededor, a Brassens quejándose de que su panteón familiar está lleno como un huevo y esperar a que salga alguien de allí puede llevar un tiempo.

Sí, la fiera aún juega al escondite con ella. Asoma, golpea, amaga y se retira luego en una tregua de duración imprecisa. Una guerra de guerrillas mil veces preferible al conflicto abierto, cuando se enseñoreó por completo de su cuerpo y de su mente, esos momentos horribles en que lo ocupaba todo, sin margen para cualquier otra actividad que el sentirse poseída por su ferocidad. Sí, tiene claro que va a pedirle hoy mismo morfina al doctor Ibáñez.

Sabe por experiencia que el opiáceo es lo único que consigue aliviarla. El doctor Ibáñez también lo sabe, como sabe de memoria su historial, sus antecedentes y sus magras expectativas. La trata desde hace más de diez años, desde la aparición de los primeros encondromas en sus muñecas y rodillas. Marian anticipa la secuencia de reconocimientos y pruebas que la aguardan: radiografías, tomografía, resonancia magnética, y finalmente la punción para la biopsia. Exactamente el mismo protocolo por el que tuvo que pasar un lustro antes.

En aquella ocasión, tras la localización y el análisis del tumor, la cirugía resultó un éxito. Igual que la radioterapia y las sesiones de rehabilitación con los fisioterapeutas. Recuerda la euforia tras aquella convalecencia. Parecía haber vencido a la fiera pero aquella victoria se reveló pírrica, se tradujo en unos pocos años de vida normal antes de que el condrosarcoma se reprodujese como estaba convencida de que había sucedido ahora. Llevaba encontrándose mal desde hace semanas, pero la última en particular resultó ser una tortura. El dolor, que antes iba y venía a capricho, ahora se adueñaba de sus noches sin remedio; se intensificaba y la sometía a su entero arbitrio. No dejaba espacio en su cama para otra cosa que para su insidia. No dejaba espacio ni siquiera para Raquel.

La pelirroja había asistido en silencio suspicaz a su cambio de actitud. Ese tránsito desde los ruegos babosos para que se quedara a dormir con ella todas y cada una de las noches de su vida a las despedidas consuetudinarias llegada la hora preceptiva del sueño. La amante entregada despidiendo sin ambages a la amada adorada. Estaba segura de que aquel cambio de tornas repentino había despertado el recelo de Raquel, alentado su perspicacia, dado base a sus sospechas. Era demasiado larga para no tenerlas, también demasiado discreta para hacerlas patentes. Todavía. Tarde o temprano lo haría y a ella no le quedaría otra que confesarle su dolor y su miedo. El miedo a perderlo todo y el pánico a perderla a ella. O el horror de verla convertida en su enfermera privada en lugar de su amante secreta, en testigo de su dolor en vez de motor de su dicha. O peor aún, la idea tenebrosa de afrontar su abandono igual que hubo de afrontar la huida cobarde y dañina de Isabel cinco años atrás. Su anterior pareja, que se dio a la fuga días antes de su intervención quirúrgica dejándole por toda explicación una carta imperdonable repleta de disculpas torpes y salvaje egoísmo, incapaz de enfrentar la perspectiva de su muerte o el sacrificio de luchar junto a ella contra la enfermedad. Aquel recuerdo la hundía en la miseria moral más profunda. Algo que no podía permitirse.

Aunque lo cierto es que muy pronto no podría siquiera disimular el dolor por las tardes o por las mañanas en el trabajo. Y, de confirmarse el diagnóstico, debería actuar en consecuencia y adoptar las medidas oportunas. Advertir a Jaume y renunciar a la Magistratura en el Tribunal Superior de Justicia. Otros u otras colegas podrían sustituirla sin dificultad en aquella terna para el Consejo General. Sus sueños de ascenso y reconocimiento profesional se habían desmoronado, pero aquello no le causaba ni la mitad de sufrimiento que el tener que renunciar a su trabajo diario en el juzgado.

Pero no, mejor no anticipar acontecimientos. Se negaba de momento a considerar el pedir una baja laboral como se negaba a confesarle a Raquel la verdad sobre su estado de salud. Ignoraba por cuánto tiempo aún podría mantener el equilibrio en ese alambre que la columpiaba sobre el abismo; pero renunciar a su trabajo o a ella era algo que solo haría en última instancia, cuando la fiera fuese ya su único horizonte. La idea de la muerte le resultaba pavorosa pero asumible, la del dolor en absoluto. Pensaba, como cantó Brassens, pasarse la muerte de vacaciones, aunque no había ninguna prisa por iniciarlas. Ni siquiera en hacer el equipaje. La morfina podría ayudarle a conseguirlo.

La puerta de la consulta externa de Oncología se abre en ese momento. El anterior paciente sale de ella con rostro impenetrable, el rostro del enfermo que no quiere que la enfermedad trasluzca, que la mantiene alejada con un látigo y un punzón para obligarla a saltar por el aro. El mismo rostro con que ella se levanta de la silla, atraviesa la sala y entra en los dominios del doctor Ibáñez resuelta a salir de allí más tarde con noticias malas o peores; pero con su receta de morfina bajo el brazo.

Zafra no podía dar crédito a sus ojos al echar un vistazo al tribunal desde la puerta entreabierta. Allí, mezclado entre el público de la sala, estaba el repajolero resto de serie. Sentado en una banqueta y tecleando en su móvil con los índices. Maciliento y resacoso, el plumilla cumplía con sus obligaciones de cronista mientras debía haber estado escondido bajo siete llaves.

Coco le había resumido su problema con los colombianos y la solución transitoria que había pactado con el inspector jefe del grupo de Narcóticos: aparcarlo en un lugar de la costa de cuyo nombre no quería acordarse hasta que escampase el chaparrón portuario, cuestión que ella desconocía que hubiera sucedido hasta la fecha. Llamó a su jefe de inmedito para pasarle el parte. Coco se ciscó en San Judas y le agradeció la primicia.

El plumilla salió al pasillo pegado al móvil un minuto después y cuchicheó con la mano sobre la boca en tanto el rostro se le impregnaba de una palidez lechosa, como de queso de Burgos. Matoses colgó al cabo y, al alzar la mirada, se tropezó con la suya. Zafra le dedicó un gesto obsceno. Si por ella fuese, aquel mondongo estaría en la trena o en un sanatorio para piezas de su calibre. Pero Coco era un sentimental atípico que llevaba a gala el ser amigo de sus amigos y hasta jugarse el cuello por ellos llegado el punto. Con aquel periodista lo había demostrado en más ocasiones de las que podía recordar desde que estaba a sus órdenes. Matoses bajó la vista y salió por piernas en dirección a la calle; ella escuchó a sus espaldas cómo un agente judicial cantaba su nombre en el listado de testigos.

Zafra entró en la sala, caminó hasta el estrado, declaró respondiendo a las preguntas que le dirigieron la fiscal y el abogado defensor. Se trataba de un viejo caso de violencia de género en el que ella había detenido preventivamente al maltratador de turno cuatro años atrás, una mañana cuando volvía de la compra vestida de paisano. Lo detuvo o más bien lo corrió a puñetazos y patadas para impedir que aquel mierda siguiera aporreando a una mujer en plena calle. Pocas veces se había sentido más a gusto en su piel de policía que con aquel incidente.

El bastardo, que había intentado quemar viva a su esposa hacía un semestre sin conseguirlo pero causándole graves lesiones, y por ello estaba siendo juzgado, la miró impasible desde su rincón. Zafra le recordaba bien, pero aún recordaba mejor a su víctima: una chica guapa y casi analfabeta a la que, a duras penas, logró convencer de que presentase una denuncia. Lo hizo pero la retiró a la semana siguiente de modo que el mal bicho regresó a su calle, a su casa y sus agresiones cotidianas. Así hasta su último intento de asesinato fallido. Zafra le devolvió la mirada antes de descender del estrado. Sus ojos le telegrafiaron un recado: *yo te daría sentencia, hijo de la gran puta. Cinco minutos a solas contigo y se te iban a quitar las ganas de ponerle otra vez la mano encima, no digamos la candela.* El reo apartó la vista con una sonrisa siniestra. Zafra se despidió del juez con un gesto y abandonó la sala. Necesitaba aire.

Aquella plaga de las agresiones machistas no tenía remedio. No al menos entre los hombres de su generación y las anteriores. La Justicia solo había logrado poner parches por el momento y la acción policial poco más que aplicarlos en las heridas abiertas. Ella sabía que jueces como Marian Linares llevaban reclamando desde años atrás la incorporación de juzgados especializados en violencia de género para tratar de atajar el problema; pero desconfiaba tanto de su creación efectiva como de su posterior funcionamiento. Zafra trabajó al llegar destinada a aquella ciudad como agente de proximidad en una unidad de prevención del delito doméstico, y sabía por experiencia lo que era aquel peregrinaje estéril de mujeres aterrorizadas a las que había que convencer de la importancia de su propia colaboración para pararles los pies a esos mismos tipos que se creían en su derecho de apalearlas con método y regularidad, de la necesidad de una denuncia para siquiera poder brindarles una protección a menudo insuficiente frente a los maltratadores. Pero ni por esas. Las denunciantes eran siempre las menos, los denunciados entraban en comisaría por una puerta y salían por la otra, las órdenes de alejamiento se revelaban anecdóticas e insuficientes. La crónica negra goteaba su saldo de mujeres asesinadas sin descanso semana a semana, año tras año, para desesperación de ella y de otras y otros que habían vivido el problema de cerca. Así hasta alcanzar el hartazgo que le llevó a opositar, solicitar el traslado y acabar en el grupo de homicidios.

Subió a un autobús para regresar a su barrio y se sentó en la parte trasera. Tenía el resto de la jornada libre gracias a sus obligaciones como testigo y quería acabar de aprovecharla. Pensó fugazmente en Coco, esperaba que su llamada le hubiera abierto los ojos sobre Matoses. Abrir los ojos a Coco. Vaya pretensión absurda, se corrigió a sí misma con una sonrisa ensimismada. Su jefe en el grupo era la persona más complicada y ambivalente con que la subinspectora Zafra había tropezado ya no en el Cuerpo sino en la vida. Caótico, arisco e indisciplinado en apariencia, a los pocos meses de trabajo compartido descubrió en él una máquina de resolver homicidios en lo profesional, y un pedazo de pan en lo personal con una desgraciada vida familiar a sus espaldas. Un solitario cuya rudeza y machismo caduco encubrían una generosidad sin límites que solo dejaba aflorar a la superficie muy de cuando en cuando. Trabajar a sus órdenes resultó una experiencia contraproducente en principio y satisfactoria más tarde. Vehemente, cabezota y más antiguo que una barquillera para las labores de investigación cotidianas, aquel tipo tenía algo que, de lejos, compensaba todas esas carencias. Una rara especie de turbulencia compasiva en su mirada policial. La aplicación de un sentido común sistemático, paradójico y confianzudo a las cuestiones más espinosas. Una capacidad insólita de empatizar con los criminales que a veces daba hasta su poco de miedo. Zafra se preguntó si era aquella mirada turbulenta suya lo que había motivado su divorcio de su mujer seis meses atrás, o más bien los quince años que los separaban y el problema práctico y perenne que suponía el autismo de su hijo. Bastaba con ver cómo Coco trataba a Bruno, su solicitud y ternura para que el salvajismo de su actitud quedara neutralizado por entero. Para que a cualquier mujer con entrañas le entraran ganas de darle cobijo. Y hasta algo más que eso. Si Zafra no estuviera enamorada hasta las cachas de su marido, se lo habría tirado hace tiempo.

Bajó del autobús en su barrio veinte minutos después y se dirigió paseando hasta el gimnasio del que era monitora de taekwondo. En realidad, sus clases no empezaban hasta la última hora de la tarde, pero le gustaba pasarse siempre que tenía un hueco y entrenar en solitario o pelear con alguno de los zumbados que hacían el turno matinal. Ya en el local, se cambió en el vestuario femenino y echó un vistazo a la sala de musculación y luego al tatami. Metódica, hizo sus estiramientos en las espalderas mientras aguardaba la aparición de alguien con quien desfogar las energías y la mala baba sobrantes de aquella mañana perdida judicial. Al poco, llegó uno de sus alumnos predilectos. Un forofo futbolístico fascistoide y medio fronterizo al que le encantaba zurrarle la badana bajo pretexto de su pupilaje. Le saludó con un bufido y le lanzó un casco contra el pecho. El chaval le sonrió vergonzoso, se encajó la protección y entró en el tatami como una res al matadero.

Empiezo mi día con un mensaje medio cariñoso del arquitecto. Bosco espera que me encuentre mejor, pero por las dudas me ha reservado a media mañana visita en la consulta de un buen amigo suyo. Que apunte las señas. Reproduzco el mensaje de voz y garabateo en un *post-it* el nombre del dentista y una dirección en el centro. Me quedo mirando el papel un instante y estoy a punto de hacerlo pedazos; pero me lo pienso mejor y lo guardo en el bolso. Es justo lo que me faltaba, que ahora quiera controlarme también las muelas el arquitecto, o más bien la veracidad de mi coartada de ayer. Eso es en realidad lo que quiere saber, si era una milonga lo de mi dolor y poder así darle otra vez al molinillo de sus celos enfermizos y en permanente estado de alerta: a quién viste y dónde, qué te hizo, qué le hiciste, cuántas veces.

Menuda sorpresa se iba a llevar si le contestase esta vez con la verdad a su interrogatorio. O igual no. Igual lo de la afición del político por el puterío es vox pópuli y tan solo iba a despertar desprecio en el arquitecto. El mismo desprecio que ahora recuerdo haberle oído expresar alguna vez por el tipo de ayer, un arribista llegado a esta tierra en paracaídas, un tahúr barato, un vendedor de crecepelo, creo que le llamó asqueado. Con ese mismo asco que Bosco siente por todos los que no sean de su estricta cuerda. Por los socialistas y los liberales. Por los más guapos. Por los menos despiertos. Por los más bajos. Por los menos pacatos. Por los bohemios y los desahogados. Por los horteras y los nuevos ricos. Por los que cogen mejor y más sabroso que él, como el prócer de marras ya puesta a decirlo todo.

Siento ganas de repente de escabullirme, de no obedecer sus órdenes. De poner cualquier excusa para evitar esa visita impuesta. Aunque sé bien que eso no haría sino confirmarle en sus sospechas. Avinagrarle el ánimo y recrudecer sus celos. Ponerse en guardia ante cualquier nueva excusa o ausencia mía, quizá hasta cambiar los términos del acuerdo y reclamarme disposición absoluta. Sé que eso es lo que él desea en el fondo. Que le sea fiel como esa esposa cargada de hijos que tiene en casa con la pata quebrada. Me asfixio de solo pensarlo. Pero no me queda otra que seguirle el juego. O eso o largarlo de una remaldita vez. Y perder este apartamento que tanto me gusta y esta buena plata que el arquitecto me paga y tanto me hace falta para acortar los plazos.

Mientras viajo en el autobús hasta el centro, maquino cómo voy a hacer para que ese dentista amigo de Bosco dé crédito a mis síntomas tan poco creíbles y a una mejoría tan fulminante de mis dolencias. ¿Una inflamación? ¿Una indigestión? ¿Una intoxicación alimentaria? Seguro que tiene que haber algo que encaje pero no tengo ni idea y solo puedo dar palos de ciego. Podía haber mirado en internet pero ni se me ocurrió con las prisas. Mejor hacerme la tonta, me dolía pero no tanto, las pastillas me lo rebajaron y esta mañana como nueva, ya ve usted doctor, qué cosa. Sí, eso va a ser lo mejor. Y si tiene que comentarle algo al arquitecto, que lo haga. Vamos viendo.

La consulta del tal Vidal está en una finca de lo mejorcito. Siendo de la onda de Bosco no podía ser de otro modo. Doy mi nombre a la chica guapa que me abre la puerta. Aguardo en la sala de espera entre cuatro o cinco pacientes más. Me llaman a la media hora. Sigo a otra chica muy bella de bata azul hasta una sala repleta de aparatos y títulos en las paredes. Me pide que me siente en el butacón, el doctor viene enseguida. Estiro las piernas y extravío la mirada en los árboles de la plaza que se ve a través de la ventana. Tres minutos después, un tipo con bata blanca y máscara quirúrgica entra allí, saluda con un gesto mudo y se lava las manos en una pila.

No advierto nada extraño en él hasta que se acerca hasta el butacón y se presenta con voz hueca. Igual las manos que la voz me resultan familiares. Miro su cara cubierta hasta la nariz por esa mascarilla verde y siento un escalofrío de reconocimiento que cruza mi espalda como un latigazo. No puede ser. Pero lo es. No me queda ninguna duda cuando me enfoca con esos ojos que hacen juego con el color de la mascarilla. El cabrón de los dedos largos y la lengua de culebra. El cabrón cuya llamada espero en vano desde hace dos semanas. El cabrón al que le brindé mi boca abierta después de tantos años de mantenerla cerrada a cal y canto para otras bocas.

El dentista también me ha reconocido, los ojos le relumbran, le espejean sobre esa máscara verde igual que cuando me mira venirme en la cama, mientras me pregunta el nombre en un tono de deferencia profesional que me dan ganas de matarle. A polvos. Ahora mismo y sobre ese butacón. Me limito a responderle con mi nombre verdadero, y a mirarle desde detrás de mi propia máscara con el descaro que se merece. El cabrón me pide entonces que abra la boca. Obedezco con otro escalofrío. Se inclina sobre mí e introduce una pinzas, me observa y va tocando uno a uno mis dientes. Siento como si me estuviese despiezando igual que un niño un mecano. Siento mi desnudez debajo del vestido y su respiración sobre mis labios, sus ojos hundiéndose en mi garganta. Siento ya un arrebato en el vientre cuando se echa hacia atrás con un suspiro y me pide que me enjuague. Evito su mirada. Cómo es posible esta turbación por un tipo con el que solo me he acostado unas pocas veces y al que he cobrado por mi entrega igual que cobro a los otros. Lo ignoro pero no voy a dejar pasar la oportunidad que su presencia me ofrece. Me giro y le busco furiosa los ojos. O no es furia sino tan solo celo. Le insulto y le pregunto si está disfrutando con la pantomima. Me dice que sí pero yo ya lo sé antes de que se quite la máscara de una vez y abra sus labios con la respuesta.

Quedamos en vernos apenas un par de horas después. No en mi casa sino en un hotel que está allí cerca. Almuerzo en una cafetería y rechazo todas las llamadas que van entrando en el celular. Tan solo lo dejo conectado por si el arquitecto lo utilizase. Rezo para que le haya atropellado un autobús, para que esté reunido, para que esté muerto o atareado; para que no lo haga. Tomo la habitación en el hotel que me indicó, hasta la abono por adelantado. Subo al cuarto y me desnudo. Aún queda media hora pero me meto bajo las sábanas para aguardarlo, caliente como una perra. No puedo dejar de buscar una explicación para mi locura. Perder la cabeza, el tiempo y hasta el dinero por este tipo del que recién has sabido nombre y oficio.

Solo me sucedió una vez antes y fue demasiado bueno y demasiado horrible como para haberlo olvidado, como para no recordarlo una vez al menos cada día de mi vida. Con arrepentimiento, con rencor, con inexplicable nostalgia a veces. Óliver se llamaba. El hombre por el que extravié la cabeza y dejé mi familia, mi ciudad y mis estudios. El hombre con el que me casé con apenas veinte años. El que me hizo seguirle, adorarle, perder la razón, la juventud y los sueños tras su estela esfumada. El hombre por el que me entregué primero a otros hombres para que consiguiese negocios y me prostituí luego para pagar sus deudas. El que me dejó tirada como una colilla y sin un mango y al que fue un alivio cuajado de rabia saber muerto años más tarde. El hombre bello y cruel que me jodió primero la cuca y luego la vida. Óliver. Así se llamaba.

Ninguno de los que vino luego me dejó marca como él lo hizo. Maldita sea su estampa. Me prometí que no habría jamás otro Óliver y aquí estoy, sin embargo, aguardando a ese cabrón que ya se retrasa en diez minutos.

Como para diluir mi ansiedad de un golpe, el dentista entra en el cuarto. Me mira desde la puerta con esos ojos suyos, con ese desapego frío y esa pasión sorda que también mezclan en su rostro; como si fuera un cruce imposible entre Bosco y Óliver; entre el arquitecto frío y el buscavidas caliente. No sé lo que es este hombre. No sé qué busca ni de qué pasta está hecho. Una nunca sabe. Ni en este oficio ni en esta vida. Solo sé que ya se ha desnudado y que, sin mediar palabra ni preservativo, se ha metido en la cama y entre mis piernas. Solo sé que su verga es deliciosa y del tamaño preciso para mí y que con sus embestidas me transporta hasta un sitio remoto y sabido sin apenas esfuerzo. Solo sé que ardo, me deshago lenta en esa llama y soy suya como es suya mi boca sin explicación y sin retardo. Como es mía la suya. Esos labios y esa lengua que, adheridos a mi piel, pronuncian mi nombre como si me bautizasen.

VII.
Custodia

Todo parece parte de uno de esos sueños absurdos que le sorprenden a veces a la hora de la siesta los fines de semana. Una secuencia en una película de serie z, una persecución en círculos, una ópera bufa. Todo tiene un sesgo de profunda irrealidad del que Bosco, sentado en el sofá del salón, no consigue desprenderse. Como si aquello fuese algo que no le estuviera sucediendo a él sino a un émulo, un sosias, un trasunto inesperado.

El apartamento se ha llenado de policías en apenas media hora desde que hizo la llamada. Policías de uniforme y de paisano. Gente que acarrea herramientas y maletines, que abre y cierra puertas y armarios y dispara flashes y graba con minicámaras y espolvorea y pasa brochas sobre los objetos y la superficie de los muebles. Policías que tan pronto dan voces como conspiran en susurros. Agentes que entran y salen del lugar en plena madrugada y no parecen prestarle el menor caso desde que les abrió la puerta y se identificó ante los recién llegados como el autor del hallazgo. Le hicieron unas pocas preguntas, comprobaron su identidad, le requisaron las llaves del piso y el móvil, le instaron a sentarse en el sofá del salón y aguardar. Eso sí, un uniformado no le quita ojo desde la puerta del pasillo. Se pregunta cuánto faltará para el interrogatorio del que le ha prevenido Uncio.

En esas, un hombre de su edad, fibroso y con un amplio mostacho, se adentra en el salón. Le acompaña una mujer morena de ojos intensos, también enjuta, en la treintena. El hombre despliega el bastidor con la escena de caza paleolítica de forma que separe la zona de la camilla de la del sofá y la televisión. Toma una silla y se acomoda frente a Bosco, perniabierto. La mujer permanece en pie, examinando con ojos neutros la pantalla de plasma oscurecida hasta que se gira y le clava su mirada en el rostro. Ambos le observan en silencio ominoso por largo rato. Bosco intuye lo que están pensando, lo que quieren obtener y no piensa brindarles. La voz brota de su garganta con indignación cuando se cansa al fin de soportar el escrutinio:

—Yo no he hecho nada.
—Claro. Pasaba por aquí —sugiere la mujer morena.
—Le pillaría de camino a su casa —dice el del bigote.
—Le entró picor en la entrepierna.
—Y dijo, mira, voy a echar un polvete.
—Y subió a ver a una prostituta.
—Y ni se molestó en llamar, porque tenía llaves.
—De algo la conocería.
—Sí, de algo —insiste el hombre—. ¿Tú qué opinas?
—Sería su macarra —resuelve ella.
—Ahórrense la teleserie conmigo —protesta Bosco irritado—. Yo no soy un proxeneta. No les voy a consentir que me insulten.
—¿Y quién eres tú entonces?
—¿Y quiénes son ustedes?
—Inspector Cocoví. Mi compañera, la subinspectora Zafra.
—Encantado. Me llamo Bosco Riera.

Bosco tiende la mano al hombre, pero el bigotudo se queda mirando su zurda como si fuese un alimento de cuestionable frescura, no hace ni amago por estrechársela. La mujer se sienta al extremo del sofá, rechista.

—Dejemos las cuestiones de etiqueta para otro momento, sabemos cómo se llama. ¿Un cliente con llaves del domicilio de una prostituta? Explíquese.

—Ava y yo manteníamos una relación sentimental desde hace más de un año. Ella trabajaba como prostituta, pero yo no obtenía ningún dinero de ella. Al contrario, la ayudaba económicamente en lo que podía.

—Muy considerado por su parte. No es lo habitual en la trata de blancas.

—No soy un proxeneta. Se lo repito.

—Digamos que los polvetes te salían a cuenta —interviene el hombre—. Ella era tu querida pero la dejabas putear a su aire. ¿Era eso, artista?

Bosco asiente, sombrío. Molesto por el tuteo y el lenguaje del policía.

—Suponiendo que esa fuera vuestra relación —prosigue el del bigote, adusto—, ¿cómo fue exactamente que encontraste su cadáver?

—Le había escrito un correo esta mañana para avisar de mi visita. Entré en la casa con mis llaves. Me quité la ropa y fui hasta la alcoba.

—¿Al lío? ¿Sin rodeos ni preámbulos?

—No voy a contestar a eso.

—Vas a contestar todo lo que te preguntemos, si quieres salir de esta.

—No voy a tolerar su chulería, no tengo por qué.

—Tienes miles de motivos, créeme —silabea el otro en respuesta buscándole los ojos.

—Siga —le alienta su compañera—. Fue usted a la alcoba y...

—Entré y vi su cadáver atado sobre la cama. Me di cuenta de que su cuerpo estaba blanquinoso, demasiado pálido...

—Estaba desangrada, sí.

—Luego encendí la luz del techo y vi los golpes en su cabeza. Me manché los pies con una salpicadura de sangre del suelo. Salí conmocionado de allí y me di una ducha.

—Mira qué limpito, qué apañado, el artista —el del bigote se remueve en la silla mientras le menosprecia con los ojos—. Hay que tener cuajo.

—¿Cuajo? Me encontraba en estado de shock. ¿Tan raro le resulta?

—¿A qué hora llegó usted a esta casa?

—Serían las ocho de la tarde.

El del bigote y la mujer morena intercambian una brevísima mirada. El hombre se levanta con un movimiento eléctrico y se planta frente a él.

—¿Descubriste el cadáver a las ocho y no llamaste al 112 hasta las diez y media de la noche?

—Así es.

—¿Qué hiciste durante ese tiempo?

—Salí a dar un paseo.

—¿Dos horas y media? ¿Descubres a tu amante muerta y te vas de paseo? ¿Tú te crees que somos gilipollas?

Bosco enfrenta al policía en tenso silencio. Uncio le advirtió de ese momento. El interrogatorio *in situ* era, según el abogado, esencial para la credibilidad de sus palabras. Debía ser educado y colaborador, pero mantenerse firme en su versión de los hechos. Y, en cuanto empezaran las preguntas comprometidas, como esa última sobre el horario, debía poner fin a la charla.

—Sí —responde mientras advierte el centelleo de cólera en los ojos del otro—. Quiero decir que sí que paseé durante dos horas. Estaba alterado y tenía mucho en qué pensar.

—Más vas a tener a partir de ahora, te lo juro por mis muertos.

—No me amedrenta usted, inspector. No voy a contestar a ninguna otra pregunta.

—Y ahora pedirá un abogado —vaticina la morena tras emitir un sonido semejante a un brusco siseo—. Eso funcionaría si estuviera usted detenido. Pero no lo está. Aún. Estamos manteniendo un diálogo voluntario y amistoso.

—Esto no tiene nada de amistoso.

—¿Dónde estuviste esas dos horas y media? ¿Qué hiciste en ese tiempo? —insiste el policía—. Tarde o temprano vas a tener que responder, pedazo de artista. Cuanto antes, mejor para todos.

—No voy a responder a más preguntas. Y guárdese su insolencia.

—Está bien. Me vas a escuchar entonces. Te contaré lo que pienso. Creo que la degollaste. Y no contento, le machacaste la cabeza mientras se desangraba. Y después de la faena, te marchaste a deshacerte de las armas que empleaste y a pensar cómo ibas a enfocar el asunto. Que la dejaste muerta y sola.

Creo que eres un psicópata de mierda, un cobarde sin huevos que ha sacrificado a esa chica como si fuera un animal y encima pretende hacerse el listo.
—Poco me importa lo que usted crea.
El del bigote salta como un resorte y lo agarra de las solapas. Lo levanta en vilo del sofá y aproxima su rostro al suyo. Sus ojos le atraviesan como dos espiches. Bosco puede sentir su resuello en ascenso, la cólera que exuda su aliento acre, la violencia que destellan sus pupilas oscuras. Quisiera hablar, resumir en una frase lapidaria su desprecio por el otro, pero percibe cómo las piernas se le aflojan y el temblor menudea infamante en sus tripas. Un grito de protesta se escucha en ese momento a sus espaldas.
—¡Cocoví, deje a ese hombre tranquilo! ¿Qué demonios se cree que está haciendo?
Una mujer castaña y menuda los observa de hito en hito desde la puerta del pasillo. El policía bigotudo le contesta sin girarse en un sorprendente tono calmo de voz:
—Estoy procediendo a la detención del sospechoso, señoría. Zafra, ponle las esposas a este individuo. Y recítale sus derechos. Creo que ya los sabe, pero nunca está de más refrescárselos a la gente olvidadiza como él.
Bosco reúne fuerzas para preguntar mientras la aludida le agarra las manos, lo obliga a colocarlas a su espalda y lo engrilleta.
—¿De qué se me acusa?
—Se le detiene como sospechoso. De asesinato.
—Quiero llamar a mi abogado.
El inspector le suelta al fin las solapas y se las alisa con un lento movimiento de la palma de sus manos.
—Luego —responde con una sonrisa tenue antes de volverse y caminar hacia la mujer que sigue mirándolos desde la puerta.
Bosco intenta decir algo más, pero nota un fuerte tirón en las muñecas, escucha un bufido felino a su espalda y la voz de repente gélida de la subinspectora:
—Tiene derecho a permanecer callado...

VIII.
El día de autos

RAQUEL Bonafed tecleaba briosa en el portátil que había conseguido agenciarse tras duras negociaciones con Gloria. Si Emilio Maqueda tenía a bien encargarle informes, también debía facilitarle los medios para redactarlos. Las cámaras, micros y demás material de espionaje estaban a su disposición en el almacén, pero con los ordenadores de la oficina se daba una disputa territorial de orden darwiniano, y los cuatro detectives titulares se negaban a cederle cualquiera de los que utilizaban. Raquel, no obstante, se mostró insistente con su reclamo y la recepcionista al fin logró hacer un trueque a Imbernón con el beneplácito de Maqueda. Un Macintosh nuevo de trinqui para sus pirateos a cambio de su viejo Toshiba. Raquel lo agregó al deprimente inventario de sus posesiones en el cuarto de escobas que utilizaba por despacho, y lo aporreaba sañuda en aquellos momentos en tanto meditaba sobre su cercana reunión matinal.

Amalia Romero era el nombre de la cliente que encargó oficialmente el informe en el que había estado trabajando las últimas semanas. El mismo que procuraba resumir ahora de modo cronológico a fin de poder ilustrarlo con el material gráfico y audiovisual obtenido. El objeto de aquel informe era la vida privada del marido de la señora Romero. La finalidad del mismo, a saber, sustanciar una futura demanda de divorcio por parte de la cliente. Y las averiguaciones realizadas sobre su cónyuge daban pie más que sobrado a dicha pretensión. Sin embargo, el origen de aquel encargo resultaba lo más chocante del asunto.

Pues la cliente no lo era de motu proprio, sino por delegación. Su padre recientemente fallecido había dispuesto en su testamento, como requisito para el cobro de la herencia, que se efectuase una investigación sobre su yerno. A la conciencia y criterio de su hija dejaba el testador la decisión de adoptar o no medidas a raíz de los resultados de la misma. El propio notario era quien se había dirigido a Maqueda para exponerle el carácter singular del encargo. Y el viejo le endosó a ella la resolución de aquel truño como estreno en la profesión; en fin, todo un regalo.

Ya en la primera reunión con la cliente, Raquel percibió la reticencia de aquella mujer ante el carácter de la investigación. Si por ella fuese, nada de eso hubiera sido necesario. Amalia confiaba en su marido a ojos ciegos, pero también sentía un amor filial poderoso y reverente por su difunto progenitor. Así que, persuadida por el notario, transigió con aquella condición testamentaria e hizo el encargo en la seguridad de que nada en la existencia de su esposo iba a causarle sorpresa ni disgusto, y en la esperanza de acceder sin trabas al legado paterno. A tenor de lo investigado durante esas semanas, se encontraba en la obligación de defraudar sus expectativas.

Daniel Vidal Palacios, además de amantísimo esposo de Amalia Romero, infatigable trabajador y profesional de éxito en la rama de la odontología, era un individuo con una doble vida. Nada demasiado oscuro ni en exceso escabroso. Las actividades de Vidal no lindaban con la criminalidad, la depravación ni el latrocinio. Aquel dentista se limitaba al engaño sexual, esto es, a acostarse con otras mujeres a espaldas de la suya. Un clásico.

Acabó la redacción del informe sobre Vidal, solicitó a Gloria la sala de reuniones para las doce y se marchó a almorzar con ella al bar de la esquina. Esa mañana no había nadie más en la oficina para compartir el tentempié. Maqueda tenía una partida de golf con un cliente y sus cuatro colegas desempeñaban sus encargos en destinos alejados. Gloria y ella se zamparon un par de bocatas y chafardearon a mansalva mientras lo hacían. La recepcionista trabajaba para Maqueda desde que este estableció la empresa quince años atrás y era un archivo de anécdotas lisérgicas sobre el personal que allí fungió en esos tres lustros. A su juicio, la becaria era el espécimen más normal que había empleado la agencia en ese tiempo. No supo si sentirse dolida o halagada con aquel dictamen.

De regreso en la oficina, Raquel tomó posesión de la sala de reuniones y dispuso sobre su amplia mesa el material que precisaba para ilustrar el informe: una pantalla de plasma con entrada usb y un reproductor mp3 para los archivos de audio. Imprimió el informe, sacó un café de la máquina y se sentó tras la mesa a aguardar la llegada de su cliente. O acaso de su víctima. Había algo en aquel asunto que rechinaba. Luis Romero convalecía de un ictus que le había dejado graves secuelas físicas cuando dictó sus últimas voluntades. Maqueda le refirió que, dado que el anciano no podía hablar ni escribir, se comunicó con el notario a través del código morse aprendido en sus tiempos de milicia. Raquel imaginaba a un abuelo en estado terminal echando mano de ese sorprendente recurso telegráfico para lograr que se llevase adelante aquella investigación sobre su hijo político. ¿Tanto era el odio que le profesaba? ¿O descubrir los cuernos que el yerno le ponía a su hija no era el auténtico objetivo de aquel encargo? ¿Y si era otra la anomalía que el anciano esperaba que se pusiera de manifiesto con aquel designio póstumo? Si la había, Raquel no consiguió dar con ella. Al margen de sus infidelidades amorosas, Vidal estaba limpio como una patena.

La puntual llegada de Amalia Romero acompañada por Gloria interrumpió sus pensamientos. Era una mujer de treinta y tantos, aniñada, nerviosa, melena morena escasa y vestimenta estridente. Un modelo de una conocida diseñadora catalana del cual asomaban unas extremidades rollizas y un cuello corto y sin joyas que emanaba un leve perfume a jazmín. Su físico poco agraciado contrastaba con la energía que despedían sus ojos oscuros y estrechos, alineados sobre una nariz diminuta de hámster. Definitivamente, aquella mujer le recordaba a Pascal, la mascota de su padre.

Intercambiaron saludos y la señora Romero se sentó al otro lado de la mesa. Gloria salió del lugar cerrando la puerta corredera tras de sí. Raquel pulsó el interruptor de la luz para dejar la sala en semipenumbra. Conectó la pantalla al reproductor, y fue seleccionando archivos con el control remoto.

—Vaya por delante que la investigación sobre las actividades profesionales de su marido no ha ofrecido ningún aspecto negativo, señora Romero. Su estado financiero es saneado y sus obligaciones fiscales están al corriente.

—Como no podía ser de otra manera.

—Sin embargo, no podemos afirmar lo mismo de sus andanzas privadas.

—¿A qué se refiere?

—Su marido le es infiel. Lo ha sido con tres mujeres distintas en el plazo de un mes.

Las imágenes de Daniel Vidal en compañía de una mujer morena, otra rubia y acudiendo a sus citas con una tercera pelirroja ocuparon sucesivas la pantalla. Un hombre apuesto de gusto ecuménico. Raquel había obtenido imágenes callejeras y también del interior de un pub y un aparcamiento en las que se podía apreciar la intimidad que el dentista mantenía al menos con dos de aquellas mujeres. La morena estaba casada y trabajaba como higienista en una de sus clínicas, la rubia era una estudiante universitaria soltera con la que solía encontrarse en un club deportivo del que era socio. De la pelirroja, la menos convencional de las tres y la que a Raquel le había parecido la más atractiva con diferencia, no había logrado saber oficio ni estado, ni siquiera obtener imágenes de ella junto a Vidal, pero sí constatar el carácter tórrido de la relación por la frecuencia de sus citas en un hotel céntrico, de cuyas entradas y salidas por separado a una habitación compartida al menos sí pudo obtener registro.

Amalia bostezó discreta ante aquella sucesión de imágenes mientras la detective pelirroja iba desgranando fechas y horas y duración de los encuentros.

—¿Podría acabar con esta exhibición? —preguntó al cabo.

—Claro —aceptó Raquel deteniendo el reproductor y accionando la luz—. Tengo también grabaciones de audio y material gráfico que confirma el carácter de las relaciones entre su marido y estas mujeres.

—Entiendo. Y, al margen de estas relaciones impropias, ¿ha encontrado algo pecaminoso en la vida de mi marido?

—¿Pecaminoso? —repitió confusa—. No acabo de entenderla.

—¿Desconoce usted el concepto de pecado? —preguntó burlona Amalia.

—Algo sé del asunto. Pero no soy católica. Mi familia es de origen hebreo.

La señora Romero la contempló con una mezcla de sorpresa y disgusto.

—Le pondré ejemplos entonces: ¿Es mi marido un borracho? ¿Un drogadicto, un pródigo, un vago? ¿Ha robado, estafado o abusado de alguien? ¿Ha cometido alguna clase de delito o transgresión mientras ustedes lo espiaban?

—¿Le parece poca transgresión engañarle con tres mujeres distintas en el plazo de un mes? Una de ellas con la mayoría de edad recién cumplida.

—Lo que eso me parezca, señorita Bonafed, es una cuestión privada.

—Entiendo.

—No, usted no lo entiende absoluto.

Aquella mujer se quedó mirándola sin animosidad pero con fijeza. Toda la energía de sus ojos concentrada de golpe sobre su rostro. La diminuta nariz elevada en una mueca que semejaba desdén y era más bien una suerte de vehemencia insólita.

—Tengo entendido que su difunto padre fue quien insistió en llevar a cabo esta investigación, señora. Quizá quería advertirla de algo que usted desconocía.

—Mi padre me menospreciaba. Igual que lo hacía con mi esposo. Mi padre era un hombre condescendiente y cruel. Obligarme a pasar por este trance para cobrar su herencia es un acto mezquino que solo justifica su senilidad.

—¿Estaba usted al corriente de las infidelidades de su esposo entonces?

—Eso a usted no le importa —resolvió la señora Romero—. Quiero que me entregue todo el material que tenga sobre mi marido.

—Por supuesto. Todos los archivos están en este *pen drive*.

—Perfectamente —dijo tomando el informe y la memoria portátil de la mesa—. ¿Cuánto le debo?

—El abono se lo puede hacer efectivo a Gloria, señora Romero. Lamento haberla contrariado. Me limito a hacer mi trabajo.

Amalia Romero le dio las buenas tardes y abandonó la sala llevándose con ella su fino aroma a jazmín y las pruebas del caso. La becaria Bonafed se quedó a solas con su asombro; un asombro pellizcado por las dudas.

Despierto esa mañana muy tarde y con el timbre del teléfono fijo. La voz de una operadora me pregunta si acepto una conferencia a contrarrembolso. Acepto, atiendo y es mi mamá desde esa ciudad que se llama igual que esta, allá en mi tierra. Las cuatro horas de diferencia no significan nada para ella, entre eso y que en la casa siguen levantándose con el sol, mi mamá recién desayuna y yo aún ni me saqué las legañas. Me llama porque no le llegó la última remesa mensual y tiene que liquidar sin falta esa semana las medicinas de Oliverio. La tranquilizo sobre el dinero, esta mañana mismo cambio en dólares y le mando el giro por *western union*. Mi mamá lamenta la molestia, pero yo sé que ella nunca soportó deber un mango a nadie. El chico está bien, aún duerme, ¿quiere que le despierte y hablan un poco? Le digo que no, que le deje dormir un ratico más, ya hablarán por el *skype* como siempre a final de semana. Mi mamá me pregunta cómo van las cosas, qué tal ese trabajo que sabe falso y esos amigos que tanto me quieren. Le respondo con las mentiras y evasivas de siempre. Los sobrentendidos jalan hacia abajo la charla, y al poco me despido; no voy a pagar por largarle embustes a mi vieja vía transatlántica. Mi mamá se despide también, pregunta una vez más cuándo tomo mis vacaciones para ir a verles. En unos meses, unos pocos meses más y quizá vaya pero para quedarme. Eso no se lo digo; pero lo pienso mientras cuelgo el tubo y me seco las lágrimas.

Hablar con mi madre a primera hora siempre supone tristeza para el resto del día. Tristeza y recuerdos, tristeza y ausencias, tristeza y rabia y pena cada vez más negra. Por ella y por ese hijo mío cuyo silencio de a poco aumenta, es más espeso y distante. Oculto siempre tras su abuela en la pantalla, sus labios mudos, sus ojos acusadores. Esos ojos que heredó de su padre igual que su nombre, esos ojos cuyo brillo se acera día a día, ajeno al sacrificio, al dolor y a esta espera que nunca acaba.

Salto de la cama y me doy la primera ducha del día para sacarme esa mala borra del cuerpo. De la cabeza no se puede, pero ayuda. Me enjabono y enjuago en dos minutos justos. Al final paso tanto tiempo debajo del agua al cabo del día que más parezco sirena que puta. Me seco con una toalla de rizo y estudio mi cuerpo en el espejo del baño. Ese cuerpo por el que los tipos siguen pagando un dineral, ese cuerpo que pronto iniciará la cuesta abajo pese a las cremas y los cuidados, el gimnasio y la piscina dos veces por semana. Ese cuerpo que no sabe si aguantará otros tres años iguales a los cinco anteriores y que cada vez más a menudo quiere decir de una buena vez basta y ya y al carajo con todos ustedes.

Hago café y prendo el portátil. Chequeo mi casilla de correo electrónico. Nada de interés salvo un aviso de Bosco recibido de madrugada. El arquitecto me anuncia por escrito su visita vespertina, me dicta las indicaciones escénicas para disponer el teatrico de su lujuria. La luz del neón, la música de Bach, la postura de mi cuerpo amarrado sobre la cama. Nada deja a la sorpresa el arquitecto, dispone y reclama ser obedecido. Por eso paga y no por ese amor tiránico y falsario que se empeña en representar acabado el sexo y que en estos últimos tiempos parece que declina en su perseverancia.

Se diría que el arquitecto entiende al fin que su sueldo compra solo mi disponibilidad provisional, que sus celos han menguado o al menos ya no se manifiestan cada dos por tres. De un tiempo a esta parte, Bosco se limita a gozarme cada vez de un modo más pervertido. Le dio por coquetear con el sado al arquitecto; pretende dominarme pero es él en verdad quien desea el castigo por engañar a su dios con una ramera. Su deseo se le transparenta en las facciones de perro. A veces le complazco con una correa mientras me mofo sin piedad de su rostro de amo fallido.

El asunto es que Bosco toma distancia como si el negocio tocase a su fin y con él sus pulsiones y su celopatía. No sé si esa perspectiva ya me alegra o me deprime. Hace un mes hubiera puesto una vela a esa misma virgen a la que tanto adora y a veces cuelga de su cuello para que obrase el milagro de sacarlo sin trauma de mi vida. Pero no ahora, no tan pronto. No cuando el miedo es otro y de otro.

Alejo los fantasmas y conecto el celular. Un montón de pitos anuncian los llamados perdidos y los mensajes. Nada más acabar, el alboroto de un llamado entrante. Atiendo y resulta ser un lambucio. Un tipo que se calentó viendo mis fotos por internet y llama para informarse, también para meneársela con la mano libre. Le recito a toda prisa mis tarifas y servicios, le doy mi dirección sin concretar patio ni puerta y le digo que le espero muerta de ganas. Silencio el trasto sin escuchar los mensajes. Apuro el café y me visto. Cuento billetes en la recámara. Salgo a la calle con el bolso en bandolera. Paso por el banco y por la oficina de envíos, le giro los dólares a mi mamá.

Me siento en un rincón de un parque infantil y dejo que el sol de esa mañana me dore la cara. Los reclamos se acumulan en el celular, pero hoy no me tiro ni al tren ni al maquinista, como dicen por acá. Quizá esta tarde cambie de opinión, el arquitecto no vendrá hasta las ocho, su hora de costumbre. Tiempo más que sobrado para atender cuatro clientes si es que me pongo al tajo tras el almuerzo. El trasto sigue vibrando en el bolso con los mensajes, todos menos el que me gustaría recibir y no recibo. O solo recibo cuando ya he tirado la toalla y no espero y maldigo al coño de su madre.

Con el dentista estamos en la fase de los jueguitos. El de los ojos verdes y los dedos de ciego se me entrega y se me niega a capricho. Como si lo que nos pasa fuera una rayuela o un parchís o una tómbola. Lo mismo en la cama que fuera de ella. Todo empezó en aquel hotel tras mi visita a su consulta. Cuando el tipo supo que me tenía bajo el zapato, que la escort de lujo se había encaprichado por su cara bonita al punto de hacer cualquier cosa que le pidiera.

Desde entonces me ata y me toma, me daña y me somete. Nunca deja huellas en mi piel pero sí en lo que hay bajo ella. Aparece y desaparece con sus llamados fuera de horario, con sus citas secas y apresuradas. Nunca viene por casa. No quiere tropezarse ni de casualidad con Bosco. Me convoca en el hotel por las noches. Abona los taxis y las habitaciones y mis honorarios sin queja. La última vez me negué a aceptar su dinero. No le dejo cogerme por eso. No le permito hacerme lo que le niego a los otros por la plata. No me arrastro como una perra por la ganancia. Más bien por la pérdida. Eso le dije, eso y que si quería volver a verme, se acabaron la puta y el cliente. Hembra y macho y de buena gana lo que los dos resolviésemos. Me miró largo y en silencio con esa expresión de hielo, esa cara de palo, esa reserva suya que acaso sea simple ausencia de sentimientos, y me respondió al cabo que lo pensaría. Ni un llamado más desde entonces. Ya va para siete días.

Una semana de silencio y la añoranza y el deseo se me comen por dentro. Quizá por eso el pensamiento que me ronda desde entonces de abandonarlo todo. La ilusión de hacer la valija, comprar los boletos de avión, timbrar a la casa, anunciar que ahí voy, que ya estoy llegando. Que volví esta vez para quedarme. De rendirme y conformarme con la plata ahorrada estos años de exilio y trasteo. De Valencia a Valencia pasando por Madrid, Miami y Caracas. No es la cifra que me impuse, pero ya me llega para poner un buen negocio en el barrio y dejar de mamársela al primero que llama. Ya me da para olvidar al arquitecto, al dentista y a todos los que son igual que ellos; hombres casados, crueles y embaucadores, en permanente fuera de juego. Ya me da para criar al hijo que dejé solo y atender a la madre que me suplió en la tarea. Empezar de nuevo antes de que sea tarde. Ser una mujer normal que regresa a su tierra y se ocupa de los suyos y acaso a la vuelta de los días encuentra un hombre con quien hacerse vieja. No uno como el maldito Óliver. No uno como ese canalla de los ojos verdes. No uno que te haga perder la cabeza y el coño y la puntada del bordado. No. Uno que te quiera bien sin aspavientos ni pendejadas.

Cuando me doy cuenta, estoy otra vez llorando, así que saco el pañuelo y el espejo, me seco y me compongo el maquillaje. Busco la salida del parque y tomo el camino del apartamento. Me detengo en la cafetería y entro allí para pedir un par de montaditos y una cola light que me solucionen esta flojera. Me siento tras una mesa esquinada, miro a las gentes pasar por la calle al otro lado del vidrio, ajetreados y prontos a enfrentar sus propias penurias, y decido que ya está bueno de perder el tiempo y el ánimo desde que mi mamá llamó esta mañana. Saco el celular del bolso, activo el sonido y voy a repasar los mensajes cuando el trasto se pone a zumbar ante mis ojos con ese número que aguardo desde hace una semana. Miro la pantalla asombrada, con felicidad y con calentura, me insulto por tonta y por güevona, no cambiarás tú nunca, Micaela. Quiero rechazar su llamado pero no puedo. Quiero mandar al cabrón al carajo y no tengo fuerzas. Atiendo al fin, rendida antes de empezar la batalla.

Bocas. Todas iguales y todas distintas. La boca que besa y la boca que daña. La que adula y la que veja. La que acaricia y la que muerde. La que se cierra en una mueca de perversidad. La que se aproxima a tu espalda, vadea tu cuello, busca el lugar exacto donde hincar los colmillos. La boca de ella, tan lejana, regresa de pronto en su virulencia, se abre y se crispa, me muestra sus dientes y el fondo de su garganta. Esa oscuridad como un charco dentro de otro charco más chico una y otra y otra vez hasta que un estallido de luz la desbarata.

La boca del hombre se desdibuja justo entonces ante mis ojos apenas un instante. El suficiente para que el atacador resbale desde la pieza hasta la encía y obture la carne de un pullazo leve pero invasivo. La sangre brota con un chorro denso; fluye copiosa al punto. El paciente gime, piafa, mueve los brazos arriba y abajo como un purasangre encabritado, debe haberle dolido lo suyo. Le he pinchado en pleno nervio y, dado que no lo insensibilicé antes con la anestesia, habrá visto las estrellas.

—Ooops. Cuánto lo siento, caballero. Enjuáguese, por favor.

Mientras el hombre obedece y escupe su sangre en la pileta, aprieto el comunicador y pido auxilio a Rocío. Mi asistente llega a la carrera y se apresura a taponar y suturar la hemorragia. Cargo una hipodérmica con el doble de la dosis habitual y, aprovechando el mareo del paciente, se la inyecto sin más tardanza. Hundido en el butacón, pálido y sudoroso, el individuo me estudia el rostro con ojos vengativos que van amorteciéndose a medida que el líquido penetra en su torrente sanguíneo y se adueña de sus conexiones nerviosas. Al cabo, exhibe la expresión pacífica de hace un instante. Le dejo en manos de Rocío y busco a Marisa en la recepción. Explico el incidente y le digo que no me encuentro bien. Que avise al doctor Gálvez para que me sustituya con el último paciente, dispongo antes de retirarme a mi despacho.

Me encierro allí y procuro tranquilizarme. Una torpeza. Un descuido. Un desliz de odontólogo manazas y principiante. Nada serio por otra parte. Los buenos oficios de Gálvez y las mejores formas de Rocío junto al efecto de la lidocaína harán el resto. Quizá no vuelva por allí, pero se llevará un buen viaje al menos como recuerdo de su paso por la consulta. Hacía años, lustros, que no cometía un error de ese calibre. Pero lo cierto es que ha sucedido para mi vergüenza y para medida de mi insuficiencia de los últimos tiempos.

Me sujeto la cabeza entre las manos y masajeo mis sienes primero con suavidad y luego con fiereza progresiva mientras me repito que el sentido debe prevalecer. Y el sentido ahora mismo me conduce precisamente hasta aquello que me niego y postergo. Aquello que me confunde la mente desde hace días. Saco del escritorio el teléfono que compré *ex profeso* para comunicar con ella, en previsión de que la sombra reclamase su saldo al fin. Lo despliego y marco su número. Los tonos se reiteran hasta que su voz contesta, sofocada:

—¿Daniel?

—Necesito verte esta tarde —la escucho rumiar su desventaja en silencio al otro lado.

—¿Y para qué?

—Dime a qué hora puedo pasar por tu casa —le exijo, y con sus palabras de acatamiento el dolor cede en su pirotecnia.

Alguien golpea en la puerta minutos después y, tras recibir el plácet, entra en mis dominios con paso elástico. Rocío cierra la hoja a su espalda y me mira, compasiva.

—¿Te encuentras bien?

—Una migraña. Hacía tiempo que no me pegaba tan fuerte.

—¿Quieres un ibuprofeno? ¿Algo más fuerte?

—No. Ya se me pasa. Solo necesito descansar un rato.

Rocío atraviesa el despacho resuelta y rodea la mesa. Hace descender la persiana, apaga el flexo y se sitúa a mi espalda. Sus manos sustituyen a las mías en mis flancos craneales. Sus dedos oprimen y giran allí dispersando los residuos de dolor en lentas ondas que se ensanchan sobre el charco de mi conciencia. Me dejo ir y aspiro en silencio el perfume a galán de noche que emana la presencia de Rocío. Ese aroma me tranquiliza incluso más que la persistencia de sus friegas. Sus dedos menudos y ágiles se deslizan ahora hacia abajo. Trazan la línea de mi mandíbula y van a descender por mi cuello cuando otro par de golpes en la puerta percuten seguidos de la voz urgida de Marisa.

—Doctor Vidal. Tiene usted una visita. Su mujer acaba de llegar.

Rocío retira sus manos y alza la persiana con dos rápidos movimientos. Sale felina de detrás de mi butaca y camina hasta la puerta cuando mi voz resuena, despreocupada:

—Adelante, mi amor.

Rocío gira el pomo de la puerta y cede el paso a la presencia de Amalia. Mi esposa saluda a mi asistente con un cabeceo. Rocío le corresponde con una sonrisa cordial y sale al pasillo junto a Marisa.

—Qué sorpresa. No te esperaba.

—Ya veo. ¿Interrumpo algo?

—Nada importante —le sonrío—. Estábamos repasando expedientes.

—¿Me invitas a comer, Dani? Hay algo de lo que debemos hablar.

Una hora más tarde los camareros enchaquetados del club rivalizan en ofrecernos el postre más glucémico. El comedor está semivacío a aquella hora temprana y la vista sobre la marina es una postal sedante. Amalia rechaza las propuestas y solicita un café solo descafeinado. La secundo, consciente de la inminencia de una amenaza en su mirada fija, en sus gestos retardados. En esos síntomas de depresión endógena que a lo largo de los años las benzodiacepinas y la paroxetina han mutado en aceptación falaz y torvo sosiego.

—Esta mañana he acabado los trámites para el cobro de la herencia de papá —anuncia mientras despanzurra el sobrecito de azúcar sobre la taza.

—Me alegro. Sé que no ha sido fácil para ti. Primero su muerte y luego todo ese papeleo en el que no me has dejado ayudarte.

—Ha sido un trámite complicado —admite ella misteriosa—. Pero ya está hecho. Quizá haya llegado el momento de replantearnos el futuro tú y yo.

—¿A qué te refieres? —la tanteo, prudente.

—Dios no ha querido bendecirnos con descendencia, pero hay otros caminos. Voy a iniciar un proceso de adopción. Y las agencias son muy exigentes al respecto.

—Tenemos una posición desahogada, Amalia. Y más ahora con el dinero de tu padre...

—El dinero no lo es todo. El entorno familiar debe ser idóneo para la crianza de un niño.

—¿Te preocupa eso?

—Sé que hay otras mujeres en tu vida, Dani.

—Ninguna que me importe. Eso nunca ha sido un problema.

—Eres un buen hombre, trabajador, inteligente y cariñoso; pero te pierde tu afición por las fulanas.

—No sé a qué viene esto, Amalia. Yo nunca te he mentido al respecto. Tú y yo somos un equipo. Siempre lo fuimos.

—Antes puede que sí. Ahora no tanto.
—Tonterías. Somos dos cuerpos y una sola alma.
—Para seguir siéndolo, necesito que renuncies a tus aventuras. Entiendo que la frustración de estos años persiguiendo descendencia en vano conmigo te hayan llevado a buscar consuelo en otras sin mí pero...
—Ignoraba que te causase daño mi actitud —la interrumpo, contrito—. No tengo palabras. Tanto amor sin recompensa me frustró, me hizo cometer desatinos. Pero fui sincero contigo. Nunca quise ni querré a otra como a ti.
—Lo sé. Y transigí con ello a fin de conservarte a mi lado. Pero no voy a seguir consintiéndolo. Ahora quiero una familia.
—La tendrás. Sabes que siempre he deseado ser el padre de tus hijos —le aseguro mientras busco y obtengo sus manos por encima del mantel.
—Haz lo que tengas que hacer, Dani. Dios sabe que te amo y confío en ti por encima de cualquier otra cosa. Por encima de mi Fe. Por encima de mi padre, al que espero guarde en su santísima gloria.
—Por los siglos de los siglos, amén —le sonrío mientras examino minucioso su rostro. Hay algo nuevo en él. Una leve fruición. Un regodeo por la muerte del batracio quizá. Un aura de liberación matizada por una ansiedad que precisa de una respuesta contundente—. Yo también tengo algo que anunciarte sobre lo que planteas. Sobre nuestro futuro familiar.

Amalia me mira sorprendida. La devoción y el recelo pugnan al borde de sus pestañas.

—Quiero ingresar en el Opus Dei. Quiero que esta nueva etapa que me propones sea motivo de santificación además de proyecto común en la Fe. Por nosotros y por nuestra familia.

Amalia queda desarmada por mis palabras. Lagrimea, se santigua y mira el cielo punteado de palos marineros en el ventanal del club con los ojos húmedos. El final de su zozobra y el reinicio de nuestra felicidad se abrazan en un perfecto colofón. Transida, ya apenas pronuncia palabra mientras la llevo hasta nuestra mansión del Carrascal. Se despide de mí con un largo beso sin lengua cuando la dejo en la puerta. La observo caminar por el jardín, un palmo por encima de la hierba recién segada, balanceando su figura cilíndrica, saludando a las moscas como San Francisco de Asís, cantando mudas alabanzas al Señor, hasta que desaparece tras la alta valla de seguridad. Amalia. Mi dulce Amalia.

Con un codo apoyado en la almohada, Marian contempló absorta cómo Raquel se enfundaba las medias cuando el móvil se puso hacer bzzz, bzzz y surfear sobre la mesita de noche. Comprobó la hora y la procedencia de la llamada con una mueca de disgusto. Atendió al fin, resignada:
—¿Morales? Si no es un muerto, te voy a matar yo a ti mañana. Elige.
—Una muerta, señoría. Lo lamento pero es urgente.
—¿Violencia de género?
—Sí. Pero no del tipo habitual. Se trata de una prostituta de lujo sudamericana. Le han machacado la cabeza a golpes.
—Caray.
—Uno de sus clientes, un arquitecto de rancio abolengo, dio aviso del hallazgo. Homicidios y la científica ya están sobre el terreno.
—¿Me recoges en media hora?
Cortó la comunicación y enfrentó la mirada interrogante de Raquel, que se abrochaba la falda, en pie al otro lado de la cama.
—¿Un asesinato?
—Una prostituta muerta. Te ahorro los detalles desagradables.
—Date una ducha, anda. Te preparo algo caliente mientras.
—Gracias, corazón, pero no tengo hambre.
—No has cenado, señoría. Y tu secretario me dijo que tampoco comiste. Tómate un café con leche al menos.
Marian hizo un gesto estoico de aceptación y se dirigió al vecino baño. Cerró con pestillo. Mientras dejaba que el agua corriera abundante y sonora en la ducha, se adhirió un parche de morfina al hombro derecho. Luego hizo un par de abluciones en el bidé y se vistió a toda prisa. Raquel la aguardaba en

la cocina con una taza humeante y unas tostadas. Se obligó a ingerir el líquido y rechazó el sólido, ocultando las náuseas que la visión de comida le producían.
—Te podemos dejar en casa de camino.
Raquel negó con su sonrisa de enigma. Joven y bella, como el primer día, su nariz fruncida en mitad de la cara pecosa y sus ojos color pinocha indagando los suyos desde el fondo del aula. Linda y misteriosa, tangible hace un instante e inaprensible como el mercurio ahora. Se estaba acostumbrando a mirarla como si fuera la última cada vez que se separaban. El timbre del portero automático bordoneó con dos cortos toques.

Bajaron juntas en el ascensor hasta la calle y la pelirroja se despidió con un beso en su mejilla y un guiño para Morales. A Marian no le pasó inadvertida la mirada de homenaje que el chófer, un agente judicial recién incorporado, le dedicó a la retaguardia de su amante.

—Vámonos —ordenó acomodándose al lado del secretario—. Conduzca rápido y no separe los ojos de la calle, agente. ¿Padece usted de estrabismo?

El aludido sacudió la cabeza, musitó una disculpa entre dientes y arrancó al punto. Durante el trayecto, Morales la puso al corriente de la información que tenía sobre el levantamiento. Marian arrugó el ceño cada vez más mientras el secretario iba desgranando los datos que había reunido durante la hora anterior. Una linda escort venezolana. Un arquitecto de renombre que al parecer era algo más que un cliente. Un asesinato morboso y sádico. Todos los elementos que harían las delicias de los medios de comunicación y que podían convertir la instrucción del sumario en una verbena y un engorro.

Un embolao, se dijo a sí misma al tiempo que una punzada le atravesó las cervicales como un chorro de metralla. Abrió su bolso de mano y extrajo un bastoncito de opiáceo. El parche que acababa de ponerse era de efecto paulatino y necesitaba algo instantáneo para afrontar esta diligencia. Morales la miró de soslayo, se abstuvo del menor comentario. Era el único que sabía de su estado. Y Marian le había amenazado con amputarle los testículos si se iba de la lengua con nadie, muy en particular con Raquel.

La finca del levantamiento estaba en la esquina de un barrio de nuevo cuño pero no lujoso, ni siquiera acomodado. No tendría más de un par de años. El agente los dejó en el portal y se fue a aparcar el coche. Morales y ella subieron en el ascensor hasta la cuarta planta de aquel edificio, saludaron al uniformado de la puerta y entraron en el apartamento.

La voz desabrida de Coco tras un bastidor y la respuesta altiva de otra voz masculina les anticipó la escena que ambos se quedaron contemplando de una pieza. Inclinado sobre un sofá, el inspector tenía agarrado de las solapas de su americana a un hombre robusto y que, sin embargo, parecía insignificante entre las manos crispadas y los antebrazos en tensión del policía, como una triste margarita en un ancho macetero. Zafra observaba a su superior en silencio y con lo que le pareció una punta de fruición a un paso de distancia.

Marian salió de su estupor y le pegó una voz a Cocoví recriminándole su actitud. Todavía de espaldas, el aludido se limitó a ordenar a la subinspectora que detuviese al sospechoso. Lo dejó caer en el sofá con la misma facilidad que lo había hecho levitar y le alisó las solapas arrugadas antes de girarse. El rostro de Coco no reflejaba mayor inquietud cuando fue a reunirse con ellos.

—¿Se ha vuelto majara, inspector?

—En absoluto, señoría. Pero debo reconocerle que ese tipo me ha sacado de mis casillas.

—Pues vuelva a ellas de inmediato. Y deje de comportarse como un patán con complejo de Clint Eastwood. Al menos si quiere seguir en este caso.

—Lo que usted mande, señoría. Lo siento en el alma.

A Marian el gesto compungido del inspector le resultó tan veraz como el bigote de Charlot. Aquel tipo gastaba más conchas que un galápago y ella lo sabía por propia experiencia. Pero, por una vez, se alegró de tenerle a cargo de aquel asesinato. Coco era conflictivo e individualista pero también una máquina. Justo lo que necesitaba a su lado en aquel asunto y en aquel momento.

La subinspectora entregó el sospechoso a dos agentes con la orden de que se lo llevaran al furgón estacionado en la calle. Marian atendió de soslayo a la expresión primero extraviada y luego suplicante del detenido al pasar a su lado. Iba a decir algo el tipo pero Zafra lo impidió empujándolo sin contemplaciones hacia la salida. Cocoví no separó ni por un segundo sus ojos agresivos de él. Marian también observó que la subinspectora le había esposado las manos a la espalda. Los dos policías mostraban una animosidad exagerada por alguien que, de momento, solo era un sospechoso.

—¿Ha confesado?

—Todo lo contrario.

—¿Y por qué lo tratan de ese modo?

—Es un asqueroso —intervino al punto Zafra—. Un supernumerario del Opus. Un arquitecto de familia rica y misa diaria. Le había puesto este piso a la chica y venía a tirársela cuando se le antojaba pero también permitía que ella recibiese aquí a otros clientes. Una basura de personaje.

—Eso son prejuicios, subinspectora —la reprendió—. No pruebas. Ni siquiera indicios. Nada que justifique la violencia o el maltrato.

—No ha habido nada de eso. Solo le estaba bajando los humos.

—Una manera pintoresca de disculpar su actitud, inspector.

—Va a costar lo suyo que suelte prenda, señoría. Es un listillo y no está por la labor —explicó Cocoví—. Según él, encontró el cadáver a las ocho de la tarde pero no avisó hasta dos horas y media después. Tuvo tiempo de alterar el escenario, deshacerse de sus armas o cualquier otra triquiñuela.

—Aun así. A partir de ahora le van a dar un trato correcto. Y consultar conmigo cualquier medida que le ataña a él o la instrucción, ¿entendido?

El inspector Cocoví asintió, sacó un pequeño cuaderno de tapas negras de un bolsillo y se lo tendió con gesto envarado.

—La agenda de la víctima. Aquí figuran los nombres y teléfonos de sus clientes. Empresarios, banqueros, políticos. La jet-set de esta ciudad era asidua de este pisito, señoría. Más nos vale que ese mierda la matara por celos en un arrebato. Porque, si hay que ponerse a investigar esta lista de nombres, nos vamos a meter en un jardín de rosas finas.

Marian abrió la agenda al azar, se caló las gafas de vista y ojeó unas pocas páginas. La cerró de un golpe y se la devolvió al inspector.

—¿Alguien la ha visto además de ustedes dos?

Zafra y Cocoví sacudieron la cabeza al unísono.

—Custodien esta prueba como si fuera su santísima madre. Si hay una filtración, por pequeña que sea, les voy a crucificar. Boca abajo. ¿Me explico?

—Lo que usted mande, señoría. ¿Le parece buena idea que sigamos apretándole las tuercas al sospechoso hasta que declare ante usted?

Marian dedicó una mueca sardónica al policía y asintió al cabo.

—¿El cadáver?

—Al fondo del pasillo. El escenario lo están procesando aún los científicos. Pero puede echar un vistazo. Por cierto, señoría, tiene usted las pupilas muy dilatadas.

La juez Linares rehuyó la mirada inquisitiva de Cocoví y consultó la hora.

—¿Está Salgado?

—Llegó hace un rato.

—Que haga las veces de mi forense. El de guardia se retrasa. ¿Vamos?

El secretario asintió y la precedió circunspecto por el pasillo de parqué. Un par de técnicos de criminalística embozados en sus monos de faena les cedieron el paso a la puerta de la habitación. Salgado ya se encontraba allí.

Cuando Marian se asomó a la alcoba, entendió al fin el estado de ofuscación de los policías. Empezó a compartirlo, de hecho. Si había alguien odioso, condenable, ajusticiable, ese era el autor de aquella inmolación, aquella alevosía sin vestigios de piedad humana que penetraba ahora por su nervios ópticos y sus pituitarias. En esas, el móvil vibró inoportuno en su bolso. Iba a apagarlo cuando reparó en la identificación de la pantalla. Se hizo atrás entonces y atendió con voz formularia la llamada del Juez Decano.

Bosco permanecía solitario y esposado en el interior del furgón policial. Cerca de una hora desde que lo introdujeron en aquel armatoste enrejado. Las cosas no marchaban como él había esperado ni como Uncio le explicó en su momento. Para empezar, ni siquiera había podido comunicarse con él y reclamar su asistencia jurídica. Una sucesión de turbios presagios acudieron en tropel a su mente.

Minutos después, las puertas del furgón se abrieron y la pareja de uniformados que le había custodiado hasta allí se acomodó en la banqueta sin decir palabra. Un tercer policía arrancó el vehículo y lo guió en dirección al centro. Bosco vio pasar el tiovivo de calles anochecidas frente a sus ojos con angustia creciente.

—¿Me trasladan a los juzgados?

El uniformado que viajaba sentado frente a él meneó la cabeza, hosco.

—¿Y adónde entonces?

—Se enterará usted cuando lleguemos. Ahora permanezca en silencio.

Diez minutos después el furgón atravesó el portón trasero de la Jefatura Superior de policía. Aguardó otros tantos en una sala con tres sillas, una mesa de plástico y un ancho espejo acompañado por uno de los agentes. Una pareja de detectives jóvenes hicieron acto de presencia al poco. Solicitaron al uniformado que le quitara las esposas, le ofrecieron un botellín de agua mineral y se sentaron al otro lado de la ancha mesa de metacrilato tras presentarse por sus apellidos. El hombre desplegó un portátil mientras la mujer le estudiaba con interés. Educados y meticulosos, comenzaron a martillearle con idénticas preguntas a las ya formuladas en el apartamento. Bosco contestó en semejantes términos mientras la irritación y la fatiga hacían mella en su ánimo. Al cabo de tres cuartos de hora se negó en redondo a seguir contestando.

El hombre, que se había presentado como Cremades, chasqueó la lengua y dio lectura al *e-mail* que él mismo mandó a Ava la mañana anterior. Lo hizo con voz jocosa mientras le miraba por encima de la tapa del ordenador. Bosco sintió una vergüenza instantánea al oír sus propias instrucciones en la boca de aquel desconocido. Al acabar la lectura, la muchacha que dijo apellidarse López, adelantó su cuerpo flexible sobre la mesa y le enfrentó:

—Y si no sabes nada, si eres tan inocente, si solo pasabas por allí, ¿cómo es que el cuerpo de la víctima estaba dispuesto y atado en la misma postura que le indicabas en ese correo? ¿Por qué la vela de sándalo y el neón encendidos? ¿Por qué estaba puesta en el equipo la música que le pediste? ¿Nos lo puedes explicar?

—No.

—¿No puede o no quiere? —intervino el hombre.

—Ni puedo ni quiero. Ya les he dicho que no hablaré más.

—Le seguiré leyendo sus correos electrónicos entonces —resolvió el policía—. No es que me gusten. Pero son muy ilustrativos.

—Estoy agotado. Quiero dormir.

—Nos importa poco lo que tú quieras. Ya dormirás en el talego.

—¿Cuándo hemos comido sopa juntos para que me tutees, niñata?

—Te tuteo porque me sale del higo, tarado de mierda.

Sonrió desdeñoso por un instante y luego cerró los ojos y echó la cabeza hacia atrás fingiendo dormir. La chica se puso en pie de un salto, rodeó la mesa y atrapó el botellín mediado de agua. Desenroscó el tapón y le roció la cara con su contenido. Bosco abrió los ojos y la insultó a media voz. Temblaba de cólera cuando el inspector bigotudo y su compañera entraron en la sala.

A una señal del inspector, los dos policías jóvenes se retiraron del lugar. La mujer morena del apartamento tomó asiento frente al portátil y comenzó a teclear en tanto el bigotudo le ofrecía un pañuelo de celulosa.

—Sécate la carita, anda. Está visto que no se te puede dejar solo. Cuando no me tocas las narices a mí, se las tocas a otro compañero. Eres un menda desagradable tú.

—Quiero hablar con mi abogado. Los voy a denunciar por malos tratos.

—Ya hablaste con él. Tenemos el registro de llamadas de tu móvil.

—No responderé a más preguntas si él no está presente.

—La juez muy probablemente dictará tu detención incomunicada. Igual hasta te conviene buscarte otro abogado. ¿Quieres uno de oficio?

—No.

—Allá tú.

—No pueden hacer esto.

—Claro que sí. Podemos retenerte durante setenta y dos horas a nuestra entera disposición. Incomunicado. Parece mentira que un tío listo como tú lo ignore.

—¿Retenerme con qué objeto?

—De momento, vamos a charlar sin prisas, señor Riera.

—Volvamos, por ejemplo, a tu abogado. Anda, cuéntame, ¿qué te dijo? ¿Qué planeasteis juntos para que escurrieses el bulto? Tenéis que haber hilado muy fino porque en esa casa hemos encontrado evidencias contra ti como para parar un tren.

—Su móvil, sus correos electrónicos, su ropa en los armarios, sus huellas dactilares por toda la casa y en el escenario del crimen —enumeró la morena—. Solo nos falta encontrar restos biológicos suyos en el cuerpo de ella y ya. Bingo. Caso cerrado. Visto para sentencia.

—No te va a gustar la cárcel, artista.

—Una confesión ayudaría a reducir su condena.

Bosco miró alternativo los rostros del bigotudo y la morena. Podía enrocarse en su silencio, pero Uncio le había asegurado que aquello que dijese no tendría validez en un juicio. Valoró ambas posibilidades. Al cabo pudieron más sus deseos de exculparse, o al menos de desahogar su impotencia.

—Yo no la maté —dijo al fin—. Yo no hubiera podido hacerle algo así.

—¿Quién la mató entonces?

—Otro. El asesino de Ava está suelto y ustedes pierden el tiempo conmigo.

—Ya. Entonces fue otro de sus clientes quien llegó antes que tú, se la tiró, le cortó el cuello, le majó la cabeza y te dejó a ti el marrón, ¿no?

—Así debió ser como sucedió, supongo.

—¿Tenía muchos clientes?

—No sé.

—Debía tenerlos —afirmó la mujer—. Era toda una belleza.

El bigotudo enfrentó sus ojos inclinándose sobre la mesa.

—Pongamos que eres inocente, entonces danos algo que nos lleve a encontrar al que la mató.

—No puedo ayudarles con eso —Bosco se retrepó friolento en la silla—. ¿Qué más quisiera yo que saber quién la mató?

—Inténtalo. Seguro que puedes darnos alguna información con la que empezar.

—No, no puedo. Yo ni sabía ni quería saber nada de su trabajo.

Un guitarreo de rock and roll resonó en la sala repentino y el bigotudo se tanteó las ropas y les dio la espalda.

—¿Dónde la conoció usted? ¿Por internet?

La subinspectora giró el portátil y le enfrentó a la página web de contactos donde ella se anunciaba. A las imágenes de Ava semidesnuda y ofrecida sobre una cama, en actitud mimosa, coqueta y provocativa pero con el rostro pixelado. Bosco apartó la mirada con un escalofrío.

—No, no fue en internet. Nos dijo que su relación duraba desde hace más de un año y ella no se anunciaba en la red por su cuenta entonces. Trabajaba en un club de alterne exclusivo. También tienen página web. ¿Quiere que le enseñe las fotos de las chicas que había allí hace un año?

—Entendido, señoría —escuchó decir con sequedad al bigotudo.

La mujer manipuló el portátil y volvió a mostrarle imágenes de Ava, esta vez en una de las habitaciones del Heaven. También desnuda, también ofrecida y con esa sonrisa y esos ojos pixelados a los que no pudo resistirse. Esa cara y ese cuerpo que le subyugaron, que le hicieron caer preso de su hechizo. Que le obligaron a revolcarse una y otra y otra vez en el fango del pecado como un puerco de la piara de Epicuro. Como un cretino o un cínico excitado por la culpabilidad y el deseo.

—¿Estabas enamorado de ella, verdad? —preguntó el inspector de súbito a su espalda.

—Eso no es asunto suyo.

—Es la única explicación para tu actitud. Un profesional de éxito. Un cabeza de familia pío y cumplidor. Te enamoraste y la querías solo para ti. Pero las cosas no salieron como tú esperabas. A ese pisito que le pusiste resultó que acudían para tirársela por dinero los mismos que se la tiraban antes en el club. Gente de tu misma cuerda. Amigos y conocidos tuyos. ¿No es así?

Bosco alzó la vista hasta el rostro del bigotudo, ya de regreso en la mesa.

—¿Y qué si fuera así?

—¿Tan mierda eres que te daba lo mismo? No me lo creo. La querías solo para ti, estabas enamorado de ese bombón. Te volvía majara. Y no soportabas que otros la disfrutaran igual que tú.

—Le trastornaron los celos, señor Riera —resumió la subinspectora—. Perdió usted la cabeza. Esa es una buena eximente para el crimen. Su abogado debió explicárselo.

—La mataste por amor. Por celos. Por amor no correspondido.

—Yo no la maté. Y no voy a decir ni una palabra más.

—Allá tú —zanjó el inspector—. Solo nos falta una muestra biológica. Recuerda. Tu semen, tus pelos, tu sudor o tu sangre.

Hasta con un fragmento de tu piel en el cuerpo de ella nos basta. Te tendremos pillado por los huevos. Entonces hablarás y nos abrirás de par en par ese corazón tuyo de artista. Hasta pronto, mierdecilla.

La subinspectora golpeó la puerta y los uniformados de antes entraron allí. Lo esposaron otra vez y le hicieron salir. Atravesaron varios pasillos, unas escaleras y le introdujeron de nuevo en el furgón. Bosco se encontraba mareado. El nuevo traslado acrecentó su flojera y vomitó antes de llegar a su destino.

Reconoció el edificio de la Ciudad de la Justicia a la luz indecisa del amanecer. Lo condujeron hasta el retén policial del complejo, le soltaron las manos y lo encerraron en una celda. Bosco se dejó caer en el jergón, exhausto. Se preguntó qué hora sería. Aún no había amanecido. Debía descansar. Cerró los ojos y las imágenes de Ava se sucedieron al punto en su cerebro. Imágenes de ella vestida de calle, tomando un montadito de la cafetería de enfrente de su casa, paseando hasta la sucursal del banco donde guardaba sus ahorros. Una mañana hace meses la siguió para poder verla en esa actitud de normalidad, de anonimato. Le hubiera gustado tanto salir junto a ella, ir al cine o a cenar juntos, a bailar; pero era imposible. Podía verlos algún conocido, podían toparse con algún colega del trabajo o del club o, peor aún, con algún miembro de la Prelatura, podía verlos un familiar. Su relación se limitaba pues al espacio acotado y clandestino del apartamento, a esa alcoba y ese baño donde follaban y dormían y volvían a follar. A ese salón donde veían películas y cenaban comida de encargo. Tantas veces deseó llevarla con él de viaje al extranjero. Tomar un vuelo y desembarcar junto a ella en París, en Berlín, en Florencia. Pasear libres, comprarle flores, mostrarle las catedrales, los museos, los monumentos, vivir en plenitud por una vez ese amor que le consumía. Pero no. Ya no habría ocasión de hacerlo. Ava estaba muerta y él encerrado entre esas cuatro paredes. Ahora solo quedan la vergüenza, el bochorno, la penitencia y, quizá al final de todo, la absolución. El perdón de sus pecados.

Bosco palpó el bolsillo de su americana y echó de menos el rosario que le quitaron antes de entrar en esa celda, junto a su escapulario recién recuperado, su cinturón y los cordones de sus zapatos. Se recostó en el jergón y oró en voz baja, se quedó dormido al cuarto misterio.

Cuando abrió los ojos con el estampido metálico del barrote de seguridad del calabozo, se incorporó y recompuso sus ropas, se restregó los ojos. Junto al agente, reconoció la presencia de Uncio y, a su lado, la inesperada pero reconfortante de uno de sus hermanos en la Fe.

—Recapitulemos, inspector —solicita la juez Linares con el informe pericial del forense abierto sobre la mesa de su despacho—. Salgado señala la hora del óbito entre las seis y media y las siete y media de la tarde.

—Así es, señoría. Y el sospechoso carece de coartada para ese lapso. No ha sabido justificar lo que hizo ni antes ni después del hallazgo del cuerpo. No aporta testigos ni pruebas que puedan situarlo en un escenario distinto al del crimen en ese tiempo. Los vecinos del inmueble no vieron ni oyeron nada que le corrobore o desmienta.

—¿El teléfono del sospechoso?

—Inactivo entre las cinco y las ocho. Hizo dos llamadas antes de avisar al 112. Una a las ocho y poco a su abogado. A las diez llamó a su domicilio y habló con su esposa. Supongo que para decirle que no llegaría a misa al día siguiente.

La juez ignora el tono zumbón del policía y prosigue leyendo con las gafas caladas y lo que le parece a Coco un bastoncito higiénico entre los labios.

—La causa objetiva de la muerte es la exsanguinación. Los traumatismos en la cabeza son en su mayoría *post mortem*.

—Ajá. Primero la degolló y luego le reventó el cráneo a golpes.

—Lo cual nos lleva al arma o las armas empleadas. Esto es, a su ausencia del escenario. Salgado sostiene que se utilizaron dos. Un cuchillo de caza de hoja ancha tipo machete para el degüello, y un martillo pilón de uso profesional o doméstico para la posterior agresión.

—En el escenario no se han hallado tales armas ni ningún otro objeto capaz de causar esas lesiones. Hemos registrado en balde todos los contenedores de la zona. Así que el sospechoso debió deshacerse de ellas con cuidado. Dispuso de tiempo de sobra para hacerlo.

—La ausencia del arma equilibra en cierto modo la ausencia de coartada en el aspecto incriminatorio.

—¿Qué equilibrio ni qué niño en patinete?

—Cocoví, compórtese. Sé que no ha dormido y está cansado, yo también. Mantenga las formas.

—Disculpe, señoría.

—¿Qué me dice del móvil del crimen?

—Pasional. La mató por celos. No me cabe duda.

—¿Tengo que recordarle que su oficio radica en la aplicación de la duda metódica?

—Pero es que no las tengo. Ni metódicas ni de otra clase. La mató ese mierda. Es zurdo. Y la incisión del cuello se hizo de derecha a izquierda.

—¿Por qué está tan seguro al margen de esa coincidencia?

—Lea el informe forense otra vez, señoría. Esa chica se dejó desnudar y atar a una cama. Mantuvieron una relación sexual no forzada antes del asesinato. Los del laboratorio han hallado restos de semen en su vagina y en su ano.

—También de pelos y dermis. Si las muestras biológicas coinciden con el adn del sospechoso, el caso estará cerrado. Pero hasta ese momento no tenemos la seguridad de que fuera él quien cometiese el asesinato.

—Salgado halló contusiones y laceraciones en el cadáver. La relación sexual fue de carácter sadomasoquista. Antes de producirse la muerte, la chica vació sus intestinos debido al estrés de la situación. En otras palabras, se cagó de miedo la pobre chavala.

—¿Adónde quiere ir a parar?

—Encontramos vídeos y enlaces sadomasoquistas entre los archivos que el sospechoso le enviaba desde su correo electrónico. Esa mismo mañana, en el *mail* en que le anunciaba su visita, le ordenaba una serie de pautas que responden a esa clase de prácticas y que vimos confirmadas en el escenario del crimen.

—Eso constituye un indicio, inspector, ni más ni menos.

—Ese tarado la torturó, se la folló y le cortó el cuello con la zurda. Luego le machacó la cabeza a golpes. Todo como parte de algún ritual asqueroso.

—Eso no encaja con el móvil pasional que usted propone.

—¿Y por qué no? ¿Y si otro cliente también había iniciado esa clase de juegos con ella y el sospechoso lo descubrió? ¿Y si los puros celos se mezclaron con el instinto de posesión, de dominio? No soy un experto, pero me parece una explicación plausible. Un móvil criminal en toda regla.

La juez Linares lo observa en silencio, considerando sus palabras.

—Ordenaré de inmediato la intervención de todos los ordenadores del sospechoso. Los que encontremos tanto en su domicilio como en su estudio profesional. Estudiaremos su contenido rastreando esa tendencia sexual a la que alude. Pero, mientras, quiero que usted se centre en otra cosa.

—¿En cuál?

—Por lo que usted me cuenta, el sospechoso insiste en su inocencia. Afirma que fue otra persona la que estuvo antes con ella en esa casa y la que cometió el asesinato. No podemos descartar esa posibilidad.

—Perderemos el tiempo. El cotejo genético le señalará como culpable.

—Usted me quiere vender la piel del oso sin haberlo cazado, inspector. Entiendo que el tipo le resulte desagradable y que los indicios apuntan a su culpabilidad. Pero su obligación es explorar otras líneas de investigación. La víctima era una prostituta. Podría haber un proxeneta tras ella o incluso una red de trata de blancas implicada en el asunto.

—Ejercía como escort independiente desde hace más de un año. Hace un rato he hablado con la encargada del club para el que trabajó anteriormente. El arquitecto la sacó de allí e incluso indemnizó al dueño del prostíbulo. Así que, hoy por hoy, el sospechoso era su único proxeneta, de haberlo.

—Ya. En todo caso ese testimonio me parece insuficiente para descartar esa línea tan pronto.

—Seguiremos trabajando en ella, señoría.

—Bien. ¿Y el teléfono móvil de la víctima?

—Lo hemos estudiado al pormenor. El registro de llamadas y mensajes presenta una gran actividad pero ella no respondió en todo el día. Excepto en una ocasión.

—Ahí tiene.

—Se trata de un número de tarjeta prepago. No podemos rastrear la identidad de su propietario ni la ubicación geográfica de la llamada. Las compañías telefónicas no conservan registro —se lamentó Coco.

—Habría que acabar cuanto antes con la impunidad de los usuarios de esas líneas. No obstante, ¿qué me dice de esa llamada?

—Que fue muy breve. Y me parece irrelevante dadas las circunstancias.

—Pues a mí no. ¿No le resulta extraño que rechazara todas las llamadas salvo esa? Puede haber otra persona implicada. El verdadero asesino. Quizá el sospechoso solo sea un cabeza de turco, ¿no le parece?

Cocoví mira a la juez con curiosidad antes de aclararse la garganta.

—Lo que me parece es que el sospechoso está muy bien relacionado, señoría. ¿Me equivoco?

—No, he pasado toda la madrugada recibiendo llamadas al respecto. Desde el Presidente de la Comunidad al del Tribunal Superior, pasando por el Delegado del Gobierno.

—Uno al menos de esos tres figuraba en la agenda de la víctima. ¿De verdad quiere usted que crucemos esa línea? ¿Con todas las consecuencias?

—Quiero la verdad, Cocoví. No una intuición indemostrable por el momento. Quiero al miserable que mató a esa mujer entre rejas.

—Y ya lo tiene.

—No, mientras las pruebas no lo acusen. Imagínese que no coinciden los restos biológicos con su adn. ¿Qué haremos entonces?

—No imagino esa posibilidad.

—Se está cerrando en banda —suspiró la juez—. No es propio de un policía como usted.

—Sé que fue él. No porque me caiga mal o porque me convenga para dar carpetazo a este tema tan espinoso, sino porque me lo dicen las tripas, señoría.

—Con el mayor respeto por su tripas, inspector, le voy a pedir que por una santa vez las desoiga y siga haciendo su trabajo.

El inspector se remueve en su asiento y fija sus ojos en el bastoncillo de algodón que la juez acababa de succionar con fuerza. Marian Linares se lo saca al poco de la boca y lo oculta tras un prontuario.

—¿No pensará soltarlo?

—Eso lo decidiré tras escuchar la declaración del sospechoso y con el concurso del fiscal.

—Sé que la están presionando, señoría, y mucho. De otro modo, usted hubiera dictado la detención incomunicada y me hubiera dejado apretar a ese menda hasta que cantara la traviatta. Sin embargo, me obligó a trasladarlo aquí y adelantó su declaración. Ni veinticuatro horas ha estado retenido este pájaro.

—No me gusta lo que insinúa, inspector.

—Y a mí no me gusta que el Delegado del Gobierno lo haya visitado junto a su abogado en el calabozo hace unas horas. Un cargo político que, mira por dónde, es de la misma cuerda religiosa que el sospechoso. Al igual que cuatro consejeros de la Comunidad y hasta el Jefe Superior de Policía, a quien he tenido que aguantar una parrafada al teléfono antes de entrar a su despacho. Todos somos iguales ante la ley, señoría, pero este no parece el caso.

—Basta. Ya se ha desahogado. Ahora escúcheme con atención. Usted no es ningún ángel que pueda darme lecciones de equidad, Cocoví. El sospechoso es miembro del Opus Dei, en efecto, y eso tiene una traducción práctica. Van a poner la lupa encima de nosotros y nos van a joder vivos a la primera salida de pata de banco. Ellos por un lado, y la prensa por otro. Con todo y con eso, yo voy a cumplir mi obligación. Y le pido a usted que haga lo mismo. Ocúpese de hacer su trabajo que yo me encargaré de soportar las presiones políticas de este asunto. ¿Alguna pregunta?

—No —Cocoví se levanta, hace un vago gesto de acatamiento e inicia el camino de salida—. Acabaré con lo que he empezado.

—Perfecto. ¿Pero no cree que se le olvida algo?

El inspector gira sobre sus talones, desanda el camino y saca del bolsillo una bolsa plástica con una libreta de tapas negras en su interior.

—Hemos hecho copia de los nombres y los teléfonos que se repetían en el móvil de la víctima las últimas semanas. Si necesitásemos examinar de nuevo esa lista, se lo haría saber, señoría.

La juez Linares asiente, toma la agenda y la guarda bajo llave en un cajón de su escritorio mientras Cocoví se pierde tras la puerta del despacho. Una vez a solas, Marian saca el bastoncillo de su escondite, lo introduce en su boca con un gesto mecánico y se abandona al alivio del opiáceo.

Huyó como una rata. Eso hizo al encontrar el cuerpo de su amante muerta. Salir por patas de aquel apartamento como un miserable sin conciencia. Hacía mucho tiempo que Uncio daba por inexistente la conciencia de Bosco. La conciencia era como la vergüenza; el que la tiene, la pasa. Y aquel no era el caso de su amigo. Desde muy joven la había sustituido por una mezcla incongruente de vanidad, disciplina y fanatismo religioso. Le contó que había estado las horas anteriores al hallazgo del cadáver encerrado en su estudio, vacío por ser un sábado tarde, ultimando en solitario su proyecto soñado. El que al fin se le iba a adjudicar a su estudio y darle el prestigio que merecía. La tercera Ciudad. La de la Música. La de las Artes y las Ciencias había volado a manos de su peor enemigo. Y la de la Justicia, en la que se encontraba encerrado ahora mismo, a una firma madrileña. El palacio de Congresos se encargó a un famoso profesional inglés, y el mirador portuario a otro par de rivales. A todos los concursos se presentó Bosco y de todos salió con el rabo entre las piernas. Pero esta vez no, esta vez se lo debían. Los suyos y los menos suyos. El orden de prelación por méritos e influencias le había alcanzado por fin. La Ciudad de la Música sería su obra emblemática. La que legaría a la posteridad en nombre de su talento limitado y su desmesurada egolatría.

Su obsesión por aquel proyecto era precisamente la que le había colocado en su situación actual. Nadie lo había visto entrar o salir del estudio de arquitectura. No había utilizado el teléfono ni el ordenador. Se limitó a trabajar sobre su mesa de diseño con los rótrings por un par de horas y luego acudió andando al cercano apartamento de Ava. No en vano alquiló aquel picadero a cinco minutos de su estudio para facilitar sus encuentros con ella. Carecía por tanto de coartada para la hora del óbito que se señalaba en el informe forense. Pero él no había sido el asesino.

Uncio conocía a Bosco Riera en particular y al ser humano en general. Nadie tendría el ánimo suficiente para cometer un asesinato tan salvaje y despiadado, y luego representar la secuencia de miedo, desesperación y mezquindad a la que él había asistido como testigo privilegiado. No, Bosco podía ser muchas cosas pero no el autor de una atrocidad semejante. De manera que el asesino de Ava era otro. Quizá alguien cercano. Aquella hipótesis le perseguía con insidia pero, por el momento, no tenía tiempo que perder en conjeturas. No antes de obtener la libertad de su cliente.

Le encontró bastante peor de lo que esperaba. Toda su soberbia cierta y su presunta entereza se habían venido abajo durante las horas precedentes. Muy poco quedaba del arquitecto prepotente y altanero en aquella celda. Ahora tan solo era un sospechoso de asesinato como tantos otros que había tenido que asistir en sus cinco lustros de profesión. Aturdido, desorientado, ciscadito de miedo. Así lo encontró y ni siquiera la llegada y las palabras del Delegado Ordovás sirvieron para elevarle el ánimo. Bosco acogió con alivio la presencia del cargo político y su discurso de confianza en su absoluta inocencia y en una veloz resolución del proceso; pero tan pronto desapareció tras la puerta de la celda dejándolos a solas, sus ojos centellearon recriminatorios, incrédulos.

—¿Por qué no viniste antes? ¿A qué esperabas, coño?

Uncio se instaló en la silla que le había proporcionado el agente y le hizo una seña al otro para que ocupase el jergón.

—Tranquilízate, Bosco. Bastante suerte has tenido.

—¿Suerte? Y una mierda. Me han insultado y vejado. Me han amenazado y maltratado. Me han interrogado a saco durante horas.

—Podrían seguir haciéndolo ahora mismo si la juez lo hubiese autorizado. Y eso hubiera hecho, de no ser porque moví mis hilos para agilizar la autopsia. Según el informe de los forenses, el asesino tuvo relaciones sexuales con ella antes de matarla. Eso te ha salvado.

—¿Estás seguro?

Uncio asiente con los ojos fijos sobre los del otro.

—Ahora cotejarán los restos que hallaron en su cuerpo con tu adn. Saldrás limpio de polvo y paja. Si todo fue tal y como tú dices, claro está.

—¿Lo dudas?

—Para nada. Deberás prestarte voluntario a esa prueba, ¿entendido?

Bosco asiente, baja los ojos, se deja caer en el jergón y se mesa los cabellos con fuerza; parece que vaya a arrancárselos.

—¿Has hablado con Lourdes?

—En cuanto me llamó la juez esta mañana.

—¿Cómo está?

—Imagínatelo. O mejor no lo hagas. Si todo marcha como es previsible, pronto podrás hablar tú mismo con ella. Y ver también a tus hijos. Ahora vamos a trabajar en tu declaración.

Hora y media después la juez Linares les hizo pasar a su despacho y, tras las formalidades previas y en presencia del secretario y el fiscal Luis Rubio, dio comienzo la declaración. Una batería de preguntas en torno a la relación que unía al sospechoso con la víctima y sobre las actividades del primero anteriores y posteriores al hallazgo del cadáver. Bosco siguió sus admoniciones al pie de la letra y admitió de primeras el carácter consuetudinario si bien comercial de sus encuentros con Ava. Respecto a sus movimientos en la tarde de autos, declaró haber estado trabajando en su estudio antes de acudir al apartamento de la víctima. Por desgracia, no había testigos de ello. Relató el hallazgo del cadáver y cómo el mismo le ocasionó el shock consiguiente que lo condujo a abandonar la casa, deshacerse de su ropa manchada de sangre y deambular por las calles hasta llamar a un amigo en demanda de consejo jurídico. Requerido por el carácter de este consejo, Bosco respondió que regresar al domicilio y dar aviso a las autoridades.

Marian Linares escudriñó el rostro impávido de Uncio mientras escuchaba la respuesta. El abogado ni siquiera parpadeó en tanto le sostenía la mirada. Se conocían lo suficiente de otras causas penales anteriores como para que ella le viera la ganancia a ahondar en el tema. Era una magistrada experta y escrupulosa hasta donde Uncio conocía. También la exmujer del Juez Decano y una bollera del siete que hacía estragos entre sus jóvenes alumnas de criminología, según las malas lenguas del Foro. Pero nada de eso era relevante para el interrogatorio que les ocupaba. Y ambos lo sabían.

La juez Linares prosiguió inquiriendo por la duración de la conversación telefónica y la tardanza en seguir el presunto consejo. En su respuesta Bosco insistió, tal y como habían pactado, en el shock, su aturdimiento y su inquietud por las repercusiones del aviso para su familia y su buen nombre. La juez se quedó contemplándole con severidad tras la argumentación.

—Debió usted pensar en todo eso antes de los hechos que nos ocupan, señor Riera. Su actitud es de dudosa moralidad pero no es a mí a quien compete juzgarle por eso. Le pediría, no obstante, que se abstenga de mencionar su buen nombre como excusa para su dejación.

—Señoría, mi defendido...

—Su defendido, letrado, no sabe explicar qué hizo antes ni después del hallazgo del cadáver de la víctima pese a haber solicitado asesoría jurídica. Por no mencionar el hecho de que el cadáver y el escenario del crimen se encontraron en idénticas circunstancias a las descritas en un correo suyo dirigido a la víctima. Y todo eso le coloca en una situación delicada que el fiscal y yo tendremos muy en cuenta a la hora de valorar las actuaciones posteriores.

—Señoría, es notorio que no cabe otra actuación que su puesta en libertad.

—Por supuesto que cabe, letrado. Y usted es consciente de ello. Señor secretario, que los agentes conduzcan ahora mismo al sospechoso hasta el retén donde permanecerá custodiado en tanto se dicte el correspondiente auto.

Dos agentes uniformados hicieron acto de presencia en el despacho y se llevaron con ellos a Bosco, tras ponerle de nuevo las esposas. El arquitecto le dirigió una mirada de desesperación animal que Uncio trató de responder con un visaje de calma antes de que abandonara escoltado el lugar.

—Con la venia, señoría, usted es libre de imputar al sospechoso en base a su carencia de coartada. No obstante, el correo aludido resulta ambivalente como evidencia. Podría haber sido interceptado y reproducido con el fin de incriminarle. En todo caso, la prisión preventiva estaría fuera de lugar. Más aún dado el informe pericial de los forenses. Por lo demás, mi defendido consiente en prestarse voluntario a las pruebas de adn y el cotejo...

—Ese cotejo genético puede tardar semanas, incluso meses en realizarse en vista de la acumulación de solicitudes semejantes para otras causas penales.

—Estoy seguro de que en esta causa...

—No dé nada por seguro, letrado —sostuvo tajante la juez—. Ese es mi consejo jurídico para usted. La declaración ha terminado.

Uncio mantuvo la mirada a Marian Linares por un instante. Luego se despidió del fiscal y los funcionarios y salió del despacho y del juzgado. El vasto atrio de la Ciudad de la Justicia relumbraba con las últimas luces de la tarde. Paseó por el segundo piso mientras reflexionaba.

Debería encontrase ofuscado pero no era así. La ofuscación no resultaba compatible con su oficio. Además, estaba convencido de que se trataba de un farol. La juez no se atrevería a dictar un auto de prisión preventiva. Se le notaba que eso era lo que le pedía el cuerpo pero Linares era una funcionaria proba y respetuosa del principio de presunción de inocencia. Y el fiscal Rubio y ella habían sido advertidos sobre el particular. No lo haría. Le imputaría y dictaría su libertad condicional con fianza en espera de las pruebas genéticas. Pruebas que diversas instancias le habían prometido agilizar en contra de las desapacibles previsiones de la magistrada. Si Bosco había dicho la verdad, quedaría exculpado en un plazo razonable. No le cabía la menor duda. La juez se equivocaba. Un margen de seguridad era precisamente la base de los procesos penales.

Uncio bajó solitario en el ascensor hasta el vestíbulo. Abrió la boca en un bostezo involuntario y advirtió en el espejo que revestía la pared del ascensor el brillo de su dentadura blanqueda ya un trimestre atrás. Empezaba a perder su lustre pero, total, para lo que le había servido en el aspecto donjuanesco. «Tonto del nabo», le espetó con cariño a su reflejo. Nada más salir del elevador, reparó en la presencia de cámaras en la planta baja. Varios periodistas merodeaban por allí a la espera de la decisión judicial sobre Bosco. Reculó hasta el ascensor y volvió a subir hasta la segunda planta, donde tenían vetado el acceso. El asunto había trascendido sin remedio en televisiones y radios, y más aun que lo haría al día siguiente cuando los rotativos empezaran a echar leña al fuego. Sacó café de una máquina y se dispuso a aguardar cuando advirtió la presencia en el pasillo de un individuo maduro, obeso y desaliñado que se aproximaba hasta su posición.

—¿Qué haces aquí? Esta zona es de acceso restringido.
—Tengo una credencial. Igual que tú, letrado.

—Más falsa que tu madre.
—¿Y qué? ¿Vas a llamar a los picolos para que me desalojen?
—No me importaría lo más mínimo.

Los dos hombres se mostraron los dientes en una mueca de recíproco y añejo desdén. El recién llegado se instaló en una banqueta y examinó a Uncio de arriba abajo.

—No se te ve muy inquieto para el marrón que le ha caído encima a tu amigo del alma.

—No sé de qué me hablas.

—Anda, no te hagas el sueco. ¿Cómo ha ido la declaración?

—A ti te lo voy a contar.

—Bosco Riera, arquitecto de la jet set local, supernumerario del Opus y asesino confeso de una prostituta de lujo. Qué mala publicidad para los suyos.

—Cliente de la víctima y autor del hallazgo del cadáver, así como del aviso a las autoridades. Nada de asesino. Y en absoluto confeso.

—Un pajarito me ha dicho que lo van a meter en la trena, preventivo.

—Y un carajo. Imputado quizá pero en libertad bajo fianza.

—¿Tú crees?

—¿Quieres apostar? Porque tú eres de esos que no se cansan nunca de perder ni de arrastrarse, ¿verdad, Matoses?

Cocoví también tomaba café en un bar cercano a la Ciudad de la Justicia. Lo necesitaba para mantener su cerebro y su cuerpo alerta tras más de cuarenta horas de vigilia. Zafra y él recibieron el aviso en sus respectivos domicilios y se encontraron media hora después frente a la finca de la víctima. Subieron en tenso silencio hasta el apartamento como si, a tenor de la información resumida de la que disponían, presintiesen que se iban a topar algo extraño, obsceno, turbador incluso para profesionales con su experiencia.

Y así fue. El escenario del crimen era estomagante. La mujer asesinada estaba desnuda y atada sobre una cama en posición de rezo musulmán. Las ligaduras de sus manos y tobillos la habían mantenido en aquella postura pese a la sangría que procedía de su garganta rajada y, en menor medida, de su cráneo machacado a golpes. Aquello no tenía en absoluto el aspecto de un crimen pasional o sexista o genérico, o como se le quisiera denominar en aras de la corrección política. Aquello parecía ser la obra de un tarado sin entrañas, pensó Cocoví al punto, de un puñetero maníaco que muy bien pudiera ser el individuo que aguardaba ahora mismo en el salón del apartamento a ser interrogado.

Salgado estaba allí cuando llegaron. El jefe de forenses de la UCDI era de suyo puntual como la desgracia. Embutido en su mono blanco de trabajo, el técnico evolucionaba en torno al cadáver procesando el escenario con el concurso de una auxiliar. Otros dos técnicos habían realizado ya las pruebas dactilográficas y guardado registro audiovisual de aquel dormitorio y su contenido y, acto seguido, procedieron con el resto del apartamento blandiendo sus minicámaras y maletines. Zafra, mientras, se dedicó a registrar por su cuenta; Perico y López, tras interrogar a los vecinos, se hicieron fuertes en la cocina y se disponían a escudriñar el móvil y el ordenador de la víctima.

Coco aguardó a que Salgado culminara su examen preliminar y le invitó a un cohíbas en el rellano de la finca.

—Dime cosas.

—Degollada primero y reventada a golpes en el cráneo después. Lo contrario es imposible. No puedo darte la secuencia exacta hasta que practique la necropsia, pero entre una y otra agresión mediaron unos pocos minutos. Los suficientes para que perdiese tanta sangre. Hora aproximada del óbito, entre las seis y las ocho de esta tarde.

—Murió desangrada entonces.

—Eso espero. La incisión del cuello es profunda y parece trazada desde atrás y de derecha a izquierda.

—Un zurdo.

—O un ambidiestro. Y la violencia de los traumatismos, extrema. Al menos siete u ocho golpes en la nuca y occipucio a primera vista.

—Para entonces, la chica habría palmado.
—Eso espero, Coco —repitió el médico—. Hacía tiempo que no veíamos algo tan brutal, ¿no te parece?
—¿Las heces?
—Pudo evacuar antes o después de la agresión. Te diré en un rato.
—¿Y eso?
—Me la llevo al Instituto en cuanto se dicte levantamiento para abrirla esta misma noche. Me han metido prisa con este asunto.

Salgado señalaba con la punta del cohíbas hacia el techo del pasillo. Observó la expresión de clínica resignación que componían las arrugas de la frente alta y despoblada del otro.

—Mal empezamos.
—O bien. Según se mire, Coco. Los resultados van a ser los mismos.

Apagó su cigarro en el talón del zapato, se despidió del forense y entró en el apartamento. Bajo la vigilancia de un agente, el sujeto del aviso permanecía sentado en el sofá del salón con la mirada perdida en una especie de bastidor decorado con trazos rupestres. Elegantoso, pálido y huidizo. Le provocó una pésima vibración, un inmediato desagrado desde que le puso los ojos encima.

Fue a la cocina y Zafra le asaltó allí con las informaciones ya obtenidas y cruzadas con los científicos y la Jefatura. La víctima se llamaba Micaela Fernández, treinta y cuatro años, venezolana con permiso de trabajo temporal. Ejercía la prostitución de alto nivel en la ciudad desde un par de años antes, primero en un club y durante el último año como *free lance*. El apartamento estaba alquilado a su nombre pero era pagado por el hombre que encontró su cuerpo. Bosco Riera, arquitecto de renombre, miembro del Opus Dei, nieto de un señalado falangista e hijo de un próspero industrial. El mentado sujeto estaba en posesión de llaves de la casa. Se habían hallado igualmente algunos efectos personales masculinos en los armarios que podían pertenecer al individuo, y sus huellas dactilares diseminadas por todo el lugar.

—He encontrado el *mail* en el que se establecía la cita sexual —intervino Perico mostrándoles la pantalla del portátil de la víctima.

Leyó el contenido de aquel correo y sintió cómo la repugnancia que le inspiraba su autor desde el momento en que le había puesto la vista encima aumentaba en proporción a la pedantería de sus palabras.

—No hace referencia a la hora del encuentro —refunfuñó.

—Debían de tener establecida una costumbre horaria —opinó Zafra—. Se acostaban con mucha frecuencia. Fíjate que en el correo se limita a darle una especie de pautas escénicas: la música, la luz, la ropa y hasta la postura en que quería ser recibido.

—Ya. Venga, vamos a meterle un primer meneo a este pollo tan artístico.

Zafra salió de la cocina tras él. Mediado el pasillo, le puso una mano en la espalda al inspector, que se giró interrogante. La mujer comprobó que nadie les veía, sacó de su cazadora una bolsa plástica de pruebas que contenía una libreta negra en su interior y se la tendió con el brazo rígido.

—Deberías ver esto —susurró—. Estaba en una cómoda del salón.

Se enfundó las manos en unos guantes, sacó la libreta de la bolsa e hizo correr sus páginas con expresión de gravedad. Cocoví asintió y guardó la bolsa en un bolsillo del abrigo.

—¿Preparada?

Zafra cabeceó y ambos entraron al salón en busca del sospechoso.

Le interrogaron en balde hasta la llegada de la juez Linares y obtuvieron su permiso para seguir haciéndolo en Jefatura. El tipo se mostró chulesco al punto de motivar el debut de López en el rol de poli mala, y algo colaborador más tarde; pero en todo momento insistente en proclamar su inocencia y su versión del hallazgo inesperado del cadáver. Coco no tragaba. Zafra menos aún. Carecía de coartada para las horas anteriores y posteriores a la muerte de la chica, encontrada en la misma postura que le describía en su *mail*. Era zurdo. Y había demorado un tiempo del todo excesivo en avisar a Urgencias. No hubo manera de sacarle qué hizo en ese lapso. Se escudaba una y otra vez en el shock para justificar su desmemoria. Coco estaba convencido de que se hubiera desfondado si le hubieran dado caña en las horas siguientes. Pero una llamada de la juez echó por tierra sus pretensiones. El informe forense señalaba la presencia de restos de semen recientes en el cuerpo de la víctima. No iba a haber necesidad de incomunicar al sospechoso. De hecho, les ordenó trasladarlo a los juzgados y encerrarlo en los calabozos a la espera de su declaración.

A Coco se le llevaban los demonios. Empleó toda la mañana con su equipo examinando al detalle el material y los testimonios reunidos. Almorzó con Verónica, una exprostituta que regentaba el club Heaven y a quien conocía de tiempo atrás y que le puso al tanto del currículo profesional de la víctima. Acudió a primera hora de la tarde al despacho de la juez y estuvo compartiendo con ella su interrogatorio a Bosco Riera y el informe de la autopsia. No hubo modo de convencerla de que dictase la incomunicación del tipo y le dejase seguir dándole candela. No acababa de entender sus pretensiones. Sabía que igual ella que Salgado y hasta el fiscal Rubio habían recibido presiones para zanjar el caso por la vía rápida; pero la juez, cotejo genético al margen, no quería dejar ningún cabo suelto. Coco asumió que ese era su trabajo.

Las posibilidades de que el asesino fuera otro de los clientes de la muerta no podía desdeñarse en absoluto. Eso era en lo que la juez había insistido y algo que él no había dejado de tener en cuenta. Por otro lado, seguía persuadido de que Bosco era el asesino. El asesino lógico. No tenían el arma ni pruebas físicas de su implicación, pero sí un móvil criminal e indicios más que suficientes que lo señalaban como autor de aquella inmolación. Los restos biológicos hallados en el cuerpo de la víctima era lo que, en cierto modo, cuestionaba toda su teoría. Aquel tipo no podía ser tan tonto como para ignorar que, si había eyaculado en el cuerpo de ella, lo cazarían sin remedio. Coco valoró la hipotética participación de un tercero en el asesinato. El sujeto que se la había tirado. Alguien que podía haber actuado en connivencia con Bosco. Si bien eso no encajaba en el perfil engreído e individualista del sospechoso. Ni en la celopatía que mostraban los mensajes de móvil y correos que Perico y López encontraron en sus respectivas terminales. Ni en la praxis habitual de una prostituta de lujo. ¿Quién se la había follado pues? Otro cliente anterior. Uno que le abonara un extra generoso a la chica por no utilizar el preservativo de rigor en tiempos de bicho. Esas cosas se hacían, sí. Sobre todo entre tipos ricos y con sensación de invulnerabilidad como los que figuraban en la agenda de ella.

A juicio de Salgado, las muestras de semen encontradas eran de aquella misma tarde. Una coincidencia temporal que echaba por tierra la variante conspiratoria o al menos la hacía entrar de lleno en el terreno de la especulación. Especuló pues: ¿Habría aguardado quizá el sospechoso, apostado en la calle, la salida de ese cliente anónimo de la finca para subir y matarla entonces? Podía haberlo hecho. El capullo no tenía puñetera la coartada para ese periodo. Perico y López habían requisado y se disponían a examinar con minucia las grabaciones de las cámaras de seguridad de una sucursal bancaria y una gasolinera cercanas al lugar. Con suerte, encontrarían alguna imagen que los sacara de dudas sobre los movimientos del sospechoso o los de ese posible cliente previo. O de ambos.

Un tumulto de cámaras y micrófonos en torno a un coche que abandonó el complejo judicial por una de las salidas laterales le apartó con brusquedad de sus pensamientos. Salió apresurado a la calle y aún pudo ver cómo el vehículo desaparecía en dirección al río. Lo siguiente que vio fue a Matoses mirándole desde el otro lado de la acera con gesto inseguro. Coco le dirigió una seña para que cruzase la calle. El plumilla lo hizo con aire remiso y lo saludó desganado al llegar frente a él.

—¿Lo han puesto en libertad provisional?

—Qué va. Al talego de cabeza. Y yo que me alegro.

Coco esbozó una sonrisa involuntaria. La Linares tenía más cojones que el caballo de Espartero. Pero si ella elevaba la apuesta, también él podía hacerlo. A su modo. Un soplete en un panal de avispas. Enfocó entonces el rostro ávido del plumilla.

—¿Lo conoces?

—Fuimos compañeros de colegio.

—No os imagino juntos en la misma aula.

—No éramos amigos precisamente. ¿Pensabas que lo iban a soltar?

—Tenía mis motivos.

Matoses calibró el gesto fatigado y pensativo del madero, las ojeras azules que subrayaban su mirada. Hacía más de un mes que no se veían las caras, desde que le había tangado con el asunto colombiano. El periodista intentó contactar un par de veces en ese tiempo, pero el otro no le había atendido el teléfono. El inspector examinó a su vez el rostro mantecoso salpicado de manchas rojizas del plumilla, la ansiedad que chisporroteaba al fondo de sus ojos.

—Anda, dime algo que no sepa, Coco.

IX.
El cebo

Convivir con el sufrimiento requiere un largo aprendizaje. Asumir que el daño provenga de quien más amas es algo a lo que nunca te acostumbras por entero. Nadie logra aceptarlo sin pagar su saldo a la sombra. Sin desgarrarse por dentro y entender que las piezas no volverán a encajar nunca. Que lo que se quebró permanece roto hasta el fin y sus filos te habitan como te habitó la fiebre. La misma fiebre de entonces. El terror y el odio del niño que aguarda un castigo inmerecido, desmesurado. Infligir daño sin dejar huella es tarea concienzuda; ella no servía para eso, tampoco le preocupó lo más mínimo.

Camino por la calle bajo un sol tibio de otoño, soy ya un hombre adulto que conoce la realidad y sus límites; pero las imágenes, sonidos y sensaciones de entonces me abruman en su cadencia. El dolor es indeleble. Puede permanecer encapsulado en su pecio interno durante años hasta que un mal día emerge. Irrumpe en la conciencia, inesperado e intenso, tenaz como un perro extraviado que te lame las manos en una esquina y menea el rabo, te persigue cojeando hasta la puerta de tu casa, dormita en el felpudo para recordarte cuando asomes de nuevo que es tuyo; y tú eres suyo. Te escogió y le perteneces.

Hoy camino con ese perro tullido a mi lado. Llevo una gorra de lana en la cabeza, unas gafas de sol y una bufanda tensa sobre mi boca, mi bolsa de viaje al hombro, las manos enguantadas, y tengo un destino fijo para mis pasos. Al llegar al portal, pulso el timbre del portero automático, aguardo unos segundos para oír su voz ansiosa. Le doy las buenas tardes y un zumbido conmueve al punto la puerta metálica. La otra puerta, la del apartamento, está abierta y ella me mira desde el umbral, envuelta en una bata negra, estática como una efigie. Tan diferente esta de mis visitas preliminares, la puerta cerrada entonces, la mujer semidesnuda tras ella que te observa por la mirilla recelosa de tu aspecto antes de abrir, el sexo clandestino y oneroso por todo asunto. Pero hoy las tornas han cambiado, el asunto es otro y la mujer me examina suspicaz, seria, con los labios apretados mientras me saco las gafas, se hace a un lado para dejarme pasar al vestíbulo, hurta veloz su mejilla al beso que intento darle.

—¿Y esa bolsa? ¿Te vas de viaje?

—Contigo.

—No tengo el día para bromas.

Apoyo la bolsa de viaje en el suelo, junto a la puerta del salón. Me quito la gorra y la bufanda, las guardo en el bolsillo del abrigo. La calibro en silencio por un instante. Sorprendida, turbada, resopla y evita mis ojos.

—¿A qué viniste, Daniel? —pregunta—. Te dejé claro que ya no hay más puta ni cliente. Que eso se acabó.

—Estoy de acuerdo. Y vine solo a verte. A hablarte. A pedirte algo.

Le busco las manos y ahora no escapa. La tomo luego de la barbilla y le hago subir lentamente los ojos hasta encontrar los míos. Sus ojos relumbran con una pátina de llanto retenido, de un dolor añejo que reconozco.

—No más juegos ni más vainas —advierte ronca—. Di lo que tengas que decir y vete en buena hora.

—Quiero estar contigo. Eso vine a decirte. Aquí o en otra parte. Te quiero para mí.

—Eso ya me lo dijeron muchos antes. El último está por llegar en un par de horas. ¿Vas a discutirlo con él? ¿Haréis una subasta? ¿Pujaréis por mí como si fuese un cuadro? ¿O como una res de ganado?

—Ese no va a volver a tocarte. Nadie lo hará. Si se acabó la puta para mí, se acabó para todos, ¿me explico?

Se separa de mi lado con un respingo, cruza los brazos y me mira, furiosa.

—¿Te vas a casar conmigo, dentista? Ya tienes una mujer en casa. Una que no se abre de piernas con el primero que llega.

—Ni siquiera conmigo.

—Ay, qué pena. ¿Y qué quieres? ¿Que le dé yo clases a esa frígida?

—Estoy harto. De ella, del trabajo, del mundo entero. Tú eres lo único que me importa.

—Mentira. Eso es puro culebrón barato. Estás encelado. Te mueres por mis manos y por mi boca, por mi coño y por mi culo. Igual que los otros.

—Yo no soy como los otros. Tú lo sabes.

—No, eres peor, Daniel. A ti te lo daría todo de balde.

—Si tú quieres estar conmigo, me pongo el mundo por montera. Me divorcio. Cierro las clínicas. Nos vamos juntos donde más te guste. Palabra. En esa bolsa está mi pasaporte.

—¿Tu pasaporte?

Ella mira la bolsa y me enfrenta, incrédula. Su rostro desmaquillado es de pronto una máscara pálida y gelatinosa.

—No quiero que me hagas daño. Ya me dañaron más que suficiente. Ya me embaucaron de sobra. No prometas lo que no vas a cumplir, cabrón. Vete y sigue tu camino.

—No. No sin ti.

Mis dedos recorren su rostro, se hacen huéspedes en sus pómulos, en sus sienes, descienden suaves hasta el mentón, contornean le herida abierta de su boca mientras ella cierra los ojos, su resistencia a un punto de hacerse pedazos al otro lado de los párpados; las lágrimas ruedan por sus mejillas al cabo.

—Dímelo —le pido mientras la tomo por la cintura—. Dime lo que eres.

Ella se recuesta morosa en mi abrazo, abre unos ojos lavados por el llanto y al poco su boca pronuncia dos cortas sílabas:

—Mía.

—Ahora necesito tu boca. Dame tu boca, Mía.

Me confía sus labios y saben a la sal de sus lágrimas. Me besa primero suave y luego con fuerza, con un punto de desesperación y entrega vehemente. Me empuja contra la pared, se saca la bata y trepa por mis brazos. Se cuelga de mi cuello y me aprisiona entre sus piernas. Vuelve a besarme ahora con ferocidad, ondula gatuna su cuerpo, y refriega su sexo contra mi sexo hasta que la detengo con una mano enguantada sobre su cuello.

—Para. Aquí no, Mía.

—¿Por qué? —jadea—. ¿Te volviste tímido de repente?

Toma el guante y pinza la punta del dedo mayor con sus incisivos. Tira del cuero hacia atrás hasta desenvainar mi mano desnuda. Se introduce el mismo dedo en la boca y lo ensaliva hasta la base, lenta, obsequiosa, mientras mis ojos prenden en los suyos.

—Quiero que me lleves a tu cama. A la que duermes todas las noches.

—Si entras ahí no vas a irte más nunca de mi lado, Daniel —se saca el dedo de la boca y susurra en mi oreja—. Antes te mato.

—Y yo a ti —respondo mientras la hago bajar con suavidad hasta el suelo y cargo con mi bolsa de viaje—. ¿Vamos?

Me precede desnuda hasta el fondo del pasillo. Se contonea elástica, feliz, sabedora del poder de ese cimbreo en mis pupilas. Voltea un segundo hacia mí justo antes de empujar la puerta. Sus ojos recorren mi rostro en busca de algo que no encuentra, pero se esfuerza en inventar. Me indaga, echa la cabeza hacia atrás, observo el latido de las venas en su cuello. Deja caer el peso de su cuerpo sobre el mío, atrapa mi falo erecto con sus nalgas, sonríe mientras mis manos le acarician el vientre y los pechos. Apoya su nuca en mi hombro, me ofrece su boca, sus labios anchos y relucientes abiertos en una pregunta.

—¿Estás seguro de lo que vas a hacer?

X.
El hecho en sí
(Día 29)

—Ave María Purísima.
—Sin pecado concebida. El Señor esté en tu corazón para que te puedas arrepentir y confesar humildemente tus pecados.
—Señor, Tú lo sabes todo; Tú sabes que te amo. Padre, quiero confesar, porque he pecado.
—Te escucho, hijo mío.
Alguien le contó que en el módulo de preventivas hasta hace poco tiempo había una reclusa que aprovechaba su turno de llamadas para telefonear con insistencia al móvil del hombre al que mató meses antes a navajazos. Ahora, al parecer ya había sido juzgada y condenada, y trasladada hasta otro centro penitenciario. Bosco podía entender a esa mujer, él también hubiera deseado llamar a Ava. Hablar con ella como lo hacía cada noche en el jergón de su celda cuando caía vencido por el sopor que le provocaba la medicación que le dieron en la enfermería, nada más ingresar en aquella antesala del infierno.

Ava lo visitaba en sueños. O era más bien Bosco quien reincidía en sus puntuales visitas al apartamento. Quien se arrastraba hasta la alcoba, entraba en la cama y se mezclaba con su cuerpo en aquel torbellino de sangre y mierda que le arrancaba del sueño a mitad de madrugada entre gritos de angustia. Pero otras veces no era así. En esas ocasiones ella le esperaba aún viva entre el aroma del sándalo y conversaban juntos de naderías como lo hacían a menudo entre palo y palo. O era él quien trataba de aleccionarla sobre cualquier aspecto de la cultura ignorado por ella y que pronto acababa por aburrirla. Ava moría entonces poco a poco mientras charlaban juntos en el lecho. Su garganta se descosía puntada a puntada hasta abrirse de par en par y bañarle con un brusco surtidor de sangre. Sus cabellos iban oscureciéndose y, un instante después, su cabeza estallaba en mil pedazos ante sus ojos despavoridos. Solo entonces Bosco caía en la cuenta de que una vez más había olvidado preguntarle por el nombre de su verdugo. Esa presencia fantasmal, ese borrón de carne odiosa que les contemplaba desde el pie de la cama. Enmascarado y difuso, un jirón de humo que se desvanecía en cuanto se lanzaba en su pos para arrancarle la daga y el mazo que enarbolaba en cada mano, para hacer añicos esa máscara y el rostro oculto tras ella.

Un rostro que nunca lograba descubrir y que, en la vigilia, adquiría los rasgos sucesivos de los candidatos hacia quienes sus sospechas se inclinaban. Amigos y enemigos que la habían conocido al igual que él en el Heaven y que, le constaba, la habían seguido frecuentando en el apartamento. Repasaba obsesivo en su memoria comentarios, halagos, alusiones que atañían a Ava. Cualquiera podría ser clave del complot. Cualquiera de ellos el monstruo, el asesino oculto. Todos habían sido interrogados en esos días y todos gozaban de una coartada para el crimen, según le explicó Uncio en su penúltima visita. Podía ser cierto, pero también falso. Una maquinación destinada a hundirle aún más en la locura. Otra falsedad engranada en esa cadena de falsedades que su inútil abogado y presunto amigo parecía dejar adensarse a su alrededor por motivos que no se le alcanzaban. Acaso por conveniencia profesional, miedo, despecho encubierto hacia su persona. En el culmen de su paranoia, había resuelto incluir a Uncio entre su relación de sospechosos. Y también a otros como él, en apariencia inocentes de todo punto pero culpables en potencia a tenor de sus palabras, sus gestos, su relación directa o transversal con la muerta.

Y además, estaba el escapulario. Se había devanado los sesos intentando recordar dónde y cuándo podía haber extraviado aquella medalla plateada con el relieve de la Virgen carmelita en el anverso y el Sagrado Corazón de Jesús por el reverso. No había hablado a nadie de ella, ni siquiera a Uncio. Se aferraba a ese secreto como a una tabla que fuese a librarlo del naufragio. No le cuadraba que la medalla hubiera estado todo ese tiempo en el apartamento. Ava hacía la limpieza al menos una vez a la semana, de haberla extraviado allí, ella la hubiera encontrado antes. Había acotado una quincena de medio año atrás como plazo y el club por seguro escenario de la pérdida. La posibilidad descabellada de que el asesino hubiera podido recogerlo allí y trasladarlo luego al apartamento le parecía por momentos más probable. Un elemento trastornador que se unía a los demás; si bien no alteraba su listado de sospechosos.

—Padre, me acuso de flaquear en mi ánimo. De desear venganza contra los que me zahieren. De no confiar en aquellos que velan por mi bien.

—Continúa, hijo mío.

Otro motivo por el que Bosco hubiera deseado poder llamar a Ava a ese cielo de las putas en el que estaba seguro moraba ahora, era sencillamente tener a alguien cercano con quien comunicarse. Desde su detención, Lourdes se había negado a hablar con él o a visitarlo, del mismo modo que lo habían hecho el resto de los parientes de su esposa. Hablar con sus hijos e hijas era algo que se prohibió tajante a sí mismo hasta salir de allí. También con sus tíos y hermanas. Recibió, eso sí, la visita de su hermano menor, Paco, la oveja negra de la familia; borracho, pródigo y dueño de un pasado violento donde habían abundado los altercados, las palizas y los pasos por la comisaría o el cuartelillo aunque nunca una estancia carcelaria. Tras hacerle notar aquella paradoja y compadecerse fraterno de él por su pésima suerte, Paco le insinuó ciertos precedimientos de venganza que le interesaron en vista del escarnio intolerable del que estaba siendo objeto; pero le pidió que no pusiera nada en marcha sin su consentimiento ni volviera por allí, en la esperanza de una pronta excarcelación.

En cuanto a sus hermanos en la Fe, había hablado con José Antonio Ojeda una sola vez, días después de su entrada en prisión. El cardiólogo fue lacónico al teléfono, le deseaba ánimo, confiaba en su inocencia y recomendaba la oración como vía de escape. Para el resto de sus deberes y necesidades, que contase con la ferviente asistencia del reverendo Altuna. Sí, su confesor era el único que lo visitaba regularmente las últimas dos semanas, al margen de su abogado. El resto de sus hermanos en la Fe habían trazado una suerte de cordón sanitario a su alrededor. Aún no se sabía si provisional, a la espera de su exculpación, o definitivo ante la evidencia de su caída en desgracia, de la certeza y hondura de sus desviaciones.

A Bosco empezaba a importarle bien poco lo que pensaran o dejasen de pensar todos los ajenos a su familia. Conservar el cariño de sus hijos era el único fin que podía albergar en su ánimo. Lourdes sería otro cantar. La humillación pública a la que había sometido a su esposa era algo que nunca podría borrarse. Algo que la familia de ella se encargaría de convertir en estigma perenne. Lo asumía y estaba preparado para afrontarlo. En realidad, una vez fuera de la cárcel, podía afrontarlo todo. Doblegar cualquier desafío o calumnia, cualquier consecuencia previsible o inverosímil de sus actos. Pero el momento de su salida no llegaba nunca.

Esas cuatro semanas de módulo preventivo supusieron un purgatorario creciente, pese a que las influencias de Uncio parecían haber hecho mella al menos en el estamento carcelario. Lo habían mantenido aislado primero por una semana en la enfermería y luego en una celda compartida con un preso de confianza, un estafador de poca monta y verborrea insufrible, supuestamente encargado de vigilarle para impedir que se suicidase. Un ridículo híbrido entre Dimas y Gestas velando por su vida. Hasta ese punto había llegado su penitencia, su desdoro, su caída libre.

—Me acuso de soberbia, ira y destemplanza. Me acuso de impaciencia.

—¿Y qué más, hijo? ¿La desesperación ha llamado a tu puerta?

—No.

Bosco no pensaba caer en el pecado imperdonable. Jamás pondría fin a su vida por voluntad propia. La desesperación solo hace presa en los culpables y él podía ser un gran pecador pero jamás un criminal. Su inocencia quedaría patente en cuanto las dichosas pruebas genéticas a las que se había sometido fueran efectivas. Hasta el momento no lo eran. Los hilos que Uncio le aseguraba haber movido, las recomendaciones y llamadas al orden de Ordovás y otros hermanos en la Fe influyentes, no habían conseguido hasta la fecha el milagro de acelerar el proceso. Su abogado siempre le aseguraba que la próxima visita sería con el auto de libertad en la mano, pero esa visita no llegaba. Como si el propio Dios fuese el autor de ese retraso, esa desatención, esa burla; como si esa fuese su manera de mortificarle, de negarle su perdón y su misericordia. De regodearse en su castigo.

—Me acuso, padre, de dudar en mis peores momentos hasta del amor del Altísimo.

—Pide perdón una y mil veces, porque ese es el peor de los pecados, hijo.

—Lo hago a todas horas, padre, pero no puedo evitarlo.

—Eres tú y no Dios quien se ha puesto en esta situación con tu conducta aberrante. De cuyas consecuencias fuiste muchas veces advertido.

—Lo sé, sufro y me lacero en todo momento por ello. Pero yo no maté a esa mujer, padre. Este dolor es excesivo.

—Piensa que Dios es el que reclama ese dolor que te invade. Dios te ha puesto a prueba, Bosco. Al igual que hizo con su único hijo. Dios te impone que cargues con la Cruz a través del calvario. ¿Es que no te das cuenta de la inmensa fortuna de ser un elegido? El dolor es santificación. El dolor es origen y camino. El dolor es lo que te hará estar cerca del Padre.

—Nada deseo más que eso.

—Arrepiéntete, hijo. Arrepiéntete de tus pecados con toda la hondura de tu corazón herido. Oremos pues.

—Yo pecador me confieso ante Dios Todopoderoso...

Matoses había disfrutado durante esas últimas semanas de su mayor resonancia en todos sus años como escribidor. Cierto es que publicó lustros atrás un par de libros de poemas que inscribieron su nombre fugazmente en el candelero de la crítica semiótica y el malditismo letraherido; pero de aquello ya nadie guardaba memoria, ni siquiera él mismo. Su trabajo de cronista criminal y de tribunales había sido su medio de sustento y su manera de disolverse en la mediocridad, también en la necesidad de lo real. Primero desertó de la literatura y luego de la práctica del reportaje. Hasta la escritura de sus afilados artículos de opinión había abandonado fruto de la desidia. De periodista ambicioso transitó con los malos años y las peores costumbres a mero cagatintas cumplidor hasta convertirse en un pintoresco zopilote de redacción al cabo. Sabio, baqueteado y cuasi anónimo. El tipo con el que todos quieren tomar vinos y oír contar anécdotas sicalípticas, pero alguien al que ningún redactor jefe concede ya un titular en primera. Justo hasta entonces.

La revelación de que la agenda de la prostituta de lujo asesinada contenía los nombres de lo más granado de la sociedad lugareña había sido un bombazo recogido por todos los medios nacionales y amplificado por tertulias, debates y pachangas radiofónicas y audiovisuales. Las columnas, exordios y homilías de los intelectuales de guardia habían hecho sangre en las fuerzas vivas de la ciudad a cuenta de este dato y de la filiación religiosa del principal sospechoso del bestial crimen. Matoses no se había quedado atrás en ese aspecto. Como autor de la exclusiva, había seguido el tema perseverante y se despachó a gusto con los usos y costumbres sexuales de la clase dirigente, la hipocresía religiosa, el tufillo a cerrado y sacristía de las élites de aquel país en los albores del siglo XXI mediante artículos vitriólicos e intervenciones como invitado en espacios periodísticos del más diverso pelaje.

Aunque sus motivos para el ensañamiento eran muy diferentes de los de otros plumíferos y opinadores profesionales. Conocía bien al arquitecto Riera. Le había tocado aguantarlo durante los años crueles de la infancia y la pubertad. Bosco era el prototipo de alumno pío y privilegiado con ínfulas de matón portuario. El niño bonito de los curas y los tutores, y el facha pegón de rincón de patio oscuro. Las ofensas de la infancia no se olvidan con facilidad. Matoses al menos no lo había hecho. Un cuatro ojos tocino y feúcho como él, hijo y nieto de la clase trabajadora, llegado al colegio elitista gracias a las becas y el esfuerzo paterno, fue durante años un objetivo preferencial de las pullas y palizas o desdenes de los tipos como Bosco o Uncio. Aquel otro pisaverde devenido en pretencioso penalista. Si el primero le había jodido en lo físico, el segundo lo procuró en lo intelectual. Y ambos al unísono en los aspectos personales. Y es que cómo aquellos dos vástagos de la burguesía más acrisolada iban a permitir que un pupilo sin apellidos de solera relumbrase más que ellos en la panoplia colegial gracias a sus versitos, a sus traducciones, a su inteligencia rapaz. *Nein*. Matoses rojo. Matoses nenaza. Matoses, maricón, irás al paredón.

Ahora había llegado el momento de la venganza. La dulzura enorme de la revancha y el arrieritos somos, la ocasión de devolver uno por uno los golpes y los abusos de la niñez. Los aún más dolientes de la pubertad con las compañeras de estudios como testigos preferentes de su humillación. Ahora había llegado la hora del desquite y la aprovechó con ventaja. Coco le sirvió la pieza en bandeja y cobrarla le supuso un inmenso placer. Había escrito a su dictado, fiel a una estrategia de acoso y derribo que el otro definía como aplicar la llama de un soplete a un avispero. Que hubieran bajas y pérdidas, que el ejemplar asesino se pusiera nervioso. Que el resto de sus congéneres empezasen a sospechar unos de los otros y a murmurar; que cundiese el pánico, la desbandada, el crujir de dientes y la delación. Nada de eso funcionó. Quizá porque el asesino ya estaba entre rejas. O quizá no.

El mal o el bien para la investigación ya estaban hechos y lo cierto era que, merced a aquel golpe de fortuna, él había logrado rehabilitarse en su oficio cuando menos creía merecerlo. Ahora recordaba aquellas semanas dolientes y solitarias durante el trimestre anterior. Encerrado en la caseta de la playa de su cuñado, temeroso hasta de asomarse a la puerta. Paralizado por el miedo, el brazo en cabestrillo, sus heridas todavía recientes, creyendo ver a todas horas los espectros de los colombianos colándose de rondón en la caseta, aquel sicario encapuchado cuyo nombre nunca lograba recordar deslizándose hasta su cuarto armado con sus trebejos mortíferos, hasta hacerle llorar de puro terror.

Así las cosas, tardó casi una semana en atreverse a dar su primer paseo solitario por la playa. Y otra más en acercarse al pueblo, entrar en el bar del *Xato* y vaciar una botella entera de vodka y, ya de paso, la antigualla tragaperras del establecimiento. Dos días después seguía borracho y había esquilmado y colmado sucesivamente la puta máquina con un saldo negativo de seiscientos euros en el balance. También había pillado farlopa a un *dealer* local y pegado el cante suficiente como para que su presencia en el pueblín costero corriera de boca en boca.

Volvió a sumirse en el pánico. Tomó un antagónico del alcohol que le recetaban en su unidad de conductas adictivas y permaneció sobrio y encerrado en la caseta a cal y canto las siguientes veinticuatro horas. Al día siguiente, nada más desayunar, utilizó el móvil para llamar a Lucho y pactar la condonación de sus deudas a cambio del soplo de la operación policial que acechaba su última entrega en el puerto.

No se sentía orgulloso de esta infamia, como tampoco de su existencia mierdosa de ludópata y politoxicómano, de su cobardía física y moral irreversible ni de su traición hacia la amistad de Coco. Pero aquellas, su infamia y su cobardía, habían servido al cabo para que el madero presuntamente le cobrase en tinta ese y otros favores pasados y, en realidad, le pusiera a huevo una exclusiva y una sucesión de reportajes que habían bastado para resituarle en la cresta de la ola periodística. Y lo que te rondaré morena, pues el asesinato de Micaela Fernández distaba mucho de quedar esclarecido.

Aquella misma mañana, tras recibir la llamada de un contacto, visitó el aeropuerto y fue testigo del embarque del cadáver de la prostituta venezolana en un avión que lo llevaría de vuelta a su país de origen. Hizo un tímido intento de obtener una declaración de la juez Marian Linares, organizadora bajo cuerda del traslado, pero fracasó. Aquella mujer no le perdonaría nunca el revuelo con la agenda de la víctima. Regresó a la redacción en un taxi mientras las primeras frases del artículo sobre los restos mortales de Micaela iban tomando forma y pulso en su cerebro.

Cuando llegó a la redacción, alcanzó su cubículo y se puso a teclear en el ordenador como poseído por un furor justiciero, el mismo que llevaba animándole desde la aparición del cadáver, hasta que el sonido del timbre del móvil se infiltró en el flujo de sus pensamientos impidiéndole continuar la labor. Atendió con fastidio; la voz metálica que escuchó al otro lado le hizo caer de golpe en la cuenta de que ciertas deudas resultan tan inextinguibles como la cobardía o la traición o la infamia.

—¿Quiubo, mi mompa?
—¿Lucho?
—El mismo. Cómo de rápido pasó el tiempo, ¿cierto?
—Dos meses sin saber de ti. Pensé que estabas por tu tierra.
—Y por mis pagos anduve pero ahorita estoy de vuelta, *man*. He de verte esta tarde para platicar unos asuntos. Y, además, en pocos días tenemos partida. De las enjundiosas, *gambler*.
—No sé si podré, Lucho...
—Pos claro que podrás, carajito.

El inspector Cocoví almorzaba solitario en La Tarara. Sobre la barra, mantenía abierto el periódico del día por la página en que figuraba el último artículo incendiario de Matoses sobre Micaela Fernández y su cohorte de acaudalados clientes. Acabó de leerlo sin evitar una sonrisa por la buena prosa y la mala leche que gastaba el plumilla. Aquella serie de crónicas en torno al asesinato de la escort había supuesto un acicate para su amigo tras muchos años de desánimo e irrelevancia en su trabajo. Le dio el soplo de la agenda en la esperanza de que aquella información causara desasosiego entre los afectados, un temor que ayudara a sonsacarles en sus interrogatorios; pero lo cierto es que su maniobra no había conseguido ese efecto sino más bien el opuesto. Ahora era tarde para lamentarse.

Cuando levantó la vista del periódico, Adolfo Goñi lo saludó sin cariño desde una mesa del reservado que compartía con un cuarteto de sus hombres. Farrucos, deslustrados y cantarines. Más aún en comparación con su atildado superior. Goñi y los suyos habían estado en boca de todo el mundo durante la semana anterior. Un alijo de heroína recién decomisado se desvaneció de un día para otro en el depósito policial portuario. Para su suerte, el asunto se resolvió en pocos días neutralizando una investigación interna que amenazaba con llevarse por delante al propio Fito. Uno de los suyos, envuelto en deudas y compinchado con un agente local, resultó el responsable del robo. Coco le devolvió el gesto, indolente, y pagó su almuerzo antes de encaminarse hacia Jefatura.

Pinchada en el mural de corcho de su unidad, contempló la desvaída y borrosa imagen de un individuo anónimo con una gorra de cazador y unas gafas de sol con lentes de pera sobre los ojos. Las típicas Ray-Ban de policía motorizado yanqui que en España habían acabado por popularizarse con el nombre de gafas anticonstitucionales debido a la gran tendencia que el facherío hispánico tuvo a lucirlas durante los años convulsos de la transición. Por desgracia, además de gorra y gafas, el sujeto llevaba una bufanda que le tapaba el rostro hasta la nariz.

Una puñetera nariz. Eso era todo lo que, tras el filtrado y ampliación *frame by frame* que Perico había sometido a la imagen, tenían entre manos ahora. La nariz anónima de un tipo anónimo que se encontraba en el momento y lugar justos donde el asesino de Micaela debía encontrarse. Y que, para colmo, llevaba con él aquello que debía llevar consigo el asesino: una bolsa lo bastante grande para transportar en su interior las armas del crimen. Sí, una nariz era el resultado del análisis pormenorizado de las dos únicas cámaras de vídeo privadas que barrían la calle donde vivía alquilada Micaela Fernández por cuenta de Bosco Riera. Si bien el visionado también mostraba otra circunstancia, la presencia del arquitecto encarcelado a rostro descubierto en aquella misma calle, andando en dirección al edificio, solo que a una hora en que la mujer ya estaba muerta. Un dato que corroboraría su versión de los hechos y contribuiría a exculparlo del crimen. Un dato que Cocoví, con el consenso de su equipo, se había guardado por el momento bajo la manga, pues siempre era posible que el tipo hubiera desfilado intencionadamente frente a las cámaras a fin de asegurarse esa coartada visual. Y además, aquellas le habían registrado otra vez media hora más tarde alejándose de la finca con el rostro embozado y un bulto sospechoso bajo el abrigo. Las prendas manchadas de sangre tras el hallazgo del cuerpo y que arrojó luego a la basura, según su testimonio ante la juez; las armas del crimen desaparecidas en la teoría cada vez más insegura de Coco. El cotejo genético pendiente sería la única prueba que les haría salir de dudas. Mientras, se dedicaron a trabajar en las líneas de investigación abiertas.

Cocoví y Zafra habían asistido durante los días posteriores al asesinato de Micaela Fernández a una suerte de feria de las vanidades pero a la inversa. Con discreción pero sin demora, y merced a la agenda manuscrita de la víctima y al registro de llamadas de su móvil, fueron solicitando la colaboración voluntaria de aquellos clientes que utilizaron sus servicios durante las semanas previas al asesinato. Arquitectos al igual que el sospechoso, ingenieros, empresarios, funcionarios, médicos, banqueros y hasta cuatro cargos públicos en ejercicio. Uno tras otro prestaron su testimonio primero en Jefatura y más tarde ante la juez Linares, una vez se les aseguró su anonimato.

Todos coincidían en estar en posesión de una coartada inexpugnable para aquella tarde. Todos coincidieron también en esbozar un retrato siniestro y poco favorecedor del sospechoso encarcelado. Bosco Riera fue definido en aquellas declaraciones como un individuo inestable, tiránico y perturbado. Un fanático religioso y un hipócrita de tomo y lomo. Dictatorial tanto en la familia como en el trabajo, enemigo acérrimo de sus enemigos. Arrogante, envanecido y prepotente. Los testimonios apuntaron asimismo que Riera había perdido la cabeza por aquella mujer. Que la sacó por su cuenta y riesgo de un lujoso burdel y la estableció luego en el apartamento escenario del crimen, en la pretensión de ser su único amante. Pero Ava, el nombre de guerra utilizado por Micaela Fernández, al parecer le había salido respondona. No solo rechazó la exclusividad sexual que el otro le demandaba, anunciándose en páginas especializadas del ramo y atendiendo a sus fieles clientes del club, sino que se quejaba con frecuencia ante estos mismos de la profunda celopatía y obsesión del arquitecto. De su carácter despótico y de su violencia apenas contenida. De su afán de control dentro y fuera de la cama. Blanco y en botella...

No obstante, cuanto más abundaban los testimonios contrarios al arquitecto encerrado más recelaba Coco del cuadro que se dibujaba a conveniencia de los no encerrados. Parecía que la jet set local había resuelto que Riera era culpable a despecho de la prueba genética pendiente que cerraría el caso para sosiego de aquella exclusiva burbuja de afectados, de aquel hábitat de presunta respetabilidad y probada influencia política; y para tranquilidad profesional del propio Coco en particular. Pues la posibilidad de que el cotejo diera negativo le ocasionaba desvelos nocturnos. La posibilidad asociada de que aquella imagen del sospechoso la tarde del crimen en plena calle a rostro descubierto no fuese producto de la premeditación y sí reflejo de la inocencia de aquel hombre en el asesinato que él y media sociedad le achacaban, azuzados por la condena publicada de Matoses y otros tantos voceros. Aquellas posibilidades, aunque exiguas, existían. Y lo peor era que, de verificarse, abocaban el caso a un callejón sin salida. A un callejón con una nariz en mitad de un rostro irreconocible por toda pista.

Otra línea de investigación, la referente al pasado de Micaela y su posible relación con una red de trata de blancas que, mediando deuda o venganza, pudiese ser responsable de su muerte, se diluyó tras el interrogatorio de Cocoví al propietario del club Heaven. José Luis Floro era un empresario del sector de la seguridad privada que complementaba sus ingresos con un par de burdeles de lujo. Hombre de amplias inquietudes y patriota de los de la cáscara amarga, también financiaba un partido de inspiración ultraderechista que se dedicaba a reivindicar derechos solo para nacionales y a manifestarse contra la inmigración en auge desde hacía años, y al que por fortuna no votaba ni el Tato.

Floro le invitó a café en su despacho del ensanche. El patriota, escaso de estatura pero con una cabeza prominente cual mascarón de proa, se limitó en principio a confirmar el testimonio de Verónica, la gerente de su club. Micaela había llegado a España tres años antes desde Miami y ejercido su oficio en Madrid como escort independiente durante un semestre antes de trasladarse a Valencia y ofrecerse al Heaven como camarera a cambio del porcentaje habitual.

—La tía era una crack. No he conocido otra puta con semejante poderío. Qué cuerpo y qué manera de manejarlo. Triunfó como el avecrem durante año y medio, justo hasta que el arquitecto de marras se enchochó con ella.

—¿Y qué le pareció que un cliente se le llevara a la estrella del elenco?

—Hombre, pues mal por un lado y bien por otro. Ava era una máquina de hacer billetes pero también creaba sus conflictos.

—¿De qué tipo?

—Indisciplina. Se le fue subiendo el pavo con el éxito de crítica y público. Iba a su bola y ponía pegas para todo desde que el arquitecto la vio y le acaparó el horario. Y, además, las otras lumis no la tragaban. La envidia ya se sabe.

—Tengo entendido que Bosco Riera habló con usted antes de llevársela.

—No solo habló, sino que fue tan lila como para compensarme con una pasta por su salida del club. Como si yo le fuera a arrancar los pezones a la tía o algo así de no pagarme. Demasiadas películas de gánsters, en fin.

—¿Qué opinión se hizo usted del tipo?

—Un tolili. ¿Encoñarse con una fulana? ¿A quién se le ocurre?

—¿Un tolili capaz de masacrar a la chica de ese modo?

—¿Quién sabe? ¿No son los tontos siempre los más imprevisibles?

—No, no siempre. ¿Ratificará usted su testimonio en el juzgado?

—Por supuesto. Soy un hombre de orden, inspector. Por cierto, Verónica habla maravillas de usted. Acuérdese de mí si algún día le apetece cambiarse a la privada. Su futura pensión lo agradecerá.

—Soy más de la pública yo.

—Pena. La ley se defiende mejor a veces desde fuera.

—¿La ley del billete?

—¿Es que hay otra?

—Gracias por el café, Floro. Ah, y que os den a ti y a la privada.

Al margen de su pasado en aquel lupanar exclusivo, nada se descubrió sobre redes mafiosas vinculadas a su presente. Tan solo un exmarido muerto hace casi tres años durante una redada por narcotráfico en Tampa, Oliverio Martínez, venezolano al igual que ella, la relacionaba con el crimen organizado; pero las consultas con la policía norteamericana descartaron que Micaela conservara relación alguna de aquella época en Florida. Los socios de su exmarido estaban todos en la cárcel o el cementerio. La muchacha más bien salió escopetada de Miami hacia Europa en busca de una nueva vida imaginaria y una nunca esperada muerte atroz.

Zafra entró en aquel instante en la oficina y lo sorprendió con la mirada clavada en la nariz del hombre de la bolsa.

—He hablado con mi contacto en el laboratorio central. Mañana hacen el cotejo por fin.

Coco soltó un resoplido y escrutó la expresión de su compañera mientras ella desviaba sus ojos a su vez hasta la pantalla del ordenador.

—¿Algo sobre los móviles prepago?

—Hemos localizado siete locutorios y otras tantas gasolineras donde los venden en el área metropolitana. Perico y López están recogiendo las cintas de vídeo del mes anterior en las gasolineras. Hay un par de locutorios que no tienen sistema de vigilancia y otros cinco que sí, pero borran las cintas cada día.

—Se dejarán los ojos en balde. Además, no tenemos con quien comparar.

—Mañana puede que demos carpetazo al tema, Coco.

—¿Entonces por qué me dicen las tripas que no? Que fue este mierda el que la apioló —dijo amargo señalando la pantalla—. Tal vez de acuerdo con el otro.

—¿Y cómo probamos eso?

—No lo sé. De lo único que estoy seguro es de que puede que ese arquitecto no sea el asesino pero sí la clave de todo este asunto.

La juez Linares y su secretario acompañaron esa mañana los restos mortales de Micaela Fernández desde el Instituto de Medicina Legal de la ciudad hasta el aeropuerto de Manises. El cuerpo de la mujer, que ahora viajaba por la autovía en un ataúd cargado en un coche fúnebre, había permanecido en una cámara frigorífica de las instalaciones forenses por cuatro semanas tras serle practicada la pertinente necropsia. Ese fue el tiempo que demoraron Morales y ella en llevar a cabo los trámites legales de la repatriación del cadáver. Ninguno de los dos tenía de oficio la obligación de ocuparse en persona de aquel último traslado de Micaela; pero lo cierto es que ambos lo hicieron como parte de un empeño que extralimitaba lo judicial solo en apariencia.

Marian Linares había hablado tres veces por conferencia telefónica con la madre de la difunta. Se llamaba Marcela Almagro y era una maestra jubilada que tenía a su cargo a un nieto menor de edad desde hacía más de una década. Tras el mazazo que supuso para ella enterarse del brutal asesinato de su hija, así como confirmar el origen de sus abundantes ingresos, la mujer hizo lo posible por organizar el traslado de los restos hasta su tierra para darles allí sepultura. Pero las trabas burocráticas de toda índole que encontró en su país y en su embajada madrileña y la falta de recursos económicos de que adolecía, llevaron a Marian a solicitar a su secretario que se ocupara en persona de echarle un cable vaciando las cuentas corrientes de Micaela y empleando una parte en sufragar su último viaje. El resto de los ahorros de la difunta, una cifra considerable, fue transferido a una cuenta abierta a nombre de sus herederos, madre e hijo respectivos, en un banco español con sucursales venezolanas; y ahora Marcela estaba en la tesitura de ver cómo iban a disponer de ese capital en su tierra sin excesiva merma.

Para organizar dicha operación, Morales había superado con mucho sus atribuciones como secretario judicial y operado por su cuenta cual albacea testamentario e incluso mediador financiero irregular. Tal y como contaba Marian, no le había supuesto engorro alguno, antes bien el cumplimiento personal e intransferible de un imperativo humano de piedad para con aquella mujer muerta y su familia. La ejecución de una suerte de justicia con minúsculas que en circunstancias trágicas superaba de largo a la Justicia mayestática de la que tanto alardeaban otros a la hora de escurrir el bulto. Hipócritas. Cínicos. Hatajo de reptiles sin entrañas ni conciencia.

Ninguno de aquellos devotos clientes de la prostituta asesinada a los que había interrogado en las semanas anteriores se interesó en ningún momento por el paradero y suerte de su cadáver. Ese mismo cuerpo del que habían gozado y obtenido favores a cambio de su dinero. Como si la muerte, y más aún la muerte violenta, hubiera borrado todo rastro, toda huella, cualquier residuo de humanidad, siquiera de memoria de aquellas horas que pasaron en su compañía. De las caricias, masajes y orgasmos que le debían a esa mujer bellísima que había acabado sus días bajo el cuchillo de un carnicero. La identidad del mismo les importaba en el fondo una higa mientras cediese el actual clima de desprestigio al que se veían sometidos.

Ahora mismo, rodando por la autovía tras el coche fúnebre, junto a la presencia reconfortante de Morales y Raquel, que había insistido en unirse a ellos, Marian Linares tenía la sensación de estar cumpliendo con su deber moral hacia la muerta al fin. Aquel era también, y no se le ocultaba lo más mínimo, un modo de paliar las insuficiencias de la instrucción del sumario por su asesinato. Igual en la noche de autos que en los días posteriores, hubo de enfrentar la presión de las principales autoridades políticas y judiciales de la comunidad para que diese una solución rápida al asunto, o bien inculpase sin ningún género de dudas a Bosco Riera.

Ante esta dicotomía, la juez Linares resolvió tirar por la calle de en medio. Su renuncia al puesto que le habían ofertado en el Tribunal Superior de Justicia fue el comodín del que se valió para hacerlo. Su ex, el Decano Buigues, trató de disuadirla por todos los medios, en vano. Ahorrarle quebraderos de cabeza a Jaume e insinuaciones de favoritismo o incluso de prevaricación fue una de las causas de su decisión. Tenía otros motivos de peso para efectuar esa renuncia, pero estos no eran de la incumbencia de nadie; y hacerlo en la misma noche de autos fue su modo de anunciar a los cuatro vientos que no iba a tolerar injerencias ni parar en barras hasta descubrir al victimario. Fuera Bosco Riera, como señalaban los indicios racionales, o fuera algún otro, como bien podía apuntar el cotejo genético que se requirió con carácter prioritario a los laboratorios centrales de la policía en Madrid. Así, al tiempo que ordenó el ingreso en prisión preventiva del arquitecto, azuzó a Cocoví para explorar otras vías de investigación alternativas.

La filtración del contenido de la agenda había sido responsabilidad suya, no le cabía duda, y ya le pasaría factura por esa torpeza llegado el momento. Ahora no podía permitirse el lujo de prescindir de la colaboración de aquel cabestro al que tanto gustaba ir por libre. Tiempo habría de ajustar cuentas. El hecho es que, lejos de facilitar la investigación, la puso cuesta arriba. Todos los clientes investigados habían esgrimido la correspondiente y verificable coartada temporal y espacial, a la vez que se extendía entre ellos y los de su pelaje un clima de fobia hacia el único imputado preso.

No se arrepentía, sin embargo, de haber encarcelado al arquitecto. Cualquier otro juez hubiera hecho lo mismo con un sospechoso en semejantes circunstancias. Si un macarra o un piernas avisan de la muerte de una prostituta, todos los indicios apuntan a su culpabilidad y, además, no saben explicar sus movimientos anteriores o posteriores al crimen, ¿se les concede la libertad?

Ni de coña. Y ella en ningún caso iba a permitir que su posición social y la influencia del Opus Dei fueran elementos que ampliasen la presunción de inocencia del sospechoso.

El coche fúnebre penetró en el aeropuerto por la zona de carga. Con el beneplácito de los agentes de aduanas, pudieron escoltarlo hasta el lugar donde el avión se encontraba estacionado, y presenciaron a pie de pista la introducción del féretro en la bodega de aquella aeronave comercial que viajaría de Valencia hasta Valencia con escalas en Madrid y Caracas. Mientras aquel ataúd cerrado y sellado ascendía en un elevador hasta la panza del avión, bajo la supervisión de Morales, Marian Linares advirtió la presencia en el lugar de un individuo que observaba la operación con fatuidad solemne. Aquel tipo era el periodista que había levantado la liebre de la agenda de Micaela Fernández. Hizo caso omiso de la inclinación de cabeza que le dedicó al verla y le dio la espalda disuasoria ante su amago de acercamiento. Fijó sus ojos en el féretro en ascenso y tomó la mano de Raquel. Ella se la apretó y permaneció en silencio a su lado. Del mismo modo tierno y discreto en que lo llevaba haciendo desde el inicio de la instrucción.

—Buen viaje, Micaela —dejó ir Raquel cuando los operarios cerraron el portón delantero de la aeronave y ellas dos y Morales subieron al auto donde un agente judicial les esperaba al volante—. Buen viaje, Ava.

—¿Conocías su nombre de guerra? —se interesó el secretario girándose hacia la pelirroja al tomar asiento junto al chófer.

Raquel asintió seria y rehuyó la mirada interrogante de Marian.

—¿Y cómo lo sabías?

—Salió en la prensa.

—Sí. Como casi todo lo demás.

—El casi es lo que os falta. El casi podría ser la clave de esta historia.

La juez Linares examinó suspicaz el rostro pecoso de su amante mientras el coche buscaba la salida del aeródromo.

—¿Tienes algo que contarme, pelirroja?

—¿Y tú a mí? —preguntó a su vez Raquel—. Y no hablo ahora de Micaela Fernández.

La juez Linares parpadeó soprendida ante la dureza de su rostro y el tono de la inquisición. Morales procuró tragar saliva en el asiento del copiloto, aunque la garganta no le dio de sí.

Uncio se cambia a solas en el vestuario. Taciturno, se instala en su banqueta, saca su equipación de la taquilla y responde con desgana a los escasos saludos que recibe. La ausencia de Bosco es una sombra alargada y densa con la que lidia desde hace semanas. Tras su ingreso en prisión, y el rechazo del recurso al auto que ordenaba el mismo, cuando se orquestó el acoso mediático iniciado por aquel resentido de Matoses, y la revelación del contenido de la agenda de Ava desató la tormenta, Uncio había pensado incluso en tirar la toalla con la defensa de Bosco.

Tal era el grado de presión que su entorno y el del propio Bosco había manifestado al respecto. La inmensa mayoría de sus amigos o conocidos daba al arquitecto por perpetrador de aquel asesinato aborrecible, y los odios, las fobias y las envidias que la personalidad altanera de Bosco había despertado durante años, y permanecido latentes en ese tiempo, se descubrieron ahora en toda su ponzoña al hilo de los interrogatorios policiales al resto de la clientela de Ava. Al final, aquel beato estirado iba a tener razón y su papel en aquella historia podría muy bien ser el de chivo expiatorio de los pecados de la comunidad.

Pero no, ninguna de esas razones era válida para Uncio. Era por méritos propios un penalista de prestigio y ni en el plano amistoso ni en el profesional podía permitirse una dejación de ese calado. Bosco Riera, mal que le pesase ahora, era su amigo desde la infancia y había recurrido precisamente a él al verse en aquella situación desesperada. Además, toda la información de la que disponía coadyuvaba en reafirmar su inocencia. Su actitud cobarde pero sincera tras el hallazgo del cadáver. El escrutinio del apartamento previo a la llegada de la policía que

Uncio mismo encargó a un profesional. Su ausencia de confesión y el mantenimiento de su versión de los hechos a capa y espada. Y, por encima todo, la existencia de aquellos restos de esperma en el cuerpo de ella que no parecían preocuparle lo más mínimo, su disposición inmediata para someterse a las pruebas de adn. Otro tipo se la había follado y, por tanto, otro era el autor del crimen.

Sí, Bosco era muy probablemente inocente y, en el fondo, le pesaba no haber podido hacer más en su defensa, la prisión provisional supuso una bofetada para su orgullo. Al menos, había conseguido paliar aquel desastre paralizando la requisa de los ordenadores personales de Bosco. Su recurso fue admitido pero, por si acaso, hizo infiltrar un virus que agilipolló los discos duros impidiendo la visión del material sadomasoquista que el arquitecto le confesó almacenar. Uncio sí lo vio con una mezcla de alivio y vergüenza ajena. ¿Así que eso era lo que tanto preocupaba a Bosco? Una pintoresca colección de *bondage* y sado light. Máscaras, cilicios y fustas. Amos encapuchados y sumisas amarradas y ululantes. Mejor en cualquier caso haber desactivado aquel auto judicial por las dudas.

Al margen de ello, su trabajo se había tenido que limitar a hacer valer los contactos e influencias de ambos, y agilizar en lo posible autopsia y pruebas periciales. Por lo que sabía, más pronto que tarde el cotejo se llevaría a cabo y, de ofrecer los resultados que esperaba, habría una nueva muestra de adn a la que buscar identidad. La del verdadero monstruo. La identidad de un asesino repugnante, y de ahí el clima enrarecido en aquel club, que podría ser cualquier otro de sus socios, de los integrantes de ese círculo exclusivo.

Salió del vestuario y practicó unos ejercicios de calentamiento en la zona vecina a las pistas de pádel. Esa tarde se les había unido José Antonio Ojeda en sustitución de Bosco en la partida semanal. Pero ni él ni Asensi habían llegado todavía. Vidal lo hizo con anticipación y charlaba mientras con una chavala rubia que acababa de desalojar una cancha y a la que reconoció por haber visto en la consulta del otro. Contempló con envidia las mañas que se daba el sacamuelas para darse pisto con aquel bombón de universitaria. Mirándole en la distancia, se preguntó si el otro habría llegado a catar a la difunta Ava. Uncio mismo se la recomendó por despecho hacia la actitud mojigata y acaparadora del arquitecto. Dado su éxito con el sector femenino, parecía difícil que el joven dentista hubiera seguido su recomendación. No tenía la más mínima necesidad.

Vio asomar al poco por el pasillo central al funcionario y al cardiólogo y se aproximó a ellos. Tras saludarlos, les propuso que sorteasen los equipos pero Ojeda ya había quedado con Vidal en formar pareja. Ignoraba que Ojeda y el dentista se conociesen tanto. Le llamó la atención el buen nivel de juego del sustituto pese a su sesenta años largos. Jugador de tenis y regatista, amén de poderoso hermano en la Fe, se movía lo justo sobre la pista, cazaba las pelotas de volea y, asomado a la red, dejaba que los esfuerzos físicos corriesen de parte del sacamuelas. Por su lado, Asensi hacía lo que podía para contrarrestrarles; Uncio, sin embargo, no logró concentrarse en el juego.

La ausencia de Bosco planeaba sobre aquella cancha; pero al parecer lo hacía de modo más intenso para él que para los otros. Pese a sus prevenciones jurídicas, Asensi se había sumado al consenso general en el club sobre la culpabilidad del arquitecto, Vidal ni quitaba ni ponía rey pero servía a su señor en las escasas ocasiones que charló con él sobre el asunto; y Ojeda suspiraba, escrutaba al cielo, se persignaba y eludía cualquier comentario sobre el particular en tanto la justicia no decantase su balanza. Tres posturas que sintetizaban el parecer mayoritario de los presuntos amigos de Bosco. Algunos podrían arrepentirse de su tibieza si es que quedaba libre de cargos. La capacidad vengativa del arquitecto no tenía límites para la desafección. ¿Pero acaso estaría en disposición de ejercerla si salía con bien del proceso? Uncio barruntaba que la condena social que había precedido a la judicial, sobreviviría con independencia de esta última.

Tras ser arrasados en el primer set, Asensi y él consiguieron a fuerza de coraje y mandobles llevar el segundo hasta el desempate; pero el sacamuelas los masacró sin piedad en su culminación. La partida acabó entre las chanzas de rigor. Cuando salieron del vestuario, Asensi se despidió con prisa excesiva y Uncio pensó si la condena también le afectaría a él como defensor del arquitecto putero. Vidal y Ojeda se mostraron más cordiales pero arguyeron un compromiso previo y se alejaron juntos hacia el *yatchclub*. A Uncio le llamó la atención la repentina sintonía entre aquellos dos personajes. Como si ambos hubieran buscado el uno en el otro una rauda sustitución para la figura ominosa de Bosco. ¿Estaría el sacamuelas tramitando su ingreso en el Opus? No parecía otra cosa aquel ten con ten que se llevaba con el cardiólogo.

A Uncio no le sorprendería en absoluto que así fuera. Él mismo había estado a punto de pitar en su juventud pero, de un lado, la indiferencia de su familia por la santidad, y de otro, la adquisición de un progresivo agnosticismo en paralelo al desempeño de su carrera, lo impidieron. Había conocido el tenor de demasiados sumarios truculentos, y asistido a una turba de criminales del más diverso pelaje social y psicológico como para concebir que una deidad formal estuviera tras o por encima de sus actos demenciales. La vida sin más, la mezcla entre sus luces arbitrarias y la oscuridad de su reverso era, con el paso de los años, la única deidad que podía admitir como rectora de aquel desbarajuste moral, de aquella depredación continua en la que la justicia y sus representantes hacían por establecer ciertos límites; y él por aprovecharlos en su beneficio.

Entró en su coche y se dirigió a su propia cita nocturna en una marisquería del marítimo. Una cena de trabajo con un valioso colaborador de su bufete. Aquella ciudad hervía de dinero y pésimas intenciones. Tenían asuntos que poner al día, y el caso de Bosco Riera no era el menor de ellos.

Se detuvo un instante, titubeó antes de registrar la cartera de Marian. Acababa de obtener la confesión de una juez. La confesión de una enfermedad escamoteada durante meses y, de paso, la de un amor tan pleno como correspondido. Marian dormía ahora rendida tras las lágrimas y el sexo, las promesas de sinceridad y lucha sin cuartel, y la administración de dos parches subcutáneos de morfina. Y Raquel acababa de entrar a hurtadillas en su despacho y se disponía a ejecutar una traición. Tan necesaria como inevitable. O eso quería creer.

Llevaba más de tres meses con la mosca tras la oreja en lo que a la actitud de Marian se refería. Igual en lo físico que en lo emocional. La juez Linares había pasado en ese margen de la insistencia diaria para que se quedara a dormir junto a ella a observar sin la más mínima protesta cómo se vestía y tomaba la puerta de la calle. Al tiempo que sus costumbres también cambiaban del vértigo del sexo ininterrumpido a la preferencia por las caricias y masajes y confidencias a media voz. Una evolución morosa pero verificable en su relación que no pudo pasar por alto mucho tiempo.

Amaba a Marian desde el primer día que la vio en clase. Desde el primer cruce de sonrisas elocuentes en el aula, desde la primera consulta bibliográfica a pie de tarima, desde el primer café compartido en el bar de la Facultad. Apenas tardaron unas semanas en acabar juntas en la cama. Las inclinaciones sexuales de la profesora Linares eran conocidas entre el alumnado de criminología, y las de ella se diversificaban en aquella época de los hombres a las hembras según su apetencia y su falta de prejuicios. Le gustaba el sexo en todas sus variantes y le gustaba practicarlo sin la menor restricción. Eso sí, detestaba las obligaciones y los peajes de una relación amorosa consolidada y las evitaba a conciencia. Con Marian, no hubo problema en ese sentido. La hacía volar en la cama pero luego la dejaba seguir su propio vuelo en libertad sin exigencias de ningún tipo. Los más de cinco lustros que las separaban suponían una suerte de tabicación entre el sexo y los sentimientos. Pero esa clase de separaciones nunca duran, no están hechas para sobrevivir al amor cuando este se desata aunque sea de a poco.

Llevaban viéndose a escondidas ya cerca de un año cuando Marian la recomendó a Emilio Maqueda para su empresa. Aquel gesto, inesperado para Raquel, fraguó un cambio entre ellas. Del sexo sin ataduras a la intimidad. Una variación al inicio imperceptible aunque cada día más sólida. Raquel entró al trapo de Marian sin prisa pero sin pausa. La deseaba como amante y la admiraba como maestra y juez por su lucidez pero también por su piedad. La amaba de un modo vago y sensual, sin ambición ni objetivo definido. No hizo planes e hizo lo posible porque Marian no se sintiera a su vez en la tentación de hacerlos. Así hasta aquel último cambio de tercio sorpresivo; la distancia, el desapego, aquel extrañamiento repentino al cual no tardó en buscar explicación.

Ellas dos nunca habían compartido círculo amistoso. Sus respectivas edades lo impedían y su relación se basaba en el puro y duro cuerpo a cuerpo. Pero sí intercambiaban confidencias. Si Raquel le hablaba a Marian de su infancia, su desgraciada historia familiar y sus desparrames adolescentes, ella lo hacía de su presente, sus rutinas profesionales y su reducido círculo de confianza. A este dirigió sus naves, y ganarse primero la curiosidad y luego el respeto y la franqueza del secretario Joaquín Morales no resultó en absoluto complicado. Le abordó en un bar de ambiente gay y, entre vinos, bromas y veras, le sonsacó sobre la vida y milagros de Marian. Confirmó su conflictivo y ya extinto matrimonio con el Juez Decano Buigues, una larga relación con otra mujer llamada Isabel, y dejó ver ciertos problemas de salud de los que su amante nunca le había hablado y que, aunque Morales lo negó, ella dedujo que bien podían estar ahora mismo repitiéndose. Registrar su domicilio durante una oportuna ausencia nocturna de la juez y hallar recetas, fármacos y hasta radiografías y analíticas recientes fue su siguiente paso. Así que eso era al fin. La enfermedad cuyo conocimiento su amante parecía querer negarle a semejanza de su difunto padre con su depresión.

Raquel no estaba dispuesta a tolerarlo. Investigó por su cuenta y riesgo el cuadro clínico que padecía, sus síntomas y pronóstico. Supo del sufrimiento que estaba poseyendo a su amante desde hacía semanas, las mismas en que su actitud viró con ella. A la luz de aquella información, reinterpretó sus palabras y gestos, sus ausencias y renuncias, su pánico y su esperanza. Y la amó de un modo mucho más intenso del que lo había hecho hasta entonces. De la manera subrepticia y turbia en que se ama aquello que más se teme perder. Y en consonancia con ese amor, resolvió callar. No revelarle a Marian su conocimiento ni su intromisión. Callar como calló durante años su resquemor hacia su padre.

Y ahora celebraba aquel silencio. El Capitán Araña viajó a Israel poco antes de su muerte. De aquel, su último periplo secreto a la tierra prometida, había regresado con una serie de fotos que ella descubrió semanas atrás al enseñar su casa a un probable comprador. Eran imágenes tomadas en los territorios ocupados que mostraban algo que le pudo empujar, junto a su madre zombi, a la deserción final. Imágenes del sufrimiento de sus presuntos enemigos, de aquellos a quienes no dudó en combatir mediante su vida secreta para salvaguardar un sueño. Aquel sueño transformado por la fuerza de las armas en credo cruel y fanático que acabó por repugnarle. Imágenes que emparentaban en cierto modo la mirada última de su padre con la de Marian; y que a ella la reconciliaron con su memoria. O al menos, sirvieron de bálsamo para afrontar aquel enigma perenne que sería siempre el Sefardí.

Fue por esas fechas que se produjo el asesinato de Micaela Fernández, y Marian entró en una espiral de trabajo y presión en la que solo pudo auxiliarla desde el cariño y la distancia. Raquel siguió el curso de los acontecimientos por la prensa. Supo las circunstancias puntuales del suceso, el estado del cadáver de la mujer, la tipología de la agresión; supo la identidad del principal sospechoso, la ausencia de coartada y del arma del crimen; y supo del domicilio donde tuvo lugar el hecho.

Fue ahí que saltaron todas las alarmas en su cerebro. Raquel conocía esa finca, esa misma dirección. Hasta allí había seguido apenas un mes antes a una de las amantes del dentista Vidal tras mantener un encuentro con este en un hotel. Hacía una semana los periódicos publicaron un par de fotografías de la prostituta muerta, al parecer vendidas por una web de contactos. Cuando vio en la portada aquella cara de rasgos angulosos bajo la melena cobriza, ya no albergó ninguna duda. Micaela Fernández era la tercera amante de Daniel Vidal.

Entretanto, Marian había mandado a la cárcel al principal sospechoso del crimen y enfrentado las sugerencias y amenazas de medio estamento judicial al respecto. El estrés de aquel sumario no tardó en pasarle factura con saña y su desmejora física fue pronto visible y hasta palpable para Raquel. Aun así, Marian se resistió a revelarle su estado de salud. Hasta esa misma mañana. La tristeza del traslado de los restos mortales de Micaela fue el detonante de su interrogatorio a una juez. Un severo sondeo que obtuvo la verdad y la pasión al fin por respuestas.

Raquel abrió la cartera. Examinó aquel sumario que Marian llevaba consigo a todas partes. Leyó con atención el informe forense y el atestado policial, la declaración efectuada por Bosco Riera, las pruebas periciales solicitadas por el fiscal, la relación de clientes hallada en la agenda y el teléfono de la víctima. Esta última le resultó interesante, y no solo por los nombres y apellidos ilustres que contenía, sino por la ausencia de otro nombre más vulgar pero bastante más insidioso en lo que a ella concernía. Daniel Vidal no figuraba como cliente de la víctima en aquel sumario. Su relación se había llevado en la más estricta clandestinidad. Recordó al detalle las semanas de seguimiento al dentista, la grabación de sus infidelidades en serie, la redacción de su informe y la recepción del mismo por Amalia Romero. La sorprendente tolerancia de aquella mujer con los engaños del marido. El origen póstumo y telegráfico del encargo. Su propia extrañeza ante el desenlace de su primer trabajo en la agencia.

Devolvió el sumario a la cartera. Fue a la cocina y se preparó un café. Acababa de convertirse en la allanadora del secreto sumarial del caso que todos los medios de comunicación estaban manoseando desde hacía semanas. Y no se arrepentía de ello. Había descubierto un nuevo elemento del puzle que quizá podía ayudar a su resolución. ¿Una coincidencia? ¿Una broma cruel del destino? ¿O acaso la visión fugaz de un ángulo muerto en la secuencia de aquel crimen? Aún no lo sabía pero, si la genética no señalaba al arquitecto como asesino de Micaela, ella se iba a ocupar de jalar de aquel cabo suelto que suponía el dentista Vidal.

Los resultados del cotejo solicitado un mes antes llegaron por valija desde el laboratorio central de Madrid a primera hora de la mañana. La juez Linares convocó de inmediato al fiscal Rubio y ordenó a su secretario que deslacrara el sobre con el informe tan pronto su colega estuvo presente en el despacho.

Morales leyó en voz alta aquel fárrago científico del cual pronto quedó claro un vuelco radical en la instrucción del sumario por la muerte de Micaela Fernández. El perfil genético de los restos de semen hallados en el cuerpo de la víctima no se correspondía con el del sospechoso. Era otra la secuencia hallada y analizada, y otro con total seguridad el individuo que había mantenido con ella relaciones sexuales previas al asesinato. Aquello ponía patas arriba tanto la investigación policial cuanto la instrucción.

El fiscal Rubio mostró su desaliento por ambas circunstancias:

—Volvemos a la casilla de salida, señoría. ¿Y ahora qué?

—Por lo pronto, dictaré el auto de libertad del sospechoso encarcelado. Y convocaré a los policías encargados de la investigación para replantearla.

—¿En qué términos? Este nuevo perfil genético es anónimo. Y los clientes de la víctima investigados tienen todos su coartada. Lo lamento, pero no cuente conmigo para ordenar más pruebas de adn.

—No contemplo esa posibilidad. A menos que encontremos otro sospechoso.

—¿Otro sospechoso? —se escandalizó el fiscal—. Hemos mantenido durante casi un mes en prisión a un inocente, señoría. La policía ha estado durante ese tiempo siguiendo otras líneas de investigación sin resultado. Este sumario camina directo hacia su archivo.

—Eso sin duda tranquilizaría a mucha gente en esta ciudad, como usted bien sabe. Pero no pienso dar mi brazo a torcer. No mientras haya posibilidades de encontrar al culpable.

—Se está usted empecinando, señoría. Sin base jurídica para hacerlo.

—Y usted se está arrugando, fiscal.

—Yo he hecho hasta ahora cuanto he podido para apoyarla, pero si no hay nuevas evidencias...

—Usted lo ha dicho, Rubio —abrevió Marian, adusta—. Le mantendré informado. Ahora tengo trabajo pendiente y a usted seguro que le pasa igual.

El fiscal se retiró del despacho sin decir palabra y con aire entre perplejo y herido. Marian era consciente de que había sido injusta. Rubio le brindó su colaboración y su apoyo en la instrucción, fundamental por regirse según la ley del jurado, pese a todas las presiones recibidas. Y ella ahora poco menos que lo había tratado de cobarde por aportar una visión realista y pragmática de la evolución de la causa. En fin, ya habría ocasión de disculparse con él. Ahora mismo lo urgente era dictar el auto de libertad de Riera y comunicárselo a su abogado. Hizo ambas cosas con el auxilio de Morales. La siguiente cosa que iba a hacer no fue menester. Su secretario le anunció que el inspector Cocoví y la subinspectora Zafra estaban aguardando para despachar con ella desde hacía un buen rato.

—¿Les has informado de los resultados?

Morales asintió circunspecto. Marian experimentó una punzada de dolor en el coxis y trató de encubrirla con un sarcasmo:

—Vamos, que ya los debe saber hasta el último periodista de la ciudad.

—Coco está que muerde.

—Pues ya somos dos. Anda, hazlos pasar.

La pareja de policías entró silenciosa en el despacho un minuto después y tomaron asiento al otro lado de su mesa, contritos y mohínos como alumnos de primaria castigados contra la pared.

—Bueno, pues ya lo saben. La hemos cagado por todo lo alto.

—¿Ha dictado la libertad del sospechoso?

—¿Usted que cree, Cocoví?

—Que podría haber esperado a hablar con nosotros primero.

La juez Linares miró de hito en hito el rostro coriáceo del hombre.

—Sorpréndame, inspector. ¿Tienen ustedes pruebas que incriminen a ese hombre al fin? Porque yo tengo un informe forense que le libra de todo cargo.

—Que no fuese él quien se acostase con la víctima, no significa necesariamente que no participase en el asesinato, señoría. Como cómplice. O como inductor.

—Ya. ¿Y en qué se basa usted ahora para semejante elucubración, inspector?

—En las grabaciones de vídeo que hemos obtenido y depurado en este tiempo para establecer una secuencia temporal de la tarde de autos, señoría —intervino la subinspectora Zafra mientras sacaba un portátil de una mochila y lo desplegaba sobre la mesa de la juez.

La pantalla reprodujo al punto una docena de imágenes provenientes de distintas cámaras de seguridad instaladas en la cercanía del domicilio de Micaela Fernández. Zafra lo instruyó sobre el contenido de las mismas:

—Este es Bosco Riera llegando a la calle de la víctima. Son las 19:35.

—La víctima llevaba muerta cerca de una hora para entonces. Ese registro visual no hace sino corroborar la versión del sospechoso.

—Si no fuera porque aquí sale embozado y con un bulto bajo el abrigo a las 20:03. Sí, ya sabemos lo que declaró. Pero olvidemos al sospechoso un rato. Este es el hombre de la bolsa tomado por la misma cámara. Hora: 17:15.

—¿El hombre de la bolsa?

—Lo tenemos filmado en otra cámara desde distinto ángulo. No se le aprecia el rostro pero el recorrido y la hora son coincidentes con los del asesino. Aquí está de nuevo el mismo hombre caminando en sentido contrario. Hora: 18:40.

—Ajá. El mismo hombre a la hora en que Micaela ya está muerta. Tapado como un tuareg y con una bolsa al hombro. ¿Y bien?

—Creemos que fue él quien asesinó a Micaela —apuntó Cocoví con sequedad.

—Estupendo. Por la coincidencia horaria y porque lleva gorra, gafas y una bufanda. ¿Eso es todo?

—Además de camuflar su rostro, carga con una bolsa de viaje lo bastante grande para transportar hasta el apartamento y luego llevarse consigo las armas del crimen. Mucha coincidencia, ¿no le parece?

—Lo que me parece es que todo esto no sirve de nada. Y ustedes lo saben. No hay manera de identificarlo. Se están agarrando a un clavo ardiendo. Por no hablar de la relación hipotética de este hombre misterioso con Riera.

—Pudo ser un asesino contratado al efecto. Y el único que tenía motivos para hacerlo era el sospechoso.

—Claro. Encarga el asesinato de su amante y luego se pasa por la casa para comprobar que está hecho. Se va de garbeo un par de horas. Pide consejo a su abogado. Y por fin avisa a urgencias para decir que ha encontrado el cadáver —enumeró la juez Linares en tono cáustico—. ¿Se han vuelto locos o me están tomando el pelo?

—Apuntamos posibilidades, señoría.

—Sin pruebas concluyentes. Sin lógica que apoye su especulación. Un profesional no la hubiera matado del modo en que lo hizo el asesino. Tampoco se hubiera acostado con ella antes.

—Cierto. Pensemos entonces en alguien de su propio entorno social. Un tercero que conoce a Bosco, su relación con Micaela y que se ofrece a matarla.

—Y Riera, como es gilipollas, acepta y le paga por ello. Sin molestarse en pensar que él va a ser el máximo sospechoso y sin procurarse una coartada para la hora del crimen.

—Lo que usted quiera, señoría. Todo eso no modifica el hecho de que el único que tenía un móvil para hacerlo por sí o por persona interpuesta era él. Ni que la muerta apareciese en idéntico escenario al que el sospechoso describió en su *mail*. Ese hombre nos oculta algo. Descubrirlo es el único modo de resolver este caso.

—Olvídese del sospechoso, Cocoví. No pudo ser él. No tiene el menor sentido.

—Lo tendría si usted hubiera conseguido intervenir sus ordenadores. Es un aficionado al sadomasoquismo. Pudo ser todo un montaje y ese hijo de puta actuar como director de escena. Estaba colgado por esa chica y ella rechazaba su control. Pudo hacerlo aun a riesgo de ponerse él mismo bajo sospecha. Déjenos seguir esa línea, señoría, yo...

—No y no —Marian Linares se levantó de su butacón y, con las manos sobre la mesa, enfrentó al policía con el rostro arrebolado—. En efecto, no conseguimos hacer efectiva la incautación. Resulta que los abogados también saben jugar a esto y el del sospechoso alegó en su recurso que los ordenadores contenían material básico para la defensa. Y no, Cocoví, no voy a aceptar que siga usted haciendo conjeturas cada vez más delirantes con tal de implicar a alguien que ya ha pasado un mes en la cárcel sin pruebas materiales de haber delinquido. Le quiero a usted fuera del asunto. ¿Me explico?

—Como un libro abierto, señoría.

—O como un periódico. O una emisora de radio o de televisión. Les dije lo que pasaría si se filtraba el contenido del sumario.

—¿Me va a crucificar? ¿Boca abajo?

—Voy a exigir que le aparten de este caso por revelación del secreto sumarial.

—Usted sabe que cualquiera de este juzgado pudo filtrar el sumario. No voy a dejar este caso se ponga usted como se ponga, señoría. No soy de los que se bajan del tren en marcha.

—No me falte al respeto, Cocoví. No me tome por idiota. Acabemos esto como profesionales. Los dos la hemos cagado. Acepte las consecuencias igual que yo lo haré en su momento.

Cocoví iba a responder cuando el rostro progresivamente congestionado de la juez Linares perdió de un golpe su color.

La mujer se tambaleó y cayó de súbito volcada sobre la mesa junto al portátil abierto con la imagen del hombre de la bolsa en la pantalla. Zafra se abalanzó al pronto en su auxilio.

Bosco estaba cumpliendo su turno en la cocina cuando un funcionario le avisó de la llegada de su abogado con el auto de libertad. Se quedó por instante en blanco, como si no entendiese las palabras del tipo de uniforme. O como si le costase concederles veracidad. Luego abandonó apresurado las bandejas del desayuno en el fregadero, se limpió las manos con un trapo y miró en derredor con una expresión de triunfo a la que ninguno de los otros presos que fregoteaban a su lado prestó atención. Escoltado por el funcionario, Bosco regresó a la celda donde Uncio le aguardaba sentado sobre el jergón con una sonrisa pletórica en los labios y un documento enarbolado en su mano derecha.

El arquitecto se precipitó sobre su amigo y lo estrechó con un abrazo de oso que casi le saca el aliento. Ambos se sonrieron por primera vez desde la noche del crimen.

—Al fin, tío. Al fin.

—Libre como un pájaro, amiguete —dijo el abogado cuando consiguió recuperar el resuello—. Lo prometido es deuda.

—Gracias, gracias por todo. Creí que esto ya no iba a pasar.

—Hombre de poca fe —se burló Uncio.

Bosco miró primero recriminatorio a su amigo y luego, desconcertado.

—¿Y ahora?

—Anda, recoge tus cosas y vístete. Tengo mi coche en el aparcamiento. Nos vamos en cuanto estés listo.

Bosco Riera tardó exactamente diez minutos en vestirse, hacer su exiguo equipaje y despedirse de su compañero de celda, un par de funcionarios del módulo y el subdirector del centro, que acudió allí para sellar el certificado con su libertad. Cuando atravesó los arcos de detección de metales y cruzó la puerta de salida del edificio, volvió la vista atrás un segundo:

—Lo siento por los que se quedan ahí dentro, ¿sabes, tío?
—¿En serio?
—No por todos, claro. Pero había más de uno que era tan inocente como yo. Y que se va a seguir pudriendo hasta su juicio.
—Ahí dentro todos suelen decir lo mismo. Si en verdad son inocentes, saldrán en libertad. Más tarde o más temprano.
—Tú sabes que eso no es así.
—Cierto. No siempre es así. Pero también hay más de un criminal suelto en la calle.
—Como el que mató a Ava.
—De momento. Ese también caerá.

Uncio se preguntó si un mes de cárcel era suficiente para cambiar a un hombre, a veces una simple noche de calabozo bastaba para operar ese efecto; pero no, el rictus que adoptó la cara del arquitecto disipó las dudas. La compasión que había expresado hace un minuto se esfumó de sus ojos. Ahora parecía haber un movimiento tras ellos, sesgado e impaciente. Un constante rotar en su cabeza semejante al de una turbina oculta.

Le abrió la portezuela de su auto con el mando a distancia al tiempo que recordaba las muchas veces en que había dudado de la completa veracidad de las palabras de su amigo. Su amigo. Sintió como si aquella amistad cobrase de nuevo el sentido que había perdido en los años anteriores de progresiva y mutua desafección. De celos y resquemores. De cuentas pendientes y traiciones imaginarias. O reales. Examinó de soslayo el rostro de Bosco antes de arrancar el coche. No se lo había afeitado durante sus cuatro semanas de reclusión. Una barba espesa y castaña le cubría la mandíbula, una barba que atrapaba la luz del mediodía y lanzaba alegres brillos. El abogado confió en que aquella alegría no resultase prematura; lo que aguardaba al otro tras las rejas de la cárcel no era un camino de rosas precisamente.

Mientras viajaban en el coche, Uncio lo puso al día sobre los pormenores y resultados del cotejo genético que acababa de propiciar su puesta en libertad. El arquitecto dejó hablar al abogado mientras sus ojos miraban alternos el cielo, el tránsito abigarrado de la media mañana y el paisaje mitad rústico, mitad urbano que rodeaba la autovía de circunvalación.

—¿Quieres decir que ya no tienen nada contra mí?

—Nada. Los indicios en los que se basó la juez para encarcelarte, quedan desmontados por completo. El asesino de Ava solo pudo ser el hombre cuyos restos biológicos se encontraron en la autopsia y cuyo adn consta en la prueba pericial solicitada.

—¿En cristiano?

—Que esto está ganado, amiguete. O mejor dicho, acabado. Seguirán con la causa para encontrar al verdadero asesino pero a ti te exculparán oficialmente.

—Quiero que se rehabilite mi buen nombre, tío. Mi honor. Quiero que todos los que me han calumniado y difamado paguen por ello.

—Eso será más lento y laborioso, Bosco. Ya habrá tiempo para gestionar el asunto. Por lo pronto, disfruta de tu libertad.

—Te aseguro que voy a hacerlo.

—¿Dónde quieres que te lleve?

—A mi casa. ¿Adónde si no?

Uncio rehuyó la mirada entre irritada y sorprendida de Bosco, mantuvo la vista al frente, pendiente de la conducción.

—¿Estás seguro?

—Por supuesto.

—Quizá deberías hablar con Lourdes primero.

—Lo haré en persona.

—Bosco, que hayas salido de la cárcel y probado tu inocencia, no elimina lo demás.

—Lo sé.

—Tu infidelidad, tu relación de un año con una prostituta, el escándalo público y el acoso al que se ha visto sometida tu familia...

—De eso es de lo que quiero ocuparme. Voy a poner las cosas en su sitio.

—No te va a resultar sencillo hacerlo.

Bosco miró a su abogado, sorprendido. Uncio carraspeó, le mantuvo la mirada.

—¿Has hablado con Lourdes?

—Le he comunicado tu auto de libertad antes de salir hacia la cárcel.

—¿Y qué ha dicho?

—Se ha alegrado pero...

—¿Pero...?

—Pero me ha pedido que te dijese que no quiere que acudas a casa. Que es mejor que te alojes con tu familia.

Bosco tardó unos segundos en procesar la información. Uncio percibió que, ni por un momento, el arquitecto había previsto aquel rechazo frontal de su mujer. Al cabo, Bosco miró al frente y señaló con el mentón hacia el cartel que anunciaba la siguiente salida de la autovía.

—Mi familia es ella. Y mis hijos. Eso no lo puede cambiar nada. Ni nadie. Llévame a mi casa, por favor.

Uncio redujo la marcha y tomó el desvío en silencio.

—Como quieras. Pero deberías llamarla, ¿quieres utilizar mi móvil?

—No.

Uncio condujo maquinal hasta alcanzar una lujosa zona residencial. Cruzó el retén con el guarda jurado, que los miró con ojos como platos al reconocer el perfil barbado del copiloto, y aparcó el coche al cabo frente a la mansión familiar del otro. Bosco le dedicó un firme apretón de manos antes de salir del auto.

—Estaremos en contacto.

—Por supuesto. Llámame cuando quieras.

—Lo haré. Y gracias de nuevo.

Observó cómo el arquitecto avanzaba hacia su casa arrastrando su pequeña *trolley*. Sus zancadas, sin embargo, no eran las del hombre avasallador y arbitrario que él y los suyos habían conocido. Sino las de un preso recién salido de un purgatorio que se disponía a ingresar en otro, más íntimo y reconocible, pero tal vez no menos dañino ni merecido. Uncio arrancó su coche y buscó la salida de la urbanización sin mirar por el retrovisor.

XI.
La boca de la loba

Su boca es la presencia que todo lo inicia. El primer recuerdo bañado en el más puro fulgor. Aquellos labios rojos y llenos, adelantados hasta mi rostro, ceñidos a mi piel, a mi cuerpo pequeño e indefenso. La boca de una madre joven y bella. Su boca abierta en ese dulce canto de sirena que seduce a los navegantes e indica la playa donde varar. La boca que fue amor por tan corto tiempo que siquiera alcanzo a cuantificarlo en la memoria. O tal vez es que en verdad no lo recuerdo, sino que lo inventé y lo recreo ahora como una forma de compensación.

Luego llegó la boca cambiante, de esa sí que me acuerdo bien. Esa boca que era cariñosa o punitiva, según el momento del día o la noche, las fases de la luna en el cielo tenebroso, según el veneno o el elixir que contuviese, según su propia desesperación. La boca que recorría mi cuerpo entero a lengüetazos para sacarme la mugre en lugar de bañarme. La que se hincaba en mi pescuezo para llevarme de un lado a otro de la casa. La boca de una hembra voluble y bestial. Aquellos labios que tan pronto podían ungirme con sus besos como entonar nanas en mi oído; pero que de repente se arrugaban y eran otra cosa. Violenta y feroz.

Y por último la boca de la locura. La del daño y el grito. Su boca aullando en mitad del torbellino. La del abandono y el furor. La boca de la loba. La boca inflamada del terror. Cuando su boca ya no era una boca humana. Cuando se limitaba a aguardar tensa y expectante el momento de la herida. Cuando ya solo quedaban de ella sus fauces abiertas sin escapatoria ni perdón.

Y estaba también la soledad de entonces. La soledad real o la figurada en manos de gentes extrañas y sin embargo confiables por comparación. La soledad como refugio y vía de escape, la soledad como receso no exento de zozobra y temor.

Cuando ellos salían de la casa, nunca sabía si iban a volver. O si lo harían juntos o por separado. Deseaba con toda mi alma que fuera él quien retornase en solitario. Ignoraba si acaso sería ella la única en regresar. Esa era entonces la pesadilla viscosa que me atormentaba noche tras noche. Imaginarla de vuelta a mi lado, solitaria y por momentos maligna, libre al fin de la presencia aturdida pero salvadora de él.

Esa presencia que es también una mancha de humo. El olor y la forma de sus manos, sus dedos corriendo por los trastes de la guitarra o desordenándome bruscos el cabello. Sus ojos grises, huidizos, extraviados en ninguna parte. Sus ojos del color de ese mismo humo. Encerrado él también en su indolencia de yonqui, en su avidez brumosa, en su indiferencia apenas punteada por ese rescoldo impreciso de pena o disculpa que siempre creí entrever en su mirada de entonces. O que luego inventé quizá para no pensar en su cobardía fugitiva, en su silueta empequeñecida en la distancia a cada ocasión que se marchaba en solitario, que escapaba de la casa y me dejaba a solas con ella. Abandonado a su locura intermitente. A su voracidad.

A solas conmigo, ella fue durante esos años un misterio, y una condena. Capaz desde la carantoña más empalagosa a la agresión menos previsible. Sin motivo ni causa precisa. Estallidos puntuales de furia. Golpes o mordiscos o quemaduras en el cuerpo o en la cabeza. Insultos. Berridos. Ataques de angustia que derivaban en llanto convulso o en demandas tortuosas de perdón. Cuando él volvía al fin de dondequiera que estuviese, las aguas regresaban por un tiempo a su cauce. Él nunca preguntó por las heridas y señales de mi cuerpo. Ella nunca se atrevió a atacarme en su presencia. Hasta que esa presencia cesó de un golpe de émbolo, y yo quedé a su entera merced.

Ahora lo sé. Mi padre era un adicto pusilánime y mi madre la víctima de un síndrome con el nombre de un fantasioso barón alemán. Es fácil saberlo desde el presente, no es arduo reconstruir la rutina de dos músicos ambulantes y toxicómanos con un hijo de corta edad a su cargo. El peregrinaje del abandono, el descuido, el maltrato y la vejación. El paréntesis de la cordura que se agosta y al fin se extingue tras la muerte por sobredosis del padre. El duelo y el transtorno tomados de la mano. El inicio del reinado del terror. Un proceso patológico digno de estudio y piedad.

Quizá lo sea para otros. No así para mí. Para mí solo cuenta el pánico de entonces. El deseo igualmente enloquecido de escapar de cualquier manera al castigo. El de zafar al precio que fuese de su persecución.

Y la vigilancia que nunca acababa mientras me encontrase a su lado. Esa amenaza sombría que podía adoptar su presencia en cualquier momento. Esas formas vagas que se adensaban contra la luz. Su melena roja, sucia y apelmazada. Sus ojos como rombos de azufre. Esa boca que ya no era boca de mujer ni de madre. Esa fruición en el daño. Ese regodeo en la crueldad. La boca de la loba. Solo dientes, sangre y espuma. Acechante a mi espalda. Sulfurosa y perversa. Dañina en la memoria pero incluso más en el sueño. Esa boca letal que tarde o temprano había que cerrar.

Llegaron entonces los otros hombres. Primero de vez en cuando. Luego con mayor frecuencia. Al fin con asiduidad nocturna. A veces de uno en uno. Otras de a dos. Llegaron los otros hombres y los aullidos bajo la luna y las botellas vacías y las jeringas rotas como su pelo y sus labios abiertos para el placer. Apareció al cabo el último de ellos, el peor y también el más débil. Tosco, incurioso, falaz. Y con su sombra alargada, la tregua. Y en mitad de la tregua, la idea y la ocasión para la fuga. Una huida que debía ser punto final.

Fin de su vida e inicio de la mía. Venganza y reinvención. Planearlo costó mucho más que llevarlo a cabo. Aguardar el momento exacto fue eterno como lo será mi infierno. Pero el día llegó. Tumbada sobre la cama, entre chorretones de esperma y regueros de vino barato. Desnuda y al fin vulnerable en ausencia del amante. Absorta en el vórtice de su embriaguez y su sopor.

Su boca se crispó en un último ronquido antes de cerrarse. Una y otra y otra vez me arrojé contra su cabeza roja. Aquella mañana mi madre loba ya no despertó.

XII.
El hecho en sí
(Día 37)

Raquel contempla con fijeza la puerta giratoria de un hotel de cuatro estrellas. Micaela no tarda en llegar andando por la acera para empujar aquel torno cristalino. Su melena cobriza recogida en un sencillo tocado. Su cuerpo al resguardo de una gabardina gris. Sus piernas de modelo enfundadas en medias de seda y sus pies calzados con *stilettos* de Louboutin. Ava, hermosa y vestida con elegancia, atraviesa el vestíbulo hasta la recepción del local, camina alta y resuelta en dirección a su muerte. Micaela aún viva y ya casi esfumada. Raquel recuerda que el Capitán Araña siempre decía que, a partir de cierta edad, las pantallas no son el territorio de las ilusiones o los sueños, sino el de los espectros.

El plano ahora ha cambiado de formato y está en borroso movimiento hasta detenerse junto a un mostrador de teca; sobre la espalda de Ava se escucha el audio donde el recepcionista la saluda con amabilidad, le ofrece la tarjeta de la habitación y menciona su número. El siguiente plano, desde idéntico rincón del vestíbulo, recoge la llegada al lugar de Daniel Vidal, su perezoso desplazamiento hasta el mostrador y el reclamo de otra tarjeta gemela antes de dirigirse hacia el ascensor, voltear su rostro y mirar fugaz a cámara. Estudiar de refilón a la mujer joven que recoge unos folletos mientras conversa con el conserje sobre excursiones turísticas a una cercana laguna. Considerar su melena pelirroja, su rostro pecoso y el nacimiento de sus pechos desde donde un ojo diminuto instalado en un colgante le observa a su vez, delator.

No había conseguido, por desgracia, ni un solo plano de Micaela y Vidal juntos. Abandonaban el hotel también cada uno por su lado, siempre con varios minutos de diferencia. Las imágenes de ambos saliendo de la misma habitación, obtenidas por otra microcámara instalada de matute en un cuadro del pasillo, eran cuanto tenía para certificar su relación amorosa.

Raquel apaga la grabación y desconecta la pantalla. Saca la memoria usb del reproductor y la encapucha antes de guardarla en un bolsillo. Había hecho copia privada de todos los archivos de audio y vídeo obtenidos durante el seguimiento al dentista. Era una irregularidad laboral que se cuidó no descubriese ninguno de sus compañeros y menos aun Maqueda. El motivo de su conducta dolosa, en principio le había parecido puramente sentimental.

Aquel fue su estreno en solitario en la agencia Logos. El pistoletazo de salida para una carrera profesional que esperaba larga y fructífera. Conservar el recuerdo de su primera investigación privada era un buen motivo, pero no el único ni el principal. De hecho, también le llevaron a hacerlo su suspicacia y extrañeza tras la entrega del informe a Amalia Romero. La actitud de aquella mujer sin duda pesó lo suyo en la decisión; pero había algo más. Un elemento más oscuro e inconfesable.

El individuo al que le tocó vigilar en su debut profesional era lo que coloquialmente se llamaba un macizo, un tío buenorro. Un metro ochenta, espalda amplia, cintura estrecha y proporcionado de miembros; rasgos armónicos enmarcando aquellos ojos verdes bajo una mata de cabello castaño. Buena carrocería y en la sazón de la treintena. Y lo mejor, también lo más inquietante, su manera magnética de moverse y esa mirada de radar que gastaba de continuo. Cuántas veces temió haber sido descubierta en su acecho por ese par de ojos que se desplazaban en veloces círculos, como si la periferia de su visión fuera algo que nunca pudiese descuidar. Esa mirada siempre alerta, ese resabio de prevención animal. Como un hombre primitivo en la espesura de la selva, pendiente a cada paso de una trampa o un ataque mortífero. Una suerte de mirada que reconoció al punto de detectarla. Pues había sido también la suya. La mirada del salvaje. La mirada del depredador. La misma mirada y actitud que tantos problemas le causó en su adolescencia.

A raíz de esa identificación, su interés por aquel aparente donjuán de vía estrecha pasó de lo profesional a lo personal hasta devenir en una variante de confusa fascinación. ¿Qué era lo que le asustaba, lo que temía, lo que sus ojos prevenían hasta en los momentos de seducción e intimidad con las mujeres a las que daba caza? Y, una vez culminado el seguimiento y despachado el informe con la cliente, a esas preguntas se sumaron las otras que le había generado tanto el origen como la resolución de aquel caso particular, a saber: ¿Qué hacía casado aquel individuo con una mujer como Amalia Romero? ¿Un tremendo maromo con una siesa poco agraciada entre lo pedante y lo fanático? ¿Qué sabía su suegro de él que a su vez ignoraba su esposa y podía moverla a divorciarse? ¿Qué clase de relación matrimonial mantenían para que ella perdonase una cadena de infidelidades documentadas sin rechistar? ¿Qué esperaban de él sus amantes al margen de la presumible compensación sexual?

Aquellos interrogantes quedaron en suspenso tras la entrega del informe, pero resurgieron como un prurito aumentado con el descubrimiento de la muerte violenta de Ava. Y más si cabe tras saber que las pruebas genéticas instadas por Marian descartaban la culpabilidad del arquitecto sospechoso en el crimen. ¿Por qué alguien como Daniel Vidal recurriría a los servicios de una profesional del sexo? ¿Qué necesidad tenía? ¿O tal vez su relación con Ava no entraba en esa categoría e iba más allá? ¿Por qué no había la menor mención a Vidal en el móvil o la agenda de Ava?

Raquel era consciente de que la implicación del dentista en el asesinato suponía una remota posibilidad; pero no pudo dejar de perseguir aquel rastro, de jalar de aquel cabo suelto aun haciendo horas extras en su trabajo. Resolvió empezar por los testigos. Dos de las tres amantes de Vidal seguían vivas y, por tanto, con capacidad para propocionarle alguna información de interés.

Rocío Velasco, la higienista morena y casada, había cambiado de lugar de trabajo. La localizó en una clínica perteneciente a la misma cadena de Vidal ubicada en un centro comercial de nuevo cuño. La asaltó a la hora del almuerzo en una cafetería del mismo *mall*. Se presentó como detective, la puso al tanto de su investigación por cuenta de la señora Romero y le dijo estar al corriente de su relación con Daniel Vidal. Rocío se mostró esquiva al principio pero cambió de actitud en cuento le mostró una imagen impresa de ella y el dentista besándose a tornillo en el reservado de un pub irlandés.

—Lo nuestro acabó hace un tiempo —admitió prudente.

—¿Es por eso que ha cambiado su lugar de trabajo?

—Imagino que sí, que algo habrá tenido que ver con el cambio de clínica. Pero no me quejo. Al contrario. Era lo mejor para todo el mundo.

—¿No siente rencor por él?

—En absoluto. Daniel era y es mi jefe. No me hizo promesas de ningún tipo ni yo se las pedí. Simplemente trabajábamos juntos a diario y... sucedió.

—¿Unas cosas llevaron a otras, quiere decir?

—Estas cosas acaban igual que empiezan —se explicó devolviéndole la sonrisa irónica—. Y no hay motivo para hacer un drama cuando eso ocurre.

—Entiendo. ¿Y qué me dice de Amalia Romero?

—Yo creo que Amalia es feliz con tal de tener a su lado a un tío como Daniel. Su padre la sobreprotegía y él le dio alas de alguna manera. Está claro que forman una pareja descompensada pero se llevan muy bien, por lo que yo sé. De hecho, se me hace muy raro que ella contrate a alguien para seguirle. ¿Quiere divorciarse de él?

—¿Por qué lo pregunta?

—No voy a declarar nada contra Daniel en un juicio por divorcio, si es lo que va a pedirme.

—No. No voy a pedírselo, descuide. ¿Pero sabe si su jefe se ve o se veía con alguien más a parte de usted?

—No tengo idea. Aunque reconozco que sí que lo pensé. Ha estado agitado y disperso en las últimas semanas. Algo extraño en alguien como él.

—¿Alguien como él?

—No voy a contarle intimidades, pero Daniel es un hombre muy especial. Dentro y fuera de la cama. Por fuera es frío como un pez pero por dentro...
—Quema.
—Usted lo ha dicho. Y las quemaduras duelen. Hacen sufrir.
—A algunas mujeres les gusta ese tipo de padecimientos.
—Le aseguro que no es mi caso —respondió Rocío Velasco mientras se adelantaba a pagar las consumiciones en la barra.

Esa misma tarde encontró a la chica rubia en el campus de la universidad politécnica. Alicia Jarque era alumna de primero de Bellas Artes. Aguardó a que acabara su clase y la abordó a las puertas del aulario. No hizo falta mostrarle material gráfico. La perspectiva de hablar un rato con una detective le pareció excitante. Más aun cuando supo el motivo de la charla.

—¿Daniel Vidal? Con las ganas que tengo yo de rajar de ese cabronazo.
—¿Ya no te acuestas con él?
—¿Y cómo sabes tú eso?

Sonrió al punto ante su propia incongruencia y se sopló el flequillo.

—Ya. Eres detective. La última vez que me lo tiré fue hace casi un mes. Desde entonces no he vuelto a saber nada de él. Ni ganas.
—No parece eso por la cara que has puesto al oír su nombre.
—Daniel tiene un buen polvo pero también una pila de años y es más raro que un perro verde. Por mí que se lo quede enterito su mujer. Me importa poco que ya no quiera nada conmigo.
—¿Y cómo sabes que no quiere?
—Me lo dejó muy claro la última vez.
—¿Quieres contármelo?
—¿Te gustan las historias sucias?

Raquel le dedicó una lenta sonrisa a la rubia y cruzó los brazos bajo el pecho.

—Más que a un tonto un lápiz.
—Me llevó a un casoplón en El Carrascal. Antes siempre jodíamos en su coche. Me pidió que me desnudara y me esposó

a una cama. Me comió enterita. De la coronilla a la punta de los pies. Yo me puse caliente como una perra, claro. Y cuando pensé que me la iba a clavar por fin, ¿sabes qué hizo?

—¿Se la peló?

—Me amordazó. Mojó las sábanas en una bañera, las escurrió y empezó a pegarme con ellas a lo bestia. Me hizo llorar de dolor. Y se puso como un burro. Me enculó y se corrió en mi cara. Ni para hacerme un dedo le llegó al cabrón.

—Hay gente a la que le gustan esas prácticas sexuales.

—Pues a mí no me gustó ni un pelo. Y cuando me soltó, se lo dije. ¿Sabes qué me contestó? Que no había problema entonces, que había sido un placer conocerme y que chau, chau. Para matarlo.

—Según. Yo diría que te gustó más de lo que admites, Alicia. Que antes ya habías hecho algo parecido con él. Y que no te hubiera importado repetir.

—¿Siempre eres tan borde? —Alicia arrugó el ceño entre sorprendida y desafiante—. ¿O solo en el trabajo?

—Qué va. Soy una mujer muy dulce aquí donde me ves.

—Puede que no me disgustara todo lo que hizo —admitió al fin con una mueca—. Pero había algo muy raro en su modo de hacerlo.

—¿Raro? ¿En qué sentido?

—Era como si estuviese actuando para alguien más. Me dio escalofríos.

—No pareces una chica que se asuste con facilidad —resolvió Raquel—. Mantente lejos de ese tío. No te conviene, créeme.

Alicia asintió, se miró unos segundos en sus ojos de depredadora en excedencia y se mordió el labio inferior con los incisivos. Sacó una tarjeta de su mochila, garabateó algo y se la entregó.

—Mi móvil. Por si alguna noche te apetece salir conmigo. A tomar algo. O a lo que surja. Me debes una historia sucia, detective.

La rubia universitaria giró sobre sí misma y se alejó elástica de vuelta a su aulario. La siguió con la vista hasta la puerta. Cuando desapareció tras esta, rompió su tarjeta. La chica era un caramelo. Pero Raquel lo que menos necesitaba en aquel momento era un clon de sí misma con diez años menos.

Se zampó un sándwich en un bar del campus mientras pensaba en las costumbres sexuales del dentista. Un hombre frío que quema. Un hombre que ata y azota. Un hombre que *actúa*. ¿Un hombre que tortura y mata? Sintió un repeluzno al imaginar a Ava y Vidal juntos en aquella habitación de hotel. Miró la hora y pagó su cena. Subió a la moto y condujo hacia el hospital. Iba a pasar aquella noche junto a Marian. La extrañó con fuerza mientras rodaba hacia allí.

No más bocas. No por hoy al menos. Hoy empleo la mañana entera en visitar mis otras tres consultas. En despachar con mis colegas y empleados, entrevistar nuevos candidatos, consensuar las promociones comunes, redistribuir a algunos de mis subordinados. El dóctor Gámez pasará a la clínica de Gran Vía, mientras que Rocío ya trabaja desde hace un mes en la del Centro Ecquo. Cambios de ubicación previsibles y una nueva inversión en personal dada la curva alcista del negocio.

Cuando termino las entrevistas de trabajo y dilucido a los elegidos para debutar en la arena odontológica, una labor sencilla, pues una pequeña parte de de ellas y ellos son recién licenciados y proceden de la lista proporcionada por Ojeda, me despido de Marisa y conduzco hasta la mansión del Carrascal, al fin heredada sin cargas por mi mujer.

Despacho junto a Amalia el almuerzo que nos sirve la nueva criada, mi esposa se encuentra agotada por el esfuerzo de rehabilitar la casa. Ha hecho tirar tabiques, pintar paredes, amueblar con mimo las nuevas habitaciones destinadas a nuestros futuros retoños. Los trámites ya están en marcha y para el verano recibiremos a la pareja de niños ucranianos que vendrá a completar nuestra vida. Ser un futuro padre es algo que me causa asombro, desazón incluso; pero no puedo decírselo a ella, menos aún contrariarla en ninguna de sus proyecciones. Amalia afronta la espera en un estado de profunda febrilidad y entusiasmo.

Hoy me pidió que le hiciera el amor durante la siesta. Apagó las luces, se tumbó desnuda sobre la cama boca abajo, y aguardó a que la montara. Lo hice sin reparos. Lo hago siempre que ella me lo reclama. Una vez al mes los meses buenos. Con los ojos cerrados, recibió mis acometidas concentrada y en perfecto mutismo. Lloró un poco cuando me vacié en su interior como suele hacerlo. Nunca gime ni da la más mínima muestra de placer que yo pueda percibir en la oscuridad. Igual que durante los años de copulación mecánica y asidua en busca de un embarazo imposible. Durante todo ese tiempo pensé que era anorgásmica. Al menos durante la coyunda. La había visto correrse en otras circunstancias, y siempre gracias a la masturbación que practica en esos momentos puntuales. Pero últimamente también disfruta del coito. Amalia goza en silencio pero con brutalidad. A veces se muerde los labios hasta sangrar o se clava las uñas en la palma de las manos o en los cachetes de sus nalgas. Se corre de modo anormal, como anormal es su manera de vestir o caminar, como anormal es su aparato reproductor, su cerebro y su temor de Dios. Amalia es una prudente administradora de orgasmos. Con el de esta tarde tendrá para una quincena al menos de recogimiento y santidad. Mi dulce y perturbada Amalia.

Recuerdo el primer día que la traté en el Hospital Universitario de Bellvitge. La sincronía con que reconocí su trastorno visible y Amalia a su vez vislumbró el mío, agazapado en la sombra. La inmediatez con que la defendí de las humillaciones y escarnios de los otros alumnos y alumnas. La literalidad agresiva con que creyó corresponderme. Nuestro hermanamiento instantáneo de entonces. Nuestra causa común primero frente a su padre y luego contra el resto del mundo. Nuestra comunidad de intereses a lo largo y ancho del tiempo. Nuestro amor enfermo e impune.

La impunidad me poseé desde hace semanas. Es la más embriagadora de las sensaciones, la más insólita y al tiempo la más ardua. La impunidad consiste en que tus actos carecen de castigo, no de responsabilidad ni de consecuencias. El primero se elude mediante la manipulación y el secreto. Las segundas devienen de tu propia conciencia moral, y resultan graduables a poco que se intente. La impunidad es aquello que más nos acerca a Dios. Aquello que incluso nos hace emularle en su silencio y en su crueldad sin límite. Lo sé porque no es la primera vez que la experimento. Porque evitar el castigo ha sido mi manera de estar en el mundo desde que tengo uso de razón.

La impunidad, de otro lado, supone belleza y euforia. El sedimento del cambio y la evolución. Eliminar un elemento molesto, un obstáculo que nos impide el libre tránsito, siempre resulta alentador. Como quemar la maleza o extirpar un flemón. Hacerlo de manera que nadie nos pueda implicar en ello, un logro único. Más aún si sus efectos resultan benéficos en un sentido plural. Si las consecuencias de tus actos culminan en liberación para ti y los tuyos, entonces la impunidad supone armonía en la mutación. Una catarsis que borra la finitud de un golpe y nos trasciende, que colma la existencia de un sentido nuevo y mejor.

He decidido tomar la tarde libre. Así que, tras una reparadora siesta y un par de horas de estudios náuticos en la biblioteca, acudo al club. Aparco mi todoterreno nuevo, mi viejo Audi estaba ya muy rodado, por no hablar de la zurrada caravana que hice desguazar el año anterior, y paseo mi gozosa impunidad por las instalaciones. Recibo parabienes y saludos de mis iguales. Me dirijo a los vestuarios y me cambio entre sonrisas amistosas. Ayer compré una nueva raqueta de pádel. De precisión más que de potencia. Hoy la partida será en una pista individual. El cardiólogo Ojeda, mi oponente, me aguarda en la cancha haciendo un tanda de ejercicicos aeróbicos. La partida o más bien el entrenamiento, consiste en una sucesión de pelotazos que el abuelo intenta cazar de volea sin excesivo éxito. Eso sí, Ojeda saca con clase y es un buen *sparring* para practicar el resto. El campeonato individual empezará en una semana y ya me he apuntado en la lista. Mucho se tienen que torcer las cosas para que no me lleve ese trofeo a mi casa. En cuanto al campeonato por parejas, aún aguardo en vano una llamada de Bosco para presentarnos juntos a la liza. Una llamada que sé a ciencia cierta que no se producirá pese a que nuestra unión no encontraría rival digno de ese nombre en el torneo.

Ni siquiera ha visitado el club desde que salió de la cárcel. Apenas sé de él por lo que me cuentan Uncio y Ojeda, y lo que cuentan es una crónica previsible y aburrrida en torno a la hipocresía, el remordimiento y la punición. Su esposa al parecer no le ha tolerado el regreso al hogar. Sus hijos le han negado el perdón y hasta el trato. Su socio en el estudio de arquitectura le ha orillado en el trabajo. Sus colegas, amigos y compañeros de secta le han vuelto la espalda. De adalid ha pasado a fístula de su clase social. Se encuentra solo y confuso. Devorado por la culpa, el magma y el misterio del cambio, en plena disposición para esa fuga suya tanto tiempo postergada. Puede abandonar familia, trabajo y entorno. Escapar de convencionalismos y volar en plenitud. Mientras, me regodeo en el secreto favor al amigo: desnudar al Rey y darle alas para su huida, su venganza, su sueño. Una experiencia inflamada de sentido. Por desgracia, mi intervención en esa nueva vida de Bosco deberá permanecer oculta. Pero no por ello me encuentro más satisfecho de su consecución. Ni menos anhelante de su deriva final.

Ojeda me conduce al bar tras nuestro paso por los vestuarios. Ambos nos acodamos en la misma esquina de la misma barra donde antaño lo hiciéramos mi buen amigo y yo. El mismo ventanal e idéntica estampa marinera por punto de fuga. Por ser igual, hasta el motivo de nuestra conversación versa sobre semejante asunto al de mis últimas charlas con Bosco.

—Debo darte la enhorabuena, Daniel —sonríe Ojeda con una copa de mosto en la mano—. El Vicario me hizo saber que ha recibido tu carta.

—Fue un honor redactarla en los términos que me indicaste —devuelvo la sonrisa por encima de la espuma de mi cerveza—. Gracias, José Antonio.

—No hay de qué. El trámite de admisión suele tardar en torno a medio año. Pero ya eres candidato oficial a miembro del Opus Dei.

—Pité al fin.

—Pitaste, chico. Amalia no cabrá en sí de alegría.

—Así es.

—Su difunto padre sería igualmente feliz con tu decisión.

—Me consta que lo sería —digo en tono soñador.

—Me gustaría, como ya te adelanté, que tras superar la formación inicial, entres a formar parte de mi grupo. Que me aceptaras como encargado y coordinador. Como humilde guía para tus primeros pasos en el Camino.

—Nada me hará más feliz.

—Además, no sé si sabes que hemos tenido una baja. Bosco Riera.

—¿Ha sido...?

—Se le ha recomendado la dimisión con caridad y delicadeza. Además, su esposa ha solicitado recientemente la nulidad matrimonial al Tribunal de La Rota.

—Me entristece oír eso. De hecho, creo que Bosco no perdió nunca su Fe pese a todo lo sucedido. Ni mucho menos el amor por su familia.

—Esa Fe y ese amor deben demostrarse. A Dios rogando y con el mazo dando, Daniel. El regreso a la buena senda siempre estará en su mano.

—Rezaré porque así sea.

Ojeda vacía su mosto, se limpia los labios con una blanca servilleta de tela, me escruta con sus ojillos color ceniza, su aguerrida benevolencia de predicador.

—Ahora la pregunta es qué esperas de la nueva vida que te aguarda, Daniel. Ser supernumerario es un honor pero también una responsabilidad para ti y tu futura familia.

—Espero que Dios me bendiga con su amor, más aún si cabe. Espero que mi trabajo y mi vida familiar sean camino de santificación. Espero ser digno de mis hermanos. Ofrecerles mi esfuerzo y mi sufrimiento. Ser generoso en la alegría y coherente en el dolor y la disciplina que implica nuestro compromiso con la Obra de Dios.

—Yo no lo hubiera dicho mejor. Pero mi pregunta no era un examen, Daniel. Me gustaría saber qué esperas de un modo llano, sincero.

—Espero la paz, José Antonio. Espero y aspiro a que la paz reine en mi corazón.

A Coco el fin de semana se le hizo eterno. Como todos en los que no tenía a Bruno a su cargo; pero aquel incluso más. Sabía que Nuria y su nueva pareja le habían llevado con ellos a Lanzarote. El chaval lo pasaría en grande tirando piedras a las gaviotas y chapoteando las olas templadas en la playa de Matagorda. O en la de Los Pocillos. Bruno estaba siempre a sus anchas en la proximidad del agua. Como si su mente absorta no precisara la menor explicación para aceptar el mecanismo esencial de ese elemento. Así fuera un río, un lago o la vastedad del mar.

Bruno disfrutaba como un animalito y Coco disfrutaba a su lado con tan solo verlo existir. Enseñarle a nadar fue una manera de comunicarse con él cuando era pequeño, y bañarse a su lado seguía siendo un ritual de alborozo y comunión entre ellos dos. Allí aún hacía demasiado frío para bañarse en la playa; pero se prometió que el fin de semana próximo lo llevaría a la piscina. O quizá a un balneario con aguas termales. Podía mirar por internet a ver si cazaba alguna oferta de invierno. Quizá lo hiciera si lograba salir de la cama.

Había vadeado el sábado gracias al alcohol y la televisión por cable; pero ahora la perspectiva de aquel largo domingo por delante, aquella suma de horas de inútil espera estirándose ante su conciencia se le atragantaba como un chicle *bazooka*, anacrónico y gomoso. La puñetera resaca no ayudaba. Resaca de dos días puesto que el viernes, tras abandonar la Jefatura, se agarró un veloz pedal mano a mano con Zafra a base de tequila y frustración conjunta. Tras la ingesta, empaquetó a su compañera medio inconsciente en un taxi y caminó su propia borrachera hasta la cama, se acostó en esta sabiendo que el día siguiente no iba a ser mejor. Y allí seguía ahora mismo. Arrebujado entre sus sábanas transpiradas, extrañando a su hijo, celando a su exmujer y consumiendo agua y analgésicos a fin de que se le bajara la torrija de una maldita vez.

Se metió una ducha fría para complementar el tratamiento de choque. Desayunó pan con mantequilla y café. Una, dos tazas, tres. Se fue con la cuarta hasta su pequeño despacho y prendió el ordenador. Leyó y releyó el informe forense definitivo de Salgado y el provisional de Zafra sobre la investigación del asesinato de Micaela Fernández. Visionó luego la secuencia de grabaciones en vídeo que Cremades había editado *ex profeso* para presentar a la juez. Esa puta nariz por pista, única e insuficiente. Aquel caso se planteó de mala manera desde el principio y estaba convencido de que era el principal responsable de ello. Se había obcecado con la culpabilidad del arquitecto y dejó de prestar atención a otros detalles que podían proporcionarle alguna idea sobre la identidad del asesino. Sobre cómo dar con esos rasgos que acabaran por completar el rostro del hombre de la bolsa.

No obstante, Coco albergaba una certeza. Única como aquella nariz anónima pero valiosa si perseveraba en ella. Si no había sido el arquitecto el victimario, alguien muy cercano a él lo fue. Alguien que se había molestado en cumplir las órdenes rituales del otro en aquel *e-mail*. Alguien igualmente zurdo que había degollado a Micaela a fin de ahorrarle el dolor de la brutal agresión posterior. Alguien que se ocupó de preservar su identidad frente a las cámaras de vídeo callejeras pero que, sin embargo, se acostó con Micaela y eyaculó en su interior salvando así al arquitecto de la condena y exponiendo su culpabilidad. Alguien que contaba de antemano con no ser relacionado con la víctima, porque nadie los habría visto juntos en público y porque se comunicaba con ella mediante un móvil prepago. Alguien lo bastante inteligente y lo bastante loco al tiempo para esconderse y dejar su rastro genético tras de sí, plantear aquel juego sádico y enrevesado. Aquel acertijo en el que Bosco Riera era diana y títere y pista única para su solución.

Resolvió ponerse en marcha tras un almuerzo tardío. Se vistió y tomó su coche. Condujo hasta las afueras y buscó la dirección del apartamento que López había localizado seis días antes. Estacionó frente al bloque y aguardó. Imaginó al tipo que se mudó solitario a aquella finca apenas una semana atrás. La exculpación no le había salido gratis. Su mujer lo expulsó del hogar familiar. En su estudio de arquitectura aseguraban que estaba de vacaciones. No respondía al móvil. En esas, Perico pasó frente a él y le hizo una señal.

Coco salió del coche y cruzó la calle desierta en la soledad lánguida de un domingo por la tarde. Curioseó en el portero automático, apenas dos nombres en el panel de veinte domicilios, y presionó el botón del sexto sin respuesta. Coco insistió. Sabía por Zafra que el arquitecto había viajado esa mañana temprano hasta un coto privado familiar en Albacete y salido de caza, pero que ya estaba de vuelta en su nuevo hogar. La voz de Riera emergió al cabo del aparato, rasposa y sorprendida:

—¿Quién?

—Policía. Inspector Cocoví.

Un largo silencio quebrado por el zumbido de la apertura electrónica. Cuando Coco salió del ascensor, el arquitecto le aguardaba en pie junto a la puerta del piso. Sombrío, expectante, algo más delgado que cinco semanas atrás. No se movió del umbral ni hizo ademán de invitarle a pasar al interior cuando el policía llegó hasta su altura.

—¿Qué quiere de mí?

—Conversar con usted, señor Riera. Tenemos un asunto pendiente. ¿No cree?

—Ahora soy señor, qué curioso. Ya no soy el mierdecilla ni el artista. Ya no soy alguien a quien se zarandea o amenaza. ¿En serio cree que voy a hablar con usted?

—No tiene obligación de hacerlo si no lo desea. Lamento haber cometido un error con usted, pero estaba convencido de que era el asesino.

—¿Lo lamenta? Más lo lamento yo. Ustedes me han jodido la vida. Usted y esa juez que me mandó a la cárcel. Me la han partido por la mitad.

—Usted se bastó solo para eso. Encontró muerta a su amante en el piso que le pagaba y desapareció de la circulación durante más de dos horas. ¿Qué se supone que debíamos hacer? ¿Darle un trato exquisito?

—No. Con un trato correcto y mi presunción de inocencia me hubiera bastado. Quiero que se quite de mi vista, inspector.

—¿No quiere ayudar a encontrar al asesino?

El arquitecto negó con la cabeza, firme y huraño.

—¿Tan poco le importa, Bosco? —La voz de Coco sonó más incrédula que indignada—. ¿No quiere justicia para esa chica a la que tanto decía amar?

—No, no quiero ayudarle a usted. Usted es un incompetente, además de un reverendo hijo de puta.

Coco endureció el gesto, lo desafió con los ojos.

—¿Y tú qué eres entonces, pijo de mierda?

El arquitecto le retribuyó con una mirada fría.

—La víctima de una conspiración.

—Mira, te voy a dar la razón en eso. Alguien te tiene en el punto de mira. El mismo que se llevó a Ava por delante. Razón de más para que colabores.

—Olvídeme, inspector. No se vuelva a acercar a mí o le denunciaré.

—Si cambias de opinión, ya sabes dónde encontrarme.

Riera no respondió ni se movió del sitio hasta que lo vio desaparecer dentro del ascensor. Coco abandonó la finca, entró en su coche y se dispuso al acecho. Quizá saliera o recibiera visitas esa tarde al margen de la suya. Hubiera deseado olvidar a aquel meapilas hipócrita y soberbio, tal y como él mismo le solicitó; pero el recuerdo de la muchacha muerta lo impedía. El recuerdo de ella y el trazo difuso de la bestia que la asesinó. Y la vigilancia extrajudicial que, con la ayuda voluntaria de los miembros de su unidad, había dispuesto a su alrededor. Riera no salió ni recibió más visitas durante esa noche.

A las ocho de la mañana siguiente, Coco estaba tomando café en La Tarara. Echó un vistazo al periódico que vegetaba abierto sobre la barra; hoy no venía publicado ningún artículo de Matoses. El interés por el asesinato de Micaela Fernández parecía haberse diluido por completo con la salida de prisión del arquitecto.

En la oficina Zafra, Perico y López le aguardaban excitados y apiñados frente al ordenador de la novata.

—Decidme que es una buena noticia.

La agente, ojerosa pero triunfal, le mostró el monitor.

—La descubrí anoche. Una grabación de hace algo más de tres meses en una gasolinera de las afueras. Mira a este tipo.

La imagen borrosa y ampliada fue cobrando poco a poco nitidez en la pantalla: el hombre de la bolsa solo que esta vez había olvidado la bufanda. Bajo la gorra y las gafas anticonstitucionales podían apreciarse sus mejillas bien rasuradas, la boca de labios finos arqueada en una leve sonrisa sobre un mentón vulgar.

—Está comprando un móvil prepago. Aquí se ve cómo el empleado le entrega el *pack*. Tenemos fecha y hora de la grabación —le ilustró Cremades.

—Enhorabuena, niña —Coco le apretó un hombro a una sorprendida y halagada agente López—. Perico y tú, id para allá y sacadles el número de ese móvil.

—¿Y si se ponen bordes? —protestó Zafra—. No tenemos orden, Coco.

—Tenemos boca, nariz y barbilla. Solo nos faltan los ojos. Si el número de ese móvil coincide con la llamada que atendió la víctima, estaremos por fin a un paso de él. Grabad esas imágenes en un *pen* y nos vamos al juzgado.

—¿Y con quién hablamos? La juez Linares sigue aún en el hospital.

—¿Y cómo se encuentra?

—Le controlaron el nivel de azúcar y la han pasado a planta este finde.

—Iremos a visitarla entonces. Andando.

Marian Linares había adelgazado más de siete kilos en una semana. Morales, el secretario de la juez, les informó en el pasillo de su estado antes de hacerles pasar a la habitación con el ruego de que fueran breves. Coco tragó saliva al ver a aquella mujer enérgica embutida en el camisón azul claro y postrada en la cama hospitalaria. Así que los bastoncitos bucales, los ojos midriáticos, la escualidez y el decaimiento tenían el nombre de la repajolera enfermedad. Lo sospechó en algún momento pero había alejado la idea de su cerebro como se apartan los presagios de mal agüero.

A Zafra también se le había nublado la expresión ante el rostro y el cuerpo de repente consumidos que tenían frente a sí. Coco acarreó el ramo de rosas que había comprado en la entrada del hospital hasta la mesita auxiliar y lo depositó allí con delicadeza.

—Qué detalle, señores —dejó ir la juez con una sonrisa transparente.

—Señoría, son para desearle una pronta recuperación. También quisiera pedirle disculpas por mis modales del otro día.

—Se me disparó el azúcar. Ustedes solo pasaban por allí. Pero me alegro de verlos. Siéntense un rato. ¿Qué me cuentan?

Coco le expuso la nueva pista en el caso de Micaela y le solicitó el permiso de registro que necesitaban. Marian Linares les aseguró que su secretario se lo conseguiría. Así como la colaboración del magistrado que la sustituyese en la instrucción.

—Usted tenía razón, ¿sabe? —agregó la juez mirando al inspector—. Es feo tener que bajarse del tren en marcha. Detengan al animal que mató a esa chica. Háganlo por mí.

—Descuide usted, Marian.

—Cuídense mucho, los dos.

Se despidieron de la mujer con sendos besos y salieron del cuarto, silenciosos y diezmados. Una vez en el pasillo, Zafra blasfemó, le agarró por las solapas y le puso perdida de baba y lágrimas su corbata. El inspector Cocoví no supo qué hacer con sus manos. Finalmente, las depositó sobre las mejillas de su compañera y se las achicó con torpeza y un pañuelo bajo la mirada igualmente acuosa del secretario Morales.

Bosco observa el trazado del puerto deportivo en la lejanía mientras el yate costea frenta a una playa de algas negras. Eleva luego los prismáticos, el gálibo irregular de la ciudad con su fachada marítima despareja le parece una amenaza torva y asimétrica. Acodado en la borda, vuelve la vista hacia José Antonio Ojeda con el timón entre las manos. Su exencargado de grupo lo había convocado esa mañana temprano para uno de sus sermones camuflados de paseo marítimo. La homilía seglar versó en esta ocasión sobre la demanda de nulidad matrimonial interpuesta por Lourdes.

El cardiólogo había ejercido de paño de lágrimas de su esposa, amén que de consejero, desde su ingreso en prisión. Y ahora lo hacía de mediador entre ambos cónyuges. Ojeda jugaba a dos bandas y su propuesta para Bosco fue que no se opusiese de modo frontal a los primeros pasos dados por ella, tal y como era su previsible intención, sino que aguardase paciente a que las dificultades y la lentitud del proceso eclesiástico la obligasen bien a replanteárselo, bien a desistir del mismo. Ese sería el momento idóneo, según el cardiólogo, para que hiciese valer sus derechos y plantease su humilde regreso al hogar conyugal con el rabo entre las piernas, esto es, mediando una sincera solicitud de perdón por sus pecados y agravios maritales.

La Fe y el perdón habitaron su discurso y su consejo con el horizonte marino por telón de fondo, del mismo modo que apenas una semana antes lo hicieran para solicitarle su dimisión como supernumerario de la Obra. Al igual que en esa ocasión, aceptó la propuesta. A cambio, Ojeda se comprometía a disuadir a Lourdes de solicitar el divorcio civil. Se preguntaba cuál habría sido el consejo paralelo del cardiólogo a su esposa. Acaso perseverar en su desprecio. Seguir humillándolo, ignorándolo, poniendo trabas para que se viera con Juan y Pablo. Al menos, eso sí había conseguido hacerlo desde su puesta en libertad, retomar el trato con sus hijos. Maritina, Lou y Berta, cobijadas bajo las vengativas faldas maternas, se negaban por el momento siquiera a ponerse al teléfono; pero Pablo y Juan accedieron a hablar con él y reiniciar así una relación que nada ni nadie iba a destruir.

El yate atraviesa la bocana del puerto y los aromas de la sal y la brea se intensifican de repente en el aire de la media mañana. Bosco desea echar pie a tierra en cuanto atraquen en el pantalán y perderse en dirección al aparcamiento pero, una vez más, Ojeda reserva otros planes para él.

—¿Tienes algo urgente que hacer?

—¿Por qué lo dices?

—Había quedado para jugar una partida de pádel con Daniel Vidal, pero la verdad es que estoy fatigado. Me preguntaba si podrías sustituirme.

—¿Vidal? No he sabido nada de él en este tiempo. Igual que de la mayoría de mis presuntos amigos y exhermanos. Para ellos soy ahora un apestado.

—No seas así. Yo no te he evitado, más bien al contrario, y Daniel me pregunta por ti cada vez que lo veo, que es bastante a menudo. Ya te conté que al final conseguimos que pitara y pronto estará con nosotros en el grupo.

—Me alegro por vosotros pues. Todo un fichaje.

—Ese chico siente por ti verdadero afecto e interés. No deberías cerrar las puertas a la gente que te aprecia.

Bosco permanece pensativo mientras el cardiólogo culmina la maniobra de atraque. Tiene la bolsa de deporte y la raqueta en el auto. Acude a diario a un centro deportivo vecino a su nuevo domicilio desde que salió de la cárcel y Lourdes le negó la vuelta a su propia casa. También ha salido un par de mañanas de caza con su hermano Paco para practicar su puntería e intentar recuperar la forma perdida durante su encierro; y una partida con el sacamuelas no le vendría mal para ello. Resuelve aceptar la oferta de Ojeda y sustituirlo en el juego. El cardiólogo, satisfecho, apaga el motor, ancla el yate y desembarca junto a Bosco.

—¿Sabes que voy a comprarme un barco nuevo?

—¿Y qué vas a hacer con este?

—Ya lo tengo vendido.

—¿A alguien que yo conozca?

—Daniel. Está sacándose el permiso de patrón.

Vidal parece estar en todas partes de repente. Omnipresente y renovado. Casa rehabilitada, yate de segunda mano, futuro miembro de la Prelatura y nueva pareja de pasteleo espiritual de Ojeda. El sacamuelas ha sabido capitalizar con ventaja la herencia de su esposa, ya lo hizo a su manera aún en vida del viejo Romero. Así como su ausencia carcelaria. Vidal, el dentista pardillo que él mismo prohijó con generosidad en aquel club, parecía haber ocupado ahora su propia vacante con sus nuevas maneras de cazadotes trascendente.

Ojeda atraviesa la marina a su lado, bordean juntos el *yatch-club* y acompaña a Bosco hasta las pistas en un gesto de solidaridad que lo honra. Los miembros del club que se cruzan en el trayecto le escatiman el saludo tras mirarlo con sorpresa o censura, algunos condescienden a una leve inclinación de cabeza, la mayor parte se pone de perfil sin más. Impermeable a las muestras de rechazo, Bosco Riera avanza con la cabeza alta al lado del cardiólogo.

Vidal aguarda sentado frente a la pista de juego, pensativo, con un botellín de agua entre las manos. Se levanta como un resorte al verles llegar y se planta frente a Bosco con los brazos abiertos en cruz. El arquitecto vacila por un instante, el contacto físico con otros hombres siempre le ha causado una leve repugnancia. Se sobrepone a ella, acepta el abrazo e intercambia un palmeo de espaldas con el sacamuelas, que lo toma por los hombros y le sonríe luego con lo que se diría un rubor de exaltación fraterna.

—Qué alegría. No sabes cuánto se te ha echado de menos.

—Gracias, chico. Debes haber sido el único en hacerlo.

—Prefiero no darme por aludido —interviene Jose Antonio Ojeda, socarrón—. Daniel, Bosco va a sustituirme como tu rival, si no tienes inconveniente.

—Cómo iba a tenerlo.

—Anda, disfrutad un rato juntos y tú, olvida los problemas —recomienda el cardiólogo en tono paternal a Bosco—. Y recuerda lo que hemos hablado. Estamos en contacto. Os dejo jugar, chavales.

El cardiólogo se aleja y Vidal le cede el paso para que entre en la pista. Bosco acepta silente y hace unos breves estiramientos antes de empuñar la raqueta y responder a la primera bola que le lanza el sacamuelas con un *smash* envenenado. Juegan durante hora y media con intensidad y hasta una cierta violencia latente. El sacamuelas no ha perdido el tiempo tampoco en la pista y lo demuestra haciéndole sudar de lo lindo e imponiéndose por dos sets a uno. No es la primera vez que le gana. Recuerda la ocasión anterior en que el otro lo hizo. En realidad no ha podido olvidarla, pese al tiempo transcurrido. Y no solo por el escozor de la derrota, que también. Cuando salen de la pista, Vidal emprende el camino de los vestuarios pero Bosco guarda su raqueta y le tiende la mano.

—Prefiero ducharme en casa. Un gusto jugar contigo. Ah, y felicidades.

Vidal lo mira desconcertado mientras sacude su mano.

—¿Por qué?

—Por tu nuevo barco.

—Ah, eso. Solo un capricho. Aún no tengo ni el título de patrón.

—O por tu solicitud de ingreso en la Obra. Parece que finalmente optaste por el cielo en vez de por el purgatorio, ¿eh, sacamuelas?

—Te lo ha contado José Antonio. Hubiese preferido ser yo mismo quien te diese la noticia. Tuviste mucho que ver en esa decisión —afirma con una sonrisa modesta—. De hecho, pensé que tomaríamos algo juntos. Podríamos hacerlo en otro sitio si el club no te resulta cómodo, Bosco.

—No, gracias. Tengo asuntos que atender.

—En cualquier caso, quiero decirte que he sentido mucho todo lo que te sucedió. La muerte de esa mujer y el calvario que has tenido que pasar luego.

—Tú la conociste, ¿recuerdas?

—¿Cómo dices?

—Era la mujer que te mandé a la consulta.

—¿La secretaria de tu estudio?

—Sí. Eso te dije pero era ella. Micaela Fernández. ¿No caíste en la cuenta cuando citaron su nombre en la prensa?

—No, traté de no leer toda la basura que salió publicada esos días.

—¿Ni tampoco cuando publicaron fotografías suyas?

—Ya te digo que evité mezclarme con el morbo y la maledicencia que se desató con tu detención. Yo siempre te supe inocente.

—¿Ah, sí? ¿Y cómo podías estar tan seguro?

Vidal le estudia el rostro, calculador. Parece sopesar el sentido de la pregunta. El arquitecto aguarda, impertérrito.

—Tú no matarías a una mujer indefensa con esa bestialidad, ese sadismo. No eres ningún desalmado.

—¿Conoces a alguien con quien compararme? —inquiere entonces Bosco con los ojos clavados en el cuello del otro—. ¿A algún desalmado capaz de algo así?

—Te conozco a ti. Crees en Dios. Eres un buen hombre.

Bosco se muerde la cara interna de los labios, esboza una turbia sonrisa.

—Gracias por tu apoyo, chico. Ya hablaremos otro día.

—Cuando tú puedas y quieras, amigo.

Ajeno a la expectación que ha despertado su charla a media voz con el dentista en las pistas vecinas, Bosco da media vuelta y enfila el pasillo central de la zona de juego con sus amplias zancadas de autómata, busca la salida lateral del club camino del aparcamiento. No soporta un segundo más la expresión pacata y lameculos del otro, su condescendencia de fondo y forma. Su doblez de repente manifiesta. Claro que se había acordado de él en este tiempo. Primero en prisión y luego en la calle. Lo recordaba pero no exactamente por motivos amistosos, sino como parte de la trama que le obsesiona sin remedio desde la muerte de Ava. Aquella conversación en el club un par de meses atrás regresaba a su cerebro como un *leitmotiv* en cuanto se ponía a repasar sus propias pistas para resolver el complot.

Esa tarde habían jugado también en una pista individual y el sacamuelas le hizo morder el polvo por primera vez de modo irreprochable pegándole a la bola a dos manos con precisión y agresividad espectaculares. Aceptó a regañadientes la derrota y una ducha fría le quitó la mala índole. Luego charlaron en el bar del club como de costumbre y la visita de Ava a la consulta del otro había salido de modo natural a la conversación: «Esa secretaria de tu estudio tenía una fisura en un molar. Nada serio pero el dolor puntual es muy intenso. Con la obturación de la cavidad y la medicación confío en que habrá podido reincorporarse al trabajo». «Está como nueva. Me dijo que la atendiste de lujo. Te lo agradezco». «No hay por qué. Los amigos estamos para echarnos un cable». «Te debo una, Daniel». «Muy guapa esa secretaria. Debe costar lo suyo mantener la concentración con ella revoloteando cerca en el trabajo». «Una mujer de bandera, sí, pero yo no pierdo el oremus por unas faldas así como así. Ni en el trabajo ni fuera de él». «Más vale prevenir a veces, Bosco, anticiparse a los problemas y extirpar la pieza sana en apariencia antes de que cause dolor».

Bosco no entendió aquella frase entonces y seguía sin hacerlo dos meses después. Seguía provocándole un extraño vértigo cada vez que la rebobinaba en su cerebro adherida al rostro de Ava, a su expresión burlona, a la risueña respuesta ante su interés por su visita al dentista: «Me atendió de maravilla. Es simpático tu amigo y trabaja muy bien con las manos». Y ahora, tras haber visto su cara y escuchado sus palabras de consuelo, la sospecha crecía en su interior, inconcebible pero poderosa. Vidal, con un flamante escapulario plateado de la Virgen del Carmen idéntico al suyo en el cuello, tan preciso en su golpeo con la zurda como con la diestra, tan falto de motivos para el crimen, escalaba puestos en su listado de sospechosos. En el pódium de su venganza. Donde alguien iba a subir tarde o temprano a lo alto más alto del pedestal.

Raquel entró en la oficina de la agencia, sigilosa. Eran las ocho de la mañana y acababa de cambiar su turno en el hospital con el Decano Buigues. Contaba con tener al menos media hora de tranquilidad para huronear a su aire antes de que el recinto empezara a poblarse con la presencia de Gloria y de sus compañeros; Maqueda no aparecía nunca antes de las diez. De modo que, cuando el viejo carraspeó protocolario a su espalda, casi le da un vahído.

—Qué madrugadora, pelirroja.

—No podía dormir y… —empezó a improvisar.

—¿Cómo está Marian? —la interrumpió el otro con sequedad.

—Jodida. Pero mejor que hace un par de días.

—Me alegro. Anda, pasa a mi despacho. Te estaba esperando.

Caminó remolona tras los pasos de Emilio y se sentó frente a su mesa con su mejor expresión de niña modosa. Engañó a Maqueda tanto como un trilero con artritis.

—Borra de tu cara ese aire de inocencia, pelirroja, no te pega nada. Y dime: En el tiempo que llevas trabajando para mí, ¿se te ha ocurrido alguna vez la posibilidad de dármela con queso?

—No sé a qué te refieres, jefe. En serio.

—Amalia Romero. Daniel Vidal. Micaela Fernández. ¿Sigo o ya?

—¿Cómo? ¿Cómo sabes tú…?

—¿Cómo no lo iba a saber? —Maqueda manipuló su ordenador y giró la pantalla para que ella pudiera verla—. Por cierto, a mí también me gusta guardar copia privada. Mira esta con atención.

Las imágenes de un oscuro pasillo empezaron a sucederse ante los ojos de Raquel hasta alcanzar una alcoba alumbrada por el resplandor de un neón rosáceo. Pudo distinguir sobre la cama del cuarto, el cuerpo maniatado e inerte de una mujer desnuda con el cráneo destrozado antes de que la imagen se disolviese.

—¿De dónde has sacado esta grabación?

—La hice yo mismo. A petición de un cliente preferencial, la tarde del asesinato entré en la casa y grabé el escenario del crimen. El cliente no se fiaba de que un amigo le estuviera diciendo la verdad.

—Tu cliente es el abogado de Riera.

—Y a partir de ahora, también el tuyo. José María Uncio se llama.

—¿Desde cuándo estás al corriente de que investigo a Vidal?

—Desde que empezaste. El Toshiba que heredaste llevaba un regalito dentro. Te he permitido ir a tu bola con este asunto. Hasta ahora. Imbernón y Merceditas te echarán un cable. Quiero un nuevo informe sobre Vidal a última hora de la tarde. Uno que recoja lo que no supiste ver en el anterior.

—¿Para el abogado?

—Ajá. Tenemos reunión a las ocho. Con el informe sobre la mesa.

Reculó hasta el pasillo con una sonrisa servil bajo la mirada adversativa del viejo. Se sentía pequeña y grande al tiempo. Diminuta por no haber previsto en ningún momento que Emilio pudiera estar en el ajo de aquella historia. Enorme por la posibilidad manifiesta de echar toda la carne en el asador con su consentimiento.

A las nueve en punto estaba reunida con el pitagorín informático y la tremenda descuidera; uno a cada lado de la mesa en la sala de reuniones.

—Tu dirás, Raquel —se ofreció Merceditas—. El viejo nos ha puesto a tu entera disposición.

—Vaya manera de progresar, becaria —apuntó Imbernón, maligno.

—Hay quien progresa espiando a los de su propia trinchera como tú. Y hay quien se mete en camisa de once varas como yo. Pero si me vais a ayudar, que sea de buena onda.

—Pide por esa boca —urgió Merceditas.

—Quiero saber todo sobre el pasado de un hombre. La huella que de él ha quedado en la red y fuera de la red. A ti te toca la de dentro, piratón. Para la de fuera cuento contigo, Mercedes.

Raquel conectó el reproductor de la sala. Desde el monitor, el rostro de Daniel Vidal los miró a los tres de soslayo, atento a algo que emanaba del escote de Raquel tres meses atrás.

—Este tipo es nuestro objetivo. Daniel Vidal Palacios. Treinta y cuatro años. Odontólogo. Casado. Adúltero. Rico. Propietario de una cadena de clínicas. Todo eso lo sabemos. Lo que buscamos ahora es lo anterior. Lo que no se ve.

Imbernón se puso al tajo de inmediato frente a su portátil. Merceditas y ella salieron a la calle y no regresaron a la agencia hasta las seis de la tarde. Con el tiempo justo para coordinar los avances de ambos equipos en la biografía del dentista antes de la reunión con Maqueda y el cliente. Merceditas y ella habían pasado por un seminario, una consulta psiquiátrica y un hospital entre otras instituciones, acababan de meterse entre pecho y espalda doscientos kilómetros cuando tomaron asiento frente al filibustero.

Imbernón se deshacía mientras en sonrisas de suficiencia digital. Tras lanzar búsquedas y recontrabúsquedas refinadas, había optado por mandar un troyano en visita de cortesía al ordenador personal de Vidal como complemento. En unas pocas horas logró reunir toda la información accesible. Desde la foto de su antigua orla de promoción universitaria hasta el reciente borrador de una carta al Vicario Provincial solicitando su ingreso en el Opus Dei. Pasando por su contabilidad familiar y societaria. Movimientos bancarios del año en curso. Última declaración de renta compartida con su mujer. Testamento del viejo Romero y relación catastral de sus propiedades. Presupuesto para las obras de reforma de su casa en El Carrascal y trámites de adopción de una pareja de niños ucranianos. Todo sobre el presente de Daniel Vidal. Nada que rascar con anterioridad al año 91 del pasado siglo, el año de su licenciatura. Su ordenador, el muermo más inocente y desustanciado al que había tenido acceso Imbernón en mucho tiempo. Tanto era así, que dudaba de que fuese su único dispositivo de acceso. Ni una peli porno, ni un juego de rol, ni unas fotos subidas de tono, ningún archivo excesivo, ni siquiera divertido. Su actividad en la red, un aburrimiento de semejante tenor: prensa nacional y extranjera, buscadores turísticos, webs especializadas en odontología. Poco más. Vamos, que había tenido tiempo incluso para atender las directrices de Raquel y buscar crímenes similares al de Micaela coincidentes en espacio y tiempo con la presencia de Vidal mientras Merceditas y ella rodaban doscientos kilómetros en coche atravesando de este a oeste la provincia, y viceversa.

Sin embargo, la visita a Manuela Palacios, la tía materna del dentista, había valido de largo el viaje. Los atendió en el patio de una residencia privada de ancianos. Se mostró sorprendida por la entrevista, no sabía nada de su sobrino desde veinte años atrás, pero sumamente gustosa de prestarse a ella dada su soledad en aquel centro geriátrico. Tenía más de ochenta años, un marcapasos y una sordera recalcitrante pero, por lo demás, gozaba de lucidez y memoria sobradas. A la vuelta de Utiel, pasaron por la hemeroteca municipal y confirmaron los extremos más interesantes de la información proporcionada por la abuela. Hicieron copias de los artículos donde se contenía el germen de aquella historia desde hacía casi tres décadas antes de regresar a la oficina.

Ordenaron allí el material. Primero el presente, gracias a las trapacerías de Imbernón. Luego el pasado, fruto de sus viajes con Merceditas a lo largo de aquel día. Raquel agradeció la ayuda a sus compañeros y se retiró a su ergástula para poner por escrito sus avances. Estaba tecleando afiebrada cuando Gloria le indicó que la esperaban en el despacho de Maqueda.

Un hombre elegante, cuyo anodino rostro le sonaba por asomar a veces en la prensa y cuya reputación conocía de sobra, departía amigable con el viejo cuando ella entró en el lugar. Emilio hizo las presentaciones, ceremonioso.

—Raquel Bonafed, criminóloga, la última adquisición de nuestra agencia. José María Uncio, penalista de prestigio. Defensor, entre otras causas conocidas, del arquitecto Bosco Riera.

—Un gusto, Raquel —dijo el abogado tendiéndole la mano—. Emilio me estaba contando que has descubierto un elemento nuevo en este asunto.

Raquel correspondió formal al saludo y tomó asiento.

—Eso creo. Al principio era tan solo una posibilidad. Fruto de una conexión con un informe realizado hace un par de meses. Pero, conforme vamos haciendo indagaciones, hay varias pistas que apuntan a un probable sospechoso para el asesinato de Micaela. Daniel Vidal Palacios. Odontólogo. Casado…

Uncio hizo un gesto para que se ahorrase las explicaciones.

—Estoy al corriente. ¿Qué tenéis contra él?

—Tuvo una relación con la víctima. Se acostaba con ella a escondidas en un hotel del centro. Con mucha frecuencia durante el mes anterior al asesinato.

—¿Se acostaban? ¿Eso es todo? Muchos hombres se acostaban con ella.

—Vidal es un seductor, un coleccionista en serie de amantes. Su difunto suegro fue quien encargó la investigación sobre él en su propio testamento. Y su mujer no se mostró sorprendida por esas andanzas.

—Ni seducir mujeres ni tener un apaño en ese sentido con su esposa, que de peores se han visto, son delitos. Mucho menos aun recurrir a los servicios profesionales de una escort —la censuró picajoso el abogado—. Emilio me ha mostrado antes las imágenes grabadas de esos presuntos encuentros y carecen de valor probatorio. Nunca se les ve juntos, y todas esas entradas y salidas de una supuesta habitación común se desmontan como prueba por cualquier experto en un juicio. Espero que tengas algo más.

—Vamos a ello. Vidal no figuraba en la agenda escrita ni en la del móvil de la víctima, al contrario que un buen número de personajes ilustres de esta ciudad —Raquel hizo una pausa y observó el rostro impávido del penalista.— Así que tenía otro canal de comunicación con ella. Probablemente el teléfono prepago al que respondió la víctima el día de autos. Además, es ambidiestro. Lo cual le habilita para haber degollado a Micaela tal y como se describe en el informe del forense.

—Especulaciones. ¿Con qué móvil criminal?

—El móvil sería el cumplimiento de un patrón psicopático. Vidal es un sociópata con mucha probabilidad.

—¿Mucha? ¿Cuánta?

—No disponemos de estudios psiquiátricos recientes. Al parecer jamás ha estado en tratamiento en su vida adulta. Pero sí lo estuvo durante su niñez.

—¿Por qué?

—Ese hombre tuvo una infancia sumamente desgraciada. Nació en 1969. Sus padres eran músicos ambulantes. Actuaban con una orquestina propia en verbenas y fiestas populares. Su madre cantaba y su padre tocaba la guitarra y el bajo eléctrico. Ambos eran politoxicómanos. Su padre murió por sobredosis de heroína en el 76. Su madre fue encontrada muerta pocos meses después.

—¿Asesinada?

—Fue hallada con la cabeza destrozada a golpes. ¿Le suena el modus operandi? —Raquel hizo una pausa teatral y prosiguió:— Daniel Vidal, que por entonces tenía ocho años, pasó tres días en compañía del cadáver de su madre antes de que los vecinos avisaran a la policía por el hedor.

—¿Se encontró al asesino?

—Se inculpó a su último compañero y amante. Un alcohólico esquizoide con antecedentes por violación con el que compartía techo, botella y chutona. Y la educación y el cuidado de su único vástago.

—¿Se le condenó en firme?

—A treinta años. Murió en el penal del Dueso en una reyerta hacia 1983.

—¿Y el niño? Vidal, quiero decir.

—El niño Vidal fue recogido por sus tíos. La hermana mayor de su madre y su marido, que vivían en Utiel. La mujer afirma que el final de su hermana no les sorprendió. Según ella, siempre había estado trastornada y la maternidad agudizó su demencia. Al pequeño lo escolarizaron y le proporcionaron asistencia psicológica para superar el trauma. Era un niño obediente y muy listo. Sus tíos le tenían aprecio pero también un cierto miedo por solitario y por bicho raro. Nunca mostró agradecimiento o especial cariño hacia ellos. Vivió en su casa hasta los dieciséis, cuando ingresó en el seminario mayor de Moncada. Abandonó la institución poco antes de hacer sus votos y cursó estudios en Barcelona de la por entonces nueva titulación de Odontología con las mejores calificaciones. Al año siguiente de licenciarse, en el 92, contrajo matrimonio con

Amalia, la hija del dentista Luis Romero, y empezó a trabajar en la consulta de su suegro.

—¿Habéis tenido acceso a los informes psicológicos infantiles?

—Sí. Parece que tiene un cociente intelectual de récord. Por lo demás, según su antiguo psiquiatra, superó el trauma de la muerte materna de manera rotunda. Su memoria no reaccionaba a ningún estímulo referente al asesinato. Borró el hecho de su cerebro. En el seminario también se le recuerda como un alumno modelo y una lumbrera teológica. Le iban las faldas. Esa era su única tacha.

—Y lo sigue siendo ahora. El resto es pura elucubración de alguien que conoce muy de cerca la instrucción sumarial de esta causa. ¿Me equivoco?

—Sí y no. Conozco el sumario, en efecto. Pero ese tipo tiene todos los boletos para ser un sociópata recién salido de su estado refractario.

—¿Micaela acabó con esa latencia, según tú? —intervino Maqueda.

—Puede ser. Solo hemos podido encontrar una foto de su difunta madre. Un cartel publicitario de la época que conservaba su hermana. Mírenla.

Lalo Badulce, el apodo musical de Virginia Palacios, contempló a Uncio y Maqueda desde la bruma y los colores desvaídos de un cartel anunciador de una verbena celebrada en Villarrobledo en 1974: una veinteañera turgente de ojos verdosos con un micrófono en las manos, embutida en un ajustado modelo rojo sangre que hacía juego con la melena que le caía sobre los hombros desnudos.

Los ojos del abogado transitaron desde el cartel al rostro de Maqueda.

—¿Qué opinas, Emilio?

—El escenario del crimen era demasiado bestial y a la vez demasiado sofisticado para que el asesino no fuera algún enfermo. Te lo dije entonces y te lo repito ahora. Y este tipo es nuestra mejor opción. La latencia en esta clase de sociópatas es indeterminada. Puede que Micaela fuera el detonante de su actividad. O puede que matase a su propia madre en su día y haya seguido matando luego.

—Un compañero buscó en la red basándose en cronología y localización. Dio con una desaparición a la que pudo estar ligado en su momento. Mireia Torres. Veintidós años. Una chica de Manresa, compañera de Vidal en el Hospital Universitario de Bellvitge. Desapareció en el 89 y nunca se encontró su rastro. Su familia mantiene aún una web con su nombre con la esperanza de que un día vuelva a casa. ¿Quiere verla?

Uncio renegó en silencio, tamborileó sobre la mesa con los dedos de su mano derecha, miró a Raquel y Maqueda, suspiró:

—En resumidas cuentas, he aquí una apasionante historia que carece de toda base penal para acusar del asesinato de Micaela Fernández a ese hombre.

—La juez del caso debería juzgar por sí misma, ¿no cree?

—La juez Linares lamentablemente está de baja por enfermedad —respondió Uncio—. Y, en cualquier caso, ¿cómo justificar un cotejo de los restos biológicos hallados en el cadáver de la víctima con el adn de Vidal?

—Nosotros no podemos entrar ahí —señaló Maqueda—. Deberíamos informar a la policía.

—Está bien. Pero antes déjame consultarlo. Ya sabes que no soy yo quien paga tu minuta.

Raquel iba a protestar, pero Maqueda se adelantó con firmeza:

—Adelante. Esperamos tu llamada. Y felicidades, detective. Una excelente investigación.

Raquel sintió el impulso repentino e inexplicable de besar al viejo. También quería estrangular con sus propias manos a aquel abogado por sus reservas de toda índole. Reprimió ambos pronto.

—Gracias, Emilio. Ahora tengo que dejaros. Me esperan en un hospital.

Zafra desconocía cuáles eran las presuntas virtudes de aquel menda como arquitecto. Por lo visto, diseñar casoplones en las zonas residenciales de la ciudad para millonetis de su misma ralea y capacidad adquisitiva. En su opinión, aquellas mansiones pretenciosas carecían del menor gusto. Al menos las que ella había visto, y llevaba unas cuantas en aquella investigación, eran unos mazacotes trapezoidales de vistosos ventanales orientados al norte en mitad de extensas parcelas ajardinadas donde no faltaban pérgolas *vintage* ni amplias piscinas climatizadas. Desperdicio espacial y ostentación gratuita era lo que caracterizaba el trabajo de Bosco Riera a los ojos escépticos de Zafra.

Pero debía reconocerle un mérito de su gusto a aquel majadero, al volante de su todoterreno era habilidoso. Conducía con maña a notable velocidad. Era el inevitable tocapelotas que enredaba en medio del tráfico denso de la ciudad con sus adelantamientos y súbitos cambios de carril y que pisaba a fondo nada más abandonar la urbe. Un objetivo complicado de perseguir. Tanto que Perico y López le habían perdido la pista en varias ocasiones durante las jornadas anteriores. Zafra, sin embargo, le copiaba sin problemas ajena a sus acelerones y gambeteos ridículos. Y en la autovía se limitaba a mantenerse en su estela dándole su medio kilómetro de ventaja.

De esa guisa alcanzaron un pueblito manchego la mañana del domingo y Zafra hizo la goma por los alrededores hasta verle cruzar las lindes de una finca rústica propiedad de su familia adonde ya había viajado días antes. Los alrededores de la casa solariega poseían de un lado tierras de labranza y de otro, un coto de caza privado donde el exsospechoso y su hermano pequeño, Francisco Javier Riera, usufructuario y residente habitual en aquella finca, emplearon la jornada dando caza a conejos, liebres y perdices armados de sendas escopeta, ataviados y cargados con los avíos y pertrechos propios de aquel pasatiempo sangriento.

Zafra rodeó el coto y los vigiló con prismáticos mientras lo hacían. Como dos verdugos gozosos de su condición, Bosco y su hermano disparaban a todo lo que se movía haciendo caso omiso a la veda temporal de ciertas especies. Con acierto la mayor de las veces. Había algo inquietante en la actitud de ambos, en su concentración y avidez, como si aquella batida fuera una suerte de ensayo para otro futuro ejercicio violento de mayor calado.

Zafra conocía de primera mano lo que era la fascinación de las armas de fuego, había pasado por muchas galerías de tiro durante su formación; pero no se creía capaz de participar en una carnicería contra seres indefensos como aquella de los hermanos Riera. Tras el tiroteo, recogían o desdeñaban las piezas abatidas según su talla; y así prosiguieron su ruta mortífera y silente, apenas intercambiaron comentarios durante tres horas antes de detenerse a almorzar. Zafra hizo lo propio con frugalidad en su coche. La resaca del viernes anterior todavía le llevaba el estómago a mal traer.

Coco la había arrastrado hasta un bar de clientela astrosa e invitado a tequila mientras le exponía su hartazgo del universo en general, y de aquella investigación en particular. Si bien es cierto que no la forzó precisamente a empinar el codo a su ritmo, que la recogió cuando cayó noqueada y la metió en un taxi que la trasladó sana y salva hasta su domicilio. Puñetero Coco. El caso de Micaela Fernández estaba dejando un poso amargo e impotente en su ánimo. La excarcelación del ahora inocente arquitecto le escoció cosa mala en un primer momento; pero luego había reaccionado poniendo a toda la unidad, ella incluida, tras los pasos del excarcelado. Su superior seguía persuadido, y seguramente no le faltaba razón, de que Riera era la pieza clave para la resolución del asunto. A ella no le había costado gran cosa convencerla de la necesidad de saltarse a la torera las reglas; pero le sorprendió la inmediatez con que Cremades y López se sumaron a la iniciativa extrajudicial. Era una medida extrema, una infracción al reglamento y hasta un delito por el que podían ser sancionados y, pese a ello, sus dos compañeros no habían dudado en implicarse. El predicamento de Coco y la frustración conjunta de todo el equipo ante su fracaso en detener al culpable del crimen habían obrado el milagro de que unos agentes novatos pero con la cabeza muy bien amueblada como aquellos dos no dudaran en tirarse en plancha a la piscina por su superior.

Entretanto, los hermanos Riera habían reanudado sus labores cinegéticas y en ello siguieron durante las dos siguientes horas para aburrimiento mortal de Zafra que trató de remediar repasando los antecedentes policiales de Francisco Javier, obtenidos tras la primera jornada de caza fraterna. Cuando al fin dieron por acabada la batida, los siguió hasta la finca y vio cómo ambos entraban cargados con su trofeos en la casa solariega ante la alegría de un añoso guardés. Sobre las tres de la tarde, el todoterreno de mafioso que gastaba el arquitecto abandonó el pueblo y enfiló la autovía de vuelta a la ciudad. Le copió hasta su nuevo domicilio en las afueras, le pasó el testigo a Perico y se fue a su casa a gozar lo que restaba de aquel domingo junto a su esposo e hija.

Al día siguiente, López los sorprendió en Jefatura con la identificación parcial del hombre de la bolsa en una de las grabaciones de las gasolineras metropolitanas que ella y Perico llevaban examinando con denuedo durante toda la semana anterior. En las imágenes se apreciaba cómo el sospechoso adquiría una línea prepago. Era el mayor avance que habían hecho en el caso desde hacía más de un mes. Y lo habían hecho gracias a la perseverancia de aquella chavala que apuntaba maneras de sabuesa incansable. Por una vez, su superior se dignó a felicitarla. Coco y ella se fueron de inmediato a visitar a la juez Linares en el hospital para obtener un permiso de registro. La visión de aquella mujer a la que siempre había tenido en un pedestal, arrasada por la crudeza del cáncer, la dejó hecha unos zorros para el resto de la jornada. Tan solo la confirmación, registro mediante, por parte de Perico y López de que el número telefónico era el que buscaban había logrado paliar su bajón anímico.

Con todo y con eso, a última hora de la mañana, Zafra se encontraba quince metros atrás del todoterreno del arquitecto en su ruta hacia un lujoso y céntrico restorán. Riera dejó su vehículo en el aparcamiento del local y entró al mismo, donde se reunió en su terraza con su hermano menor y con un tercer comensal: un tipo escaso de estatura pero poseedor de un cráneo colosal al que reconoció a través del dispositivo óptico de su minicámara. La subinspectora empuñó su teléfono al punto y marcó el número de Coco.

—¿Cómo vais?

—Esperando a que los técnicos acaben el retrato robot del sospechoso. ¿Tú dónde andas?

—En la puerta de un restorán de alto copete.

—¿El arquitecto se entrega a los placeres del buen yantar?

—Ajá. En compañía de su hermano Paco y de alguien a quien tú conoces muy bien.

—Déjate de adivinanzas, morena.

—El Cabezón.

—Extraño encuentro.

—Eso mismo pensé yo. Pero, bien mirado, igual no lo es tanto. Francisco Javier Riera. Facha violento de toda la vida con varias detenciones y juicios de faltas a la espalda. Miembro del partido ultra de Floro desde hace años.

—Quizá quieran sumar a sus filas al mayor.

—O quizá Bosco ya fuera de los suyos hace tiempo y el supuesto pago por la salida del Heaven de Micaela una donación encubierta para el partido.

—Peliculero pero interesante. ¿Adónde nos lleva todo eso?

—No tengo ni idea. Pero quería que lo supieses.

—¿A qué hora te sustituye Perico?

—A las seis.

—Descansa, morena. Mañana hablamos.

Zafra cortó y miró inquieta hacia el porche de aquel restorán exclusivo. Imaginar a aquellos tres pajarracos unidos en algún proyecto le ponía los pelos como escarpias. Eran justo esa clase de fanáticos que siempre parecía a punto de invadir algún país limítrofe.

Lucho le aseguró que aquella noche la mesa iba a estar repleta de lana. Invitados de alcurnia y burlangas encallecidos. Y aquel antioqueño jueputa como maestro de ceremonias. Rechazar la invitación se le hizo muy cuesta arriba. Uno nunca sabía con esta gente. El perdón de su deuda había sobrevolado la conversación que mantuvieron cara a cara la semana anterior como algo quebradizo y aún pendiente de ratificación superior. ¿Qué más quería aquel narco de mierda? Se la había clavado por la espalda al bueno de Coco para obtener la información. ¿Qué esperaba ahora Lucho? Carecía de contactos propios con los estupas, esos nunca querían ni oler a un periodista. No tenía nada que ofrecerle al colombiano.

Por otro lado, la atracción por aquella timba era imperiosa como un electroimán gigantesco frente al montón de limaduras oxidadas que era su voluntad. Llevaba más de un mes sin jugar ni a los cupones, un mes cabalgando la espuma de la ola en su trabajo. Una excelente racha que al parecer empezaba a decaer y que muy bien podía trasladarse al tapete, ya había sucedido otras veces en el pasado.

La suerte perseguía a la suerte, como el dinero a su multiplicación; y la fortuna era una cortesana esquiva y soberbia que únicamente te brinda sus favores cuando perseveras en el cortejo ajeno a sus dengues, cuando no cejas en su acecho, tanto más efectivo cuanto más incondicional. Podía estar allí, aguardándole con las piernas abiertas en aquella partida organizada por Balboa. Nada le impedía hacer un penúltimo intento por seducirla. O sí. Aún restaba un problema que sortear.

Plata. Lana. Cash. Pastuki. Dinerín. Necesitaba reunir cuanto más mejor y en un breve plazo. Consultó por internet el saldo de su cuenta, engrosada como nunca en los últimos años por el pago de sus intervenciones en televisión. La vaciaría luego en el cajero automático. Aun así, precisaba más. Aunque jugara con agresividad suicida las primeras manos tratando de engrosar su reserva de fichas, debía guardar un remanente posterior para cuando la partida se calentase de verdad. Y carecía de tarjeta de crédito, estaba en una lista negra de morosos que le impedía acceder a su titularidad. No tenía nada que vender. Hacía tiempo que sus exiguas posesiones ya no eran de su titularidad. Tras una de sus peores rachas, habló con su cuñado y pusieron la casa a nombre de sus tres sobrinos. No utilizaba ropa ni joyas ni complementos de valor. Gastaba un reloj coreano, un móvil clonado y le iba a costar lo suyo encontrar una indumentaria decente para aquella noche. Solo le quedaba sacar el sable pues. Acabó a la remanguillé su artículo sobre las consecuencias legales de la exculpación genética de Bosco Riera, saber inocente a aquel capullo le restaba todo interés al asunto desde el punto de vista mediático; la ola rompía en la orilla al fin. Lo pinchó en la carpeta del jefe, y se bajó al bar de la esquina justo a la hora del menú.

Repartió sablazos a diestra y siniestra en la sobremesa mientras invitaba a café y chupitos. Su objetivo: los muy escasos compañeros de redacción que no habían sufrido sus estocadas durante años. Chicos y chicas jóvenes, precarios e impresionables aún. Obtuvo varios rechazos, tres préstamos condicionados y una donación a beneficio de inventario por parte de un fotero en prácticas; en suma, una miseria que agregar a su saldo bancario. Subió luego hasta el quinto piso del periódico y habló con Lola, la adjunta del director. Paciente donde las hubiese, su amiga le desaconsejó cualquier petición de adelanto. El periódico estaba al borde de la quiebra, siempre lo estuvo desde que él fungía por allí, pero parece que esta vez iba en serio. El presidente del *Consell* les había puesto la proa y retirado de sus páginas la publicidad institucional. ¿Por qué si no pensaba que le habían permitido meter toda esa tralla con lo del arquitecto y la puta? Total para que el meapilas aquel quedara libre al final. Ahora podrían lloverles los pleitos, con la editora como pararrayos. Lo que les faltaba. Entre el boicot gubernamental y el auge imparable de la prensa por internet les quedaban un par de cortes de pelo para echar la persiana. Y Matoses quería pedir un adelanto. Únicamente iba a obtener una peineta por respuesta.

Regresó a su cubículo en la redacción y llamó a la editorial a la que había propuesto la escritura de un libro de crónica negra sobre el crimen de Micaela. Lo sentían pero los anticipos no entraban en su política contractual, cuando les mandase los primeros capítulos quizá podría plantearse. Sin adelanto de material no había entrega a cuenta que discutir. La pela era la pela. Cortó la charla antes de poner en peligro con algún denuesto aquel negocio en ciernes. Se largó de la redacción ignorando la demanda de correcciones que le había llegado del jefe vía servidor. Pasó por el cajero, limpió su cuenta corriente, tomó un taxi para ir a casa.

Allí se bañó y afeitó, planchó una camisa y le sacó con un desengrasante un par de lamparones a su única americana presentable. A las ocho de la tarde estaba, más bonito que un san Luis, aguardando frente a la puerta de la estación de autobuses.

Un deportivo nuevo de trinqui estacionó en doble fila y su conductor le hizo una seña para que embarcase. Reconoció al hombre joven que lo guiaba pese a que hoy no portaba pasamontañas. Nunca iba a poder olvidar aquellos ojos. Estuvo en un tris de salir por patas, pero aquella partida era excesiva tentación. El hormigueo de estómago no había cesado desde que se supo invitado a ella. Subió al buga del sicario y se acomodó en la parte trasera. El chófer le sonrió como deben sonreír las víboras a los pollitos. Estuvo tentado de preguntarle su nombre pero prefirió cerrar el pico.

El trayecto hasta el escenario de la timba los llevó media hora en dirección norte. Una abigarrada floración de apartamentos turísticos levantada junto a la costa. Entraron directamente en el garaje de uno de aquellos bloques y subieron en el ascensor hasta el ático. Lucho le saludó amistoso y le conminó a proveerse del bufé que había en el salón mientras llegaban el resto de jugadores. No tenía ni pizca de hambre pero sí que aceptó un roncola y una loncha de blanca que le ofreció solícito el chófer. Pintaba tan duro como atizaba aquel niñato jueputa. La pichicata sin cortar le puso la lengua como un saco de cemento. Se bajó el cubata en un par de tragos. Luego pilló una botella de agua mineral de litro y se acodó en la terraza. Desde allí se distinguían a un par de kilómetros las luces del pequeño puerto deportivo del pueblo. ¿Estaría Lucho alijando allí? Y qué más le daba. La partida era en lo único que podía y debía concentrarse. La descarga de adrenalina que le aguardaba en cuanto tocase la baraja con sus dedos no era comparable a ninguna otra sensación. La de tomar asiento frente a una ruleta quizá. Incomparable desde luego con la sosería cibernética a la que los niñatos se enganchaban hoy en día. ¿Cómo se puede uno marcar un farol sin mirar los ojos del destinatario? ¿Cómo estudiar los gestos que delatan la codicia o el desespero? ¿Qué clase de sucedáneo mierdoso era ese? A Matoses le parecía del todo impracticable, él sería siempre un burlanga *old school*. Póquer cerrado y clásico. Nada de *Texas Hold'em*. Esa variedad abierta con siete cartas que se estaba imponiendo en todos los casinos donde a él jamás lo dejarían entrar.

A las nueve y media habían llegado tres jugadores a la timba. Al primero de ellos lo conocía. Pepe Cutanda, excorredor de bolsa, expresidiario, exyonqui; un jugador breado y pinturero. Al segundo, también lo conocía, y lo lamentaba. Jose Luis Floro, el Cabezón, empresario con la mitad de los seguratas de aquella ciudad en nómina, proxeneta de lujo, exempleador de Micaela Fernández por más señas, tan faccioso y ruin burlando como en todo lo demás. El tercero era un tipo de tez morena y rostro ulcerado, modales suaves y acento sudamericano neutro; algún socio de Balboa tal vez. Al cuarto hubo que aguardarle media hora más de la cuenta. Cutanda y él resoplaban como sendos mihuras a la puerta de toriles para cuando llegó. No le sonaba de nada aquel menda. Un figurín de pelo cortado a cepillo, atuendo elegante y remachado de oro en cuello, cintura, muñecas y anulares. Tras las cortesías de rigor y el primer cambio en fichas, la partida se inició a las diez.

A las diez y media Matoses ganaba tres mil euros merced a sus bajoneos y repeladas de baza. A las once hubo un segundo cambio de fichas y se abstuvo. Ganaba siete mil gracias a una puerta gayola medio suicida a la que nadie entró al trapo hasta el fondo. Para entonces había decidido que el primo primero era el sudaca, el primo segundo el hombre dorado, y el Cabezón y Cutanda estaban a verlas venir. A las once y cuarto tiró cuatro mil euros a la basura con un ful de dieces y nueves.

Cutanda había ligado una escalera baja pero de color. A y media, Lucho ofreció nuevo cambio de fichas. El sudaca y el dorado se agenciaron diez mil pavos por cabeza. Matoses apretó el culo contra el asiento. Ocupó la media hora siguiente viendo cómo Cutanda y el Cabezón sacaban tajada del par de primos, él ni las olió. Era casi medianoche cuando le entraron tres jotas de gañote y una más con el descarte. Observó a sus rivales sin disimulo: Cutanda y su máscara de palo profesional; al sudaca le sudaba el labio superior y se lamía las gotitas con la punta de la lengua, el hombre dorado se rascó la oreja izquierda como siempre que ligaba más de dos; el Cabezón se tapó con una mano la bocaza, emitió un regüeldo sofocado y pidió perdón con su voz de rata. Se le deseó buen provecho y Cutanda, que iba de mano, abrió la apuesta con una ficha de quinientos. Ya se había dejado doscientos para ver el descarte. El sudaca pujó quinientos más. El hombre dorado puso los mil y dobló apuesta. Y el Cabezón esos dos mil y otros tantos más. Matoses empujó todas las fichas que tenía frente a sí hacia el centro de la mesa y se quedó mirando a Lucho con expresión de necesitar un confesor. El colombiano señaló la caja de las fichas con el filo de la mano diestra y luego se la pasó en horizontal por el cuello.

—Mamadera de gallo, *man* —aclaró, rumboso—. En mi casa ya tú sabes que tienes crédito abierto. ¿Cuánto va a ser?

—Dame quince mil —dijo sin que su cerebro tomase realmente parte activa en la operación.

De haberlo hecho, se hubiese preguntado por qué de repente su fea cara valía dinero. En aquel preciso momento, cuatro segundos después de recibir las fichas rojas y verdes, supo sin asomo de duda que iba a perder la mano.

Desde la cama, Marian miró a Morales. Su secretario judicial dormitaba como un bendito despatarrado en el butacón auxiliar del cuarto. Llevaba junto a ella desde que la pasaron a planta, turnándose con Jaume por las mañanas y con Raquel por las noches. Sus tres ángeles de la guarda. Su exmarido, su amigo y la muchacha a la que amaba. Una terna generosa y leal. Bastante más de lo que hubiera podido esperar una mujer madura, individualista y rigurosa como ella. La vida a veces te da sorpresas, y la enfermedad y la vecindad de la muerte incluso más.

Recordó la charla de esa mañana, tumbada en la camilla y tomada de la mano de Jaume, antes de entrar a la sala de la ojiva imantada:

—¿Por qué siempre me das los fiambres, Decano?

—Porque te va la marcha, juez Linares. Eres mi mejor instructora penal.

—He sido una buena levantadora de cadáveres.

—Has sido mucho más que eso, Marian. Y lo vas a seguir siendo.

Se había sometido hace unas horas a la práctica de una tomografía y una resonancia magnética. Tras haber pasado varios días ingresada en la UVI por una repentina subida de glucosa en sangre que provocó su lipotimia en el juzgado, una vez estabilizadas sus constantes, la pasaron a planta y aquella misma mañana su oncólogo había ordenado las pruebas diagnósticas para verificar la evolución del tumor. No era optimista respecto a ellas. El dolor no le permitía serlo ni tampoco la propia conciencia de su debilidad. Estaba hecha unos zorros y sabía que los tiempos del disimulo y la ocultación habían quedado atrás. No solo para Raquel, sino para el trabajo y para el mundo en general.

Su secretario regresó del sueño en aquel instante, incorporándose de un respingo en el butacón. Marian lo miró con pena y con agradecimiento. Debía estar dándose unas palizas del siete entre los mil y un sumarios pendientes y su cuidado hospitalario. Se preguntó qué tal se iba a llevar con el magistrado o magistrada que pronto mandarían en su sustitución. Morales se aproximó a la cama, comprobó el nivel de los goteros y la tomó de una mano con aquella mirada de inquietud que a ella la daba tantas ganas de llorar.

—Tengo algo para ti, Marian. Una carta. Llegó al juzgado esta mañana.

—¿De quién?

—De Marcela Almagro. ¿Quieres que te la lea?

Marian apretó la mano del hombre y asintió. Morales exhibió un sobre y dio lectura sin más preámbulo a la breve misiva de la madre de Micaela Fernández. Cuando acabó de leer, los ojos de ambos estaban húmedos. Marcela Almagro se limitaba a ofrecerles su agradecimiento por haber hecho posible la sepultura de su hija y por hacerles llegar el dinero ahorrado por Micaela durante sus años en España. A la mujer le dolía el alma de pensar la manera en que su hija lo había ganado, su sacrificio y su sufrimiento y el horror de su final, pero tenía el consuelo de que esos dólares servirían para asegurar los estudios de su nieto y una vida decente para ambos. No era tanto lo que decía, hermoso de por sí, sino las palabras que empleaba para hacerlo. Ese castellano viejo y sonoro del otro lado del charco que hablaba de sentimientos antiguos pero imperecederos con una pureza renovada: amor, muerte, dolor, melancolía, esperanza, agradecimiento.

Marian pensó que se iba a dejar muchas cosas en el tintero si las cosas pintaban feas. Atrapar al miserable que había matado a Micaela una de las más dolorosas. Al menos, sabía que Cocoví y Zafra no iban a cejar en ese empeño. Ambos policías se habían presentado la mañana anterior en el hospital. Un ramo de rosas daba testimonio de su visita. Habían mantenido una charla corta pero intensa. Cocoví le pidió perdón por haber provocado su crisis con sus malos modos. Le mandó a paseo pero le ordenó que cumpliese con su palabra y no dejara la investigación. Había un monstruo suelto y debían darle caza y juzgarlo; confiaba en que lo lograsen.

En esas, el doctor Ibáñez apareció por la puerta de la habitación con una carpeta bajo el brazo y un carraspeo. Morales buscó una excusa absurda y abandonó el cuarto dejándola a solas con el médico. Marian miró el rostro por lo común impenetrable del doctor y lo supo sin necesidad de palabras.

—Metástasis.

—Se ha extendido por los riñones y el hígado, Marian.

—¿Cuánto tiempo?

El oncólogo parpadeó durante unos pocos y elocuentes segundos.

—Tú sabes lo que quiero que suceda llegado este punto, doctor.

—Desde luego, Marian, pero a la gente la juzgan por hacer lo que me pides. Tú deberías saberlo mejor que nadie.

—Si tú no lo haces, lo haré yo por mi cuenta. Dame el alta voluntaria.

El doctor Ibáñez sonrió amargo, se inclinó sobre ella y besó su frente.

—Eso no será necesario.

A Morales tampoco hubo nada que explicarle cuando regresó al cuarto. Joaquín se sentó a su vera y le acarició los cabellos en silencio hasta que ella, poco a poco, se quedó dormida.

Horas más tarde, cuando la pelirroja entró en la habitación, Marian supo que sabía. Habría sonsacado al pobre Morales, lo tenía comiendo en su mano desde que lo conoció. Ella avanzó hasta la cama de puntillas, se detuvo a su lado y la miró con ojos brillantes.

—¿Te lo ha dicho?

Raquel cabeceó y al poco no pudo evitar que el temblor se extendiera por su cuerpo ni que un puchero asomara en su nariz pecosa.

—Ni se te ocurra, pelirroja. Hazlo por mí.

Raquel negó con la cabeza y se refregó los ojos con ambos puños. Se dio la vuelta, pareció contar hasta diez. Luego se giró hacia ella.

—Ya. Ya está.

—¿Sabes lo que me gustaría? Que me pintes la cara. Que me vistas y me saques de aquí. Quiero salir a dar un paseo contigo ahí afuera.

Raquel señaló interrogante el jardín hospitalario a través de la ventana y ella asintió. Se puso manos a la obra de inmediato y la maquilló sin exageración. Colorete, lápiz labial, sombra de ojos y un poco de rímel. Solo lo suficiente para disimular su morbidez. Luego liberó la vía de los dos goteros de calmantes y la ayudó a sacarse aquel horrendo camisón azul y calzarse los vaqueros y una blusa blanca que guardaba en el armario. Abandonaron tomadas del brazo la habitación y zafaron de las enfermeras del puesto de control. Descendieron hasta la planta baja a hurtadillas.

La luz del atardecer justo acababa de declinar cuando salieron al jardín.

—¿Sabes en lo que piensa alguien que se muere?

—Marian, por favor...

—En lo rápido que fue todo. En arañar un día más a la vida. Al precio que sea. Pero en mi caso ese precio es demasiado alto. No tengo valor.

—Eres la mujer más valiente que he conocido, señoría.

—No. Soy una levantadora de cadáveres que sabe que el próximo cuerpo en irse al depósito será el suyo. Y que está muerta de miedo, mi amor.

—Yo no sé qué puedo...

—Puedes escucharme. ¿Sabes lo que desearía hacer ahora mismo?

—Dímelo, señoría.

—Viajar juntas hasta una isla lejana. Ir a la playa. Inflarnos a champán caro. Desnudarme y bailar bajo la luna. Contigo. Sentir tu pelo contra mi cara y tu cuerpo mojado y abierto bajo el mío por una última vez. Y luego correr hasta la orilla y decirte adiós con la mano.

Raquel gimió, sacudió la cabeza y se sorbió las lágrimas.

—Quizá palmarla sea como adentrarse en el mar.

—No hables así, Marian.

—Escúchame, pelirroja. Vete a dormir a casa esta noche. No quiero que vuelvas por aquí.

Raquel la miró desconcertada, el temblor se apoderó de sus párpados.

—¿Cómo dices?

—He pedido una sedación paliativa al doctor Ibáñez. Me ha prometido que lo harán mañana mismo. No quiero que veas mi final. Bastante has hecho cuidando de mí estos días.

—No puedes pedirme eso.
Marian tomó su cara entre las manos.
—Puedo y lo hago, mi amor.
—Déjame pasar al menos esta noche entera a tu lado. No puedes negarte, señoría.

Iba a hacerlo cuando Raquel la abrazó y señaló al cielo, la luna menguante brillaba en lo alto: apenas un gajito recostado sobre el borde de su óvalo. La pelirroja empezó a canturrear en su oído un himno viejuno de Brassens que ella misma le había enseñado: *J'ai l'honneur de ne pas te demander ta main...* La imitó hasta el final de la canción; ambas callaron pero la música siguió suspendida en el aire. Un celador las miró receloso al pasar por su lado en dirección al pabellón principal. Una mujer consumida y una chica rutilante abrazadas, balanceándose sobre sus talones con suavidad. Dos mujeres bailando juntas en la penumbra sonora de un jardín. Marian hundió su rostro en la melena de ella, colmó sus pulmones ávida con el perfume de Raquel. Se entregó a esa música inaudible.

XIII.
Anomia

Acaricio los muslos abiertos de Mía en tanto me alojo contra su vientre. Mi cuerpo reposa entre sus brazos, se contiene plácido en su seno. Escucho su voz entonando una canción de cuna desconocida y obscena. Siento cómo mi semen recién vertido corre despacioso desde su vagina, impregna las sábanas mientras ella canta para mí y para el hijo que la aguarda en vano al otro lado del océano, hace correr sus dedos entre mis cabellos como un suave rastrillo.

Elevo mi boca hasta sus pechos, mis labios picotean sus pezones, los succionan en un remedo de algo que no fue entonces sino al contrario de lo que la naturaleza demanda, e igual que entonces no consigo que mis labios extraigan leche con que calmar mi sed y el dique del dolor y la sombra revienta y sollozo y mis lágrimas brotan secas en mi rostro crispado; ella observa desde arriba mis facciones con una sonrisa de brusca, asombrada recompensa.

—¿Qué te sucede, corazón? ¿Tienes pena?

—Siento muchas cosas a la vez, Mía.

—Yo también he llorado por ti. Mucho. Pero doy por bueno ese llanto con tal de tenerte ahora conmigo.

—Para siempre —digo ofreciéndole mi boca entreabierta.

—Para siempre, mi amor —contesta antes de sellármela.

Tras el beso, me incorporo en la cama y consulto la hora en mi muñeca. Busco con los ojos la bolsa de viaje en un rincón de la alcoba; debo aligerar los tiempos.

—¿A qué hora vendrá él?

—Sobre las ocho —responde también inquieta de repente—. ¿Qué vamos a hacer?

—Sorprenderlo.

Mía me mira sin entender, niega luego con la cabeza.

—Sin juegos, Daniel. Quiero que esto se acabe de una buena vez. Aquí y ahora.

—Confía en mí. Hablaré con él y le pediré las llaves del piso. La semana próxima nos habremos marchado y se las devolveré por correo.

—¿Y si no quiere? ¿Y si se pone violento?

—A él es a quien menos le interesa montar un escándalo. Y además es un cobarde. Créeme, entrará en razón por la cuenta que le trae.

—Dios te oiga. No quiero que acabéis a coñazos.

—Me dijiste que te mandó un correo esta mañana. Enséñamelo.

Mía toma su portátil de una coqueta y lo abre sobre la cama. Entra en su correo y selecciona el *e-mail* requerido. Gira el aparato hasta dejar la pantalla frente a mis ojos. Leo en voz alta las indicaciones rijosas del arquitecto para su proyectado encuentro. Me burlo de sus palabras hasta hacerla reír a carcajadas. Le propongo que las cumplamos un rato solo por divertirnos.

—Ay, no. No quiero hacer contigo lo que hacía con él. Lo detesto.

—Yo no soy él.

—No. Tú eres perverso de verdad.

—Conmigo te va a gustar. Vamos, aún tenemos un rato hasta que llegue. Luego tú te vas a dar un paseo y yo me ocupo de Bosco. ¿Dónde tienes la música? ¿Y las ligaduras?

Mía trastea hasta encontrar el cedé con las cantatas de Bach y lo introduce en el equipo. Me muestra luego las sogas que penden de las cuatro patas de la cama de matrimonio y reposan ocultas bajo el colchón. Apaga la luz del velador y prende una vara de sándalo y el neón rosado de la pared. La hago instalarse arrodillada sobre el lecho, amarro sus tobillos y sus muñecas con fuerza. Cuando acabo los preparativos, tengo una erección equina entre las piernas.

Mía voltea el rostro y lo advierte con una mueca risueña. Hace oscilar sus caderas, incitante.

—No te tardes, papi, que cuando me atan siento vapor entre las piernas.

—Cierra los ojos, Mía.

Ella me obedece y yo tomo mi bolsa y la sitúo al pie de la cama. Luego me inclino sobre ella y me dedico a husmearla desde la punta de los pies hasta el ángulo erizado de su ingle. Con la nariz a ras de piel, centímetro a centímetro. La respiro cada vez más hondo. Percibo así la madreselva y el cilantro de sus tobillos, el limón y la albahaca en el hueco de sus rodillas. Cuando alcanzo los muslos, obtengo un espasmo por cada nueva inspiración. Me aplico a su vulva; distingo espliego, lúpulo, bencina y el destilar de las almendras amargas al fondo del túnel.

Le cacheteo las nalgas un rato, se las separo con las manos abiertas cuando ya están ruborizadas, le meto la lengua en el ano. Mía gime, lloriquea, me ruega algo y yo le ordeno con un golpe que se calle. La encañono con mi falo y la penetro sin más. Permanezco quieto e hincado al fondo de sus intestinos. Ella apenas balancea su vientre ensartado mientras la masturbo y al cabo evidencia su orgasmo. Embisto entonces una y otra y otra vez contra ella mientras araño sus caderas y sus pechos. Eyaculo en breve inundándola otra vez con mi leche. Esa leche que debería evitar, pero que supone una vuelta de tuerca de la que no consigo evadirme. Saco la verga y reposo un minuto sobre el arco de su espalda mientras ella jadea y me insulta en voz baja:

—Mamagüevo. Jalabolas. Malparío.

—Y ahora quiero algo que él nunca te pediría. Hazlo para mí —exijo mientras pongo mis dos manos en su vientre y oprimo con fuerza sus tripas—. Ahora.

—Jueputa. Marico. Coño de tu madre —se resiste pero me complace al poco: las heces van resbalando desde su ano dilatado hasta la sábana.

Miro sus mojones descompuestos y aspiro su aroma ofensivo entreverado con el del sándalo. Escucho su voz llorosa, aliviada, amantísima:

—¿Te gustó? ¿Te gustó verme hacerlo?
—Sí. Ahora cierra los ojos y calla, Mía.

Pienso que no es ella la culpable. Fue la otra quien hizo de mí esto que soy. A la otra pertenece el dolor y no a esta dulce puta entregada. Es por eso que abro la bolsa y elijo de entre su contenido el cuchillo de caza. El castigo debe seguir adelante pero ella no tiene por qué sentir más dolor del preciso. Del justo y necesario. Me pregunto por un segundo qué es esto que me obliga a hacer lo que hago, lo que hice, lo que haré así la oportunidad se presente franca. Lo ignoro o al menos no logro expresarlo; pero sí sé que es lo opuesto a cualquier forma de amor o de justicia. Aquello que me lleva a desenvainar el cuchillo con mi mano izquierda y apoyar la hoja reluciente al extremo de su cuello.

Ella siente el tacto frío del metal en su piel pero siquiera le doy tiempo a abrir los ojos antes del tajo. Mía convulsiona todo su cuerpo, se ahoga en un surtidor de sangre que proviene de la subclavia y las carótidas. Aguardo a que la vida abandone su cuerpo a borbotones mientras apoyo el cuchillo en el suelo, empuño excitado el mango del martillo, y lo descargo sobre su cabeza roja. Una y otra y otra vez hasta que mis ojos son rombos de azufre. Igual que entonces. Una y otra y otra vez sobre esa cabeza que ya solo es ella y solo ella. No Mía, no otra cualquiera. Ella y solo ella hasta que mi infierno se deshaga en la eternidad de su abrazo.

Recojo las armas y elimino las manchas de mis manos con un pañuelo. Limpio después el cuchillo de caza y el martillo, los arrojo en la bolsa junto al pañuelo. Me visto con parsimonia: el abrigo, la bufanda, la gorra. Alargo una mano enguantada, tanteo y presiono una tecla en el equipo de música. Los primeros acordes de la cantata 147 resuenan por el pasillo cuando entorno la puerta de la alcoba y camino con mi bolsa al hombro. Entro en el salón un minuto, borro del escapulario mis huellas y lo dejo con cuidado sobre el sofá. Preciso y brillante, como un obsequio.

XIV.
El hecho en sí
(Días 38 y 41)

Uncio bebe un zumo acodado en la barra. Pese a que todavía es temprano y acaban de abrir el bar del *yatchclub*, le parece una pésima elección para su encuentro. El arquitecto fue quien lo llamó tras un silencio de casi dos semanas y el que había elegido el escenario de la cita. No acertó a sugerirle otro lugar y ahora lo lamentaba. Aunque no experimenta vergüenza ni apuro por dejarse ver en compañía del otro. Eso faltaba después de probarse al fin su inocencia. Es más bien él quien se siente culpable por su actitud de los últimos tiempos.

Debe sincerarse con su amigo y aquel entorno hostil de un tiempo a esta parte para el arquitecto no es el idóneo donde hacerlo. También necesitan despachar sobre asuntos profesionales. De hecho, el pago de su minuta era la excusa que Bosco había esgrimido para la llamada y Uncio quien expresó la conveniencia de verse en persona cuanto antes. Aunque la parte profesional del encuentro, con ser acuciante, ahora mismo le importa un bledo. Uncio teme y desea al tiempo esa charla cara a cara mientras procura armar el discurso o más bien la confesión que le debe al otro.

El abogado lleva acostándose con Lourdes desde que Bosco ingresó en prisión y la reciente excarcelación no ha paralizado su enredo, más bien al contrario. Se enamoró de ella a los diecisiete años, Lou tenía catorce, y si bien encajó con dignidad su rechazo de entonces, no había logrado olvidar esa querencia adolescente en tres largas décadas, pese a los dos matrimonios y divorcios que afrontó en ese tiempo. Uncio tuvo que ver cómo ella, la más guapa y adinerada de su círculo, lo desdeñaba en favor del otro, prefería el empollón atleta al empollón atento, el macho alfa al beta; ver cómo desempeñaba el papel de novia pura y virginal mientras Bosco arrasaba con buena parte de los vírgos de su entorno. Fue el padrino de la boda que los unió en santo vínculo y apadrinó igualmente al segundo de los niños, Pablo. Vio pues cómo Lourdes paría uno tras otro a los vástagos de su amigo al tiempo que este se distanciaba cada vez más de ella en beneficio primero de su trabajo; y luego de las furcias que utilizaba eventualmente hasta conocer a Ava y caer prendado como un cadete.

Lou lo había convocado para tomar un té dos días después de la entrada en prisión de su esposo. Hacía más de un año que no la veía. La encontró bellísima, despechada y rabiosa, dispuesta a restituir agravio por agravio, a golpear donde más duele, segura de la pasión antañona que él siempre había sentido por ella. Y Uncio no se resistió al envite. Copularon como roedores en el salón de la casa familiar del otro, en conveniente ausencia del servicio. Y lo habían seguido haciendo hasta este pasado fin de semana en Baqueira sin importarles poco ni mucho que Bosco saliese de la cárcel. Lourdes, por recomendación del cardiólogo Ojeda, solicitó la anulación eclesiástica de su matrimonio. Uncio le aconsejó en paralelo un divorcio civil más rápido y menos anacrónico que Lou aceptó al punto. No lo hizo porque pretendiese casarse en el futuro con ella, no se veía criando a los hijos del arquitecto, sino porque ella deseaba perder de vista a su marido a toda costa para gozar de su madurez en libertad. Y eso era lo que debía comunicarle al otro esa mañana.

Bosco entra en ese momento en el bar, saluda con la mano y le indica con el mentón una mesa esquinada. Uncio traslada hasta allí su botellín de zumo y se sienta frente al arquitecto. Examina su rostro rasurado y saludable, tan distinto a su máscara carcelaria de dos semanas atrás, antes de estrechar su mano tendida.

—¿Cómo estás?

—Mejor, supongo. ¿Me has traído lo que te pedí?

Uncio abre su cartera y desliza un disco óptico por encima de la mesa.

—No debes preocuparte más por este tema. Nadie salvo yo ha visto estos vídeos.

—Gracias, chico. Supongo que te habrá dado grima saber que me iba este rollo.

—En absoluto. Cada cual tiene sus preferencias, amiguete. Y el sado, mientras sea consentido y entre adultos, es algo legítimo.

—Me aficioné por Ava. Como tantas otras cosas. A ella le gustaba jugar y yo quería darle gusto fuera como fuese. Ella era la sumisa y yo el amo, en teoría, pero Ava era la que en verdad tenía el poder sobre mí, y lo ejercía a conciencia. Lo disfrutaba.

El abogado indaga de nuevo en el gesto en apariencia sereno del otro.

—¿Sigues con esa pobre chica en la cabeza?

—No puedo pensar en otra cosa. Mi vida entera se ha ido al diablo. He perdido a mi familia y cualquier posibilidad de trabajo que no sea diseñar apartamentos playeros. Pero solo puedo pensar en ella y en el bastardo que la mató.

—Hay algo que debes saber sobre eso, Bosco. Cuando te detuvieron, contraté a una agencia de investigación para que me ayudaran con tu defensa.

—En tu minuta hay una partida significativa a nombre de una tal Agencia Logos. Imaginé que se trataría de algo así.

—Así es. Y han seguido trabajando durante todo este tiempo. Han encontrado una pista que los podría llevar hasta el asesino.

—Qué curioso. A mí me ha pasado lo mismo.

—¿Dé qué hablas?

—De que yo también tengo una pista. O mejor, un pálpito.

—Acéptame un consejo. No te obsesiones con eso y aún menos te entrometas. La gente que contraté está haciendo un buen trabajo. Y la policía sigue también con el asunto.

—A la policía que le den por el saco. En cuanto a esa agencia, soy yo a fin de cuentas el que les paga, ¿no? Quiero saber de quién sospechan. Dame su nombre.

—No te iba a decir nada. No lo conoces.

Bosco escucha a su abogado y sabe que sus palabras son un embuste. Le conoce desde los seis años. Sabe de memoria sus gestos y sus tretas de leguleyo. Sus silencios y sus astucias. Sabe que le está mintiendo del mismo modo que supo que no lo creyó en un primer momento cuando le anunció que había encontrado muerta a Ava sin tener parte en ello. José María Uncio, el crack del Foro, es un tipo secundario y reservón en sus reacciones del mismo modo que él fue siempre primario e impulsivo. Solo hay que reinterpretar sus palabras del revés, como doblar el forro de una prenda, para obtener lo que de verdad piensa y siente el otro. Así había sido siempre con Uncio.

—¿Qué hay de las querellas que te encargué?

—En marcha. Pero tienes que saber que las oportunidades de ganarlas no son todo lo halagüeñas que a mí me gustaría. La puñetera libertad de expresión es un derecho constitucional. Los límites entre este y la lesión del derecho al honor tienen jurisprudencia muy variopinta. Y caso de ganarlas, el mierda en cuestión es más insolvente que Carpanta. Mal escarmiento podremos darle. La única indemnización que obtendremos sería de las empresas de comunicación como responsables civiles subsidiarias.

—Bla, bla y más bla, leguleyo. Tú interpón esas querellas, sácales a esos mamones toda la pasta que puedas, y deja de mi cuenta el escarmiento.

—Amiguete, me estás asustando.

—Pues no seas tan sensible. No es tu nombre precisamente el que ese puerco se ha dedicado a arrastrar por el fango.

—No habrás hecho nada de lo que tengas que arrepentirte, ¿verdad?

Bosco se adelanta entonces sobre la mesa y radiografía con morosidad el rostro de su abogado. Pone toda la fuerza en sus ojos; una mixtura de desdén, arrogancia y certeza.

—¿Y tú, amiguete? ¿Has hecho algo de lo que tengas que arrepentirte?

—No sé de qué me hablas —contesta Uncio demasiado rápido.

—¿Entonces por qué te has puesto más blanco que el mantel? Mis hijos tienen ojos y oídos, Josema.

—Te lo iba a contar todo.

—¿En serio?

—Sí. Y no, Bosco. No me arrepiento. Has tenido a esa mujer debajo del zapato durante veinte años. Y la has hecho pasar por una humillación bestial. Déjala vivir en paz.

—Así lo haré mientras ella respete mi relación con mis hijos. Y con mis hijas. Es mi única condición para el divorcio. Se lo puedes decir de mi parte.

Bosco sigue escrutando al abogado con los codos flexionados sobre la mesa, los puños bajo la mandíbula. Uncio le sostiene la mirada en silencio.

—Ahora quiero ese nombre. Me basta con que afirmes o niegues —dice antes de garabatear en una servilleta:

SACAMUELAS

El abogado empalidece al leerla, vacila y asiente pesaroso al cabo.

—¿Cómo supo de Ava? ¿Le hablaste tú alguna vez de ella?

—No —miente Uncio—. Nunca. No sé cómo se puso en contacto con ella. Pudo ver su perfil en las páginas de contacto donde se anunciaba.

—Puto loco de mierda.

—Voy a acudir a la policía para ponerlos al corriente. Puedes acompañarme.

—No vas a hacer nada de eso. Esto es una cuestión personal.

—No, esto es cuestión de la policía. Mantente apartado. Se trata de un presunto asesino. Deja que las autoridades hagan su trabajo.

—Te lo voy a decir solo una vez. Si acudes a la policía, te mato.

Uncio se echa hacia atrás en la silla, mira al otro incrédulo, conmocionado.

—¿Qué?

—Me dejaste ir a la cárcel, aprovechaste el tiempo para tirarte a mi mujer, me has reventado la vida y ahora pretendes impedir que me vengue de ese maníaco. Te llevaré por delante sin dudarlo.

—No pude impedir que te encerrasen, Bosco, pero hice todo lo posible por sacarte cuanto antes. Y lo de Lourdes no tiene nada que ver con esto. No te confundas conmigo, soy tu amigo además de tu abogado.

—Demuéstralo. Nada de policía o atente a las consecuencias.

Bosco se pone en pie, dedica una última mirada al rostro sudoroso del letrado, dibuja una firma en el aire en dirección al camarero y busca la salida del restorán con sus largas zancadas. Le divierte comprobar que un par de socios tempraneros dan un respingo al verle pasar frente a la barra.

Había decidido seguir acudiendo por allí siempre que le viniese en gana. Su familia fundó aquel club tras la guerra civil con otras pocas más de parecida alcurnia. Sus hermanos mantenían barcos amarrados en los pantalanes, y sus hijos y sobrinos jugaban en las pistas de tenis y de pádel con regularidad. Nadie iba a expulsarlo de allí ni con su desprecio ni con su censura. Había dimitido como supernumerario por coherencia y consideración a su familia, y a Lourdes en primer término, aunque esto a ella le diera ya igual. Pero no iba a esconderse de gentes que habían hecho cosas iguales o peores que él, si bien con la fortuna de no protagonizar las portadas de los periódicos. Mientras desciende las escaleras del *yatchclub*, Bosco eleva la mirada un instante y distingue el perfil de su presunto amigo recortado contra la ventana.

Uncio no siente el pulso en las muñecas. Vacía el resto de su zumo de un trago. No sabe qué hacer. Debe avisar a la policía de la deriva insospechada del asunto con urgencia; pero la amenaza del otro flota sobre la mesa como una nube tóxica. O como un estigma genético. Lo cree capaz de cumplir con su palabra. Había visto a Bosco y a su hermano Paco ejercer su capacidad para la venganza violenta durante su juventud y sabe que no tienen límites. Se pregunta en qué habrá consistido el escarmiento de Matoses. Prefiere no pensar en ello. Quizá debiera hacerle caso y mantenerse al margen. Sí. Dejar que las cosas sigan su curso natural, esto es, luctuoso. Pues el sacamuelas parece muy capaz de defenderse a sí mismo en caso de necesidad. Ser alguien mucho más peligroso que el propio arquitecto o el tarugo fronterizo de Paco, a tenor de los informes de Maqueda y su gente. La idea de la muerte de Bosco cruza por su cerebro como una posibilidad tentadora. Una solución radical, pero conveniente a todos sus actuales problemas. Eso piensa Uncio mientras ve a Bosco salir del *yatchclub* y atravesar a paso castrense el aparcamiento.

Bosco alcanza su vehículo y abre el portón trasero con el mando cuando le parece advertir la llegada al lugar de otro todoterreno con los cristales laterales tintados, exactamente igual que el suyo. Busca sus prismáticos de caza en la guantera y otea al otro lado del aparcamiento, donde el vehículo ha ido a detenerse. Luego, camina hasta la garita de seguridad del club y entabla una conversación con el guarda de turno antes de dirigirse calmoso hacia la marina.

Mi boca arde cuando despierto con un grito de angustia. Mi pecho oscila arriba y abajo como un fuelle. Me falta el aire en los pulmones. Boqueo desesperado en la penumbra. Mis manos son dos garfios hincados en la almohada donde la cabeza de Amalia reposa en perfecta quietud, ajena a mi flaqueza y a mi espanto. A la sucesión de pesadillas de estas últimas madrugadas, a ese dique que amenaza desborde, esa exclusa abierta por la que me vierto y que, al cabo de unos minutos de brega respiratoria, consigo sellar.

Aún no ha amanecido, pero renuncio a perseverar en el descanso. Las posibilidades de reincidir en mi pánico nocturno son demasiado elevadas. Me levanto de la cama y tomo una ducha fría. Paseo descalzo por el jardín en la oscuridad, siento la hierba húmeda bajo mis pies y la presencia vigilante de las ardillas. Me tumbo en la gandula donde el viejo Romero leía su breviario a esta misma hora. El recuerdo asociado al anterior me colma de una súbita paz.

El rostro abotargado y agonizante del batracio tras su merecido colapso. Tumbado sobre la tarima de la biblioteca, a mi entera merced. Su circulación cerebral infartada debatiéndose entre la inercia y la extinción. Pensé en ocluirle las vías respiratorias, en pinzarle la nariz bulbosa con los dedos; hubiera bastado. Pero cuando ya me inclinaba sobre su cuerpo para hacerlo, subí los ojos un segundo y allí estaba el rostro turbado de Amalia, atraída hasta la estancia por el sonido del batacazo. De modo que no me quedó otra que retroceder, calmar su histeria y avisar a una ambulancia. Tres años, la diferencia entre ambos gestos. Tiempo.

El tiempo se dilata y achica. La luz solar se infiltra entre las copas de los pinos y al poco encharca la terraza. Regreso hasta la casa y preparo el desayuno de Amalia. La despierto con suavidad, ella sale del sueño como recién bautizada en el Jordán. Aguardo a que concluya su minucioso examen de conciencia y sus oraciones.

Mientras toma su colacao en la cocina, le anuncio mi plan matinal. Un itinerario a ciegas con una sorpresa por destino. Ella se excita de golpe, entusiasta, pueril. Pregunta si no voy a ir al trabajo. Respondo que por la tarde, esa mañana es para nosotros. Pronto seremos cuatro y ya no podremos darnos esos lujos.

Le vendo los ojos antes de arrancar el motor. Circunvalamos la ciudad en el todoterreno hasta la salida sur. Amalia canta bajito, tararea ensimismada. Feliz como solo ella sabe serlo en pleno extravío. Dejo el auto en el aparcamiento del club. La hago bajar con cuidado y la guío de la mano hasta la marina, a pasos cortos, mientras percibo el rumor sofocado del oleaje tras el malecón, el ácido perfume de su codicia infantil. Le saco el pañuelo de los ojos y allí está, frente a nosotros, majestuoso y oscilante, anclado al fondo del pantalán.

Amalia guiña los ojos hasta que se acostumbran a la luz de esa mañana, a su reverbero en las aguas aceitosas. Mira la nave y me mira a mí sin entender. Desorientada, busca a su alrededor una señal del cielo que otorgue sentido a la situación. Camino por el pantalán y me encaramo a la popa del barco. Le hago señas para que me acompañe. Amalia me observa asombrada y asume al cabo que aquel es nuestro nuevo juguete. Corretea luego hasta llegar frente al yate y se alboroza cuando la tomo en brazos para subirla a bordo.

—¿Es nuestro, Dani? ¿En serio?

—Sí. Se lo compré a José Antonio. ¿Te gusta?

—Es precioso.

—El mes que viene tengo el examen de patrón. Si apruebo, nos haremos al mar todos los fines de semana.

—Iremos a navegar con los niños —planea agitada y fervorosa—. Seguro que les encanta.

—No sé. Quizá les asuste un poco al principio.

—Tienes razón. Ellos vienen de tierra adentro. Pero serán valientes.

—Tendrán que serlo si son hijos nuestros.

—Sí. Lo serán —afirma convencida—. ¿Lo usaremos para otras cosas?

—Ajá. Será como una nueva caravana para nosotros.

—Echaré de menos nuestra vieja caravana, Dani.

—Yo también pero los tiempos cambian —apunto con voz ronca—. Y ahora sígueme. Vamos a verlo por dentro.

Saco de mi bolsillo el juego de llaves que Ojeda me entregó ayer mismo y abro la puerta del camarote. Amalia no da crédito a la amplitud de los pañoles. Empieza al punto a planear la distribución de nuestros futuros hijos en las literas interiores, elogia el espacio del banco corrido y el de la isla rectangular para las comidas, el de la cámara frigorífica y hasta el del inodoro químico del diminuto excusado. Amalia se apasiona. Se abruma. Se exalta. Parece dispuesta a zarpar en cualquier momento sin rumbo fijo.

La tranquilizo, la hago que salga al exterior y respire hondo. Que cuente una a una las olas que rompen en espuma contra la escollera. Mientras lo hace, me recuesto en la cabina de mando y oteo el horizonte cúbico del malecón. De repente, advierto el doble destello de unos binoculares, me parece distinguir una figura en lo alto del muro que nos atalaya con la ayuda de dichos prismáticos.

Siento un escalofrío al confirmar la identidad del hombre que nos vigila cuando retrocede con sus amplias zancadas hasta quedar oculto tras un noray. Registro la información, la proceso y extraigo las consecuencias precisas. No experimento pánico ni siquiera intranquilidad, más bien su reverso. Reclamo la atención de Amalia con un siseo hasta que emerge poco a poco de su censo de olas.

—¿Tienes hambre, mi amor?

—Una pizca.

—¿Qué tal si aprovechamos para un almuerzo temprano en el club?

—Me apetecen tellinas. ¿Crees que tendrán?

Tomamos nécoras y clóchinas también. Y media botella de vino blanco. Bajo el efecto de sus vapores, Amalia ronca ahíta de camino al Carrascal. La dejo en casa y regreso a la ciudad. Reflexiono mientras conduzco en lo visto en la marina. En la paradoja del cazador cazado. Tan solo acechado por el momento. Pero a qué esperar. En la necesidad ineludible de cubrir mis espaldas. Y las de Amalia. En la urgencia de aplicar la pena máxima al acosador. En emular más pronto que tarde la justicia arbitraria e implacable de Dios.

El trayecto hasta la ciudad, por lo común tedioso, con estas amenidades discurre en un periquete. Es poco más de mediodía cuando llego a la consulta. Marisa me recibe con alivio y una noticia extraña. Hay una mujer joven que lleva aguardando desde hace un par de horas en la sala de espera. Una recomendada especial de Rocío. Amiga o familiar tal vez. El asunto es que le ha dicho que hoy no trabajo hasta la tarde, pero ella ha insistido en esperarme rechazando la atención de mis nuevos colegas en la clínica. Ha acudido *ex profeso* para ser examinada por el doctor Vidal.

Halagado pero también en guardia, le indico que la haga pasar sin más tardanza. Me encierro en mi despacho, me quito la americana y me pongo la bata y el gorrito. Silbo despreocupado el inicio de la cantata 147 por el pasillo hasta alcanzar el gabinete. Allí me aguarda mi paciente. Disimulo lo mejor que puedo mi turbación. Y mi recompensa. Saludo con voz neutra y prosigo el ritual. Efectúo el lavatorio de manos con el jabón antiséptico mientras la sondeo a través del azogue.

Sentada en el butacón reclinable, con los brazos y piernas extendidas y la mirada aparentemente concentrada en los árboles de la plazuela. Allí está, hermosa y falsaria como un ángel vengador con el cabello envuelto en llamas. La melena pelirroja derramada en tirabuzones sobre el pecho sensual y puntiagudo. Las caderas exactas forradas por una corta falda tejana. Las piernas fibradas, largas y enfundadas en medias negras de rejilla. Los pies curvados en el interior de dos bailarinas. Los ojos color caramelo que, tras escuchar mi saludo, dan un salto hasta el espejo del lavabo y me observan con la dureza de la obsidiana. Cómo podría haber olvidado esa mirada, esa melena roja, esa promesa.

La había visto tres veces antes, una en el hotel donde me encontraba con Mía, otra en el aparcamiento del club mientras aguardaba a Alicia, y la tercera en la misma plaza de la consulta una tarde en que salía acompañado por Rocío. No podía ser una coincidencia. No lo era. De esto distaban algo más de doce semanas y desde entonces había permanecido inquieto, expectante, a la espera de su pronta reaparición. Hasta ese preciso momento. Le devolví la mirada en el azogue antes de camuflar mi rostro tras la máscara:

—Hola. Soy el doctor Vidal. Me han dicho que me estabas esperando.

—Así es. Mucho gusto, doctor.

—¿Eres amiga de Rocío?

—Ajá. Te recomendó como si fueras el mejor dentista del mundo. Y aquí me tienes.

—Rocío exagera mis virtudes. ¿Cómo te llamas?

—Raquel.

—¿Algún motivo especial para acudir a mi consulta, Raquel?

—Mi boca. Quiero que me eches un vistazo.

Separó los labios sin que tuviera que pedírselo. Me asomé a su garganta y, antes de introducir la cánula y las pinzas, supe que en su interior iba a encontrar al fin la respuesta a mis plegarias.

Raquel se obliga a no temblar mientras Vidal examina su boca abierta y ofrecida. Consigue que su respiración mantenga un ritmo sereno, que sus manos permanezcan quietas sobre el reposabrazos, que sus ojos no expresen otra cosa que una remota, distante curiosidad. Pero su cerebro funciona mientras a toda máquina. Piensa en la melena de Micaela Fernández. Piensa en la melena de Virginia Palacios. Piensa en la melena salmón de la desaparecida Miriam Torres en las fotos de su web familiar. Piensa en su propia melena rojiza. Piensa en el ángulo muerto, en aquello que acontece ante la mirada pero no se ve, en esa presencia subrepticia que se advierte primero acaso por azar y más tarde se vislumbra ya por propia, insensata voluntad.

—¿Has tenido molestias últimamente, Raquel? ¿Inflamación o sangrado de encías?

—Mmmñnno.

—Perfecto.

La juez Linares había fallecido la mañana anterior. Un fallo multiorgánico se la llevó entre las sombras donde moraba el Capitán Araña, donde penaba su propia madre, muerta en vida, donde aguardaban respuesta el cuerpo roto de Ava y aquel otro cuerpo desaparecido de Miriam, borradas acaso por la misma mano que oscilaba ahora entre sus labios abiertos y tanteaba sus dientes valiéndose de una larga pinza de metal. Marian Linares había muerto y Raquel no pudo soportar otro luto, otro duelo, otra ausencia que abocar a ese hueco donde aún latía su corazón sin hacer algo que la redimiese de esa rabia, ese anzuelo en las tripas, ese dolor que amenazaba con asfixiarla.

—¿Dolor de muelas? ¿Acidez? ¿Dificultad al masticar o tragar?

—Ññmjoco.

Maqueda la obligó a tomar dos días libres en la agencia. El de ayer y el de hoy, día de la cremación de Marian. El abogado Uncio al parecer aún no se habían pronunciado sobre su informe ni acudido a la policía. Pero Raquel no pensaba aguardar su decisión. Tenía su propio plan al respecto.

Las mujeres de su raza habían cometido toda clase de tropelías y desmanes, según afirmaban los textos sagrados. Es decir, según los autores masculinos de esos textos. Habían causado inundaciones e incendios, traicionado a sus maridos, hijos y padres. Habían provocado a su capricho plagas, batallas y blasfemias, cercenado cabelleras vigorosas, así como hecho cercenar pescuezos de hombres santos. Habían sido activas en la venganza, la infidelidad y el homicidio. Raquel pensaba desempeñarse como digna heredera de aquellas hembras ficticias y feroces.

A primera hora visitó a Rocío Velasco en el Centro Ecquo y la convenció, más bien la extorsionó, para que le consiguiera aquella visita urgente. Acudió a la consulta y esperó la llegada de Daniel Vidal durante horas con el corazón en un puño; pero al fin obtuvo su recompensa. La mirada del tipo nada más entrar en aquel gabinete le provocó un apretón de angustia y adrenalina. Inspiró y expiró con método mientras los ojos glaucos del hombre la devoraban espejo mediante. Le sonrió seductora cuando retiró las pinzas de su boca, dio por acabado el examen y le acarició la barbilla con la yema del dedo corazón, como al descuido.

—Tienes una boca muy bella, Raquel.
—Gracias, doctor.
—Y muy sana también. Me pregunto para qué has venido en realidad.
—Quería conocerte en persona.
—Qué halagador.
—Me han hablado muy bien de ti.
—No tengo a Rocío por una persona que le guste cotillear.
—Conocer de verdad a la gente resulta algo complicado. Las personas tienden a sorprendernos.
—Amén —confirma el dentista mientras se saca la mascarilla de la cara y le enfrenta sus ojos sonrientes.

Sabe que se expone en exceso, que corre un riesgo temerario desnudando su boca ante los ojos de aquel presunto depredador. Sabe también que tan solo una muestra biológica de aquel individuo, obtenida en mitad de un acto delictivo, podría condenarlo por el asesinato de Micaela; y ella se ha propuesto obtener ambas: muestra y delito. Es una locura. También un acto de justicia y reparación. Para Micaela, para Marian, para esa familia de Manresa que aún hoy aguarda en vano el regreso de su hija universitaria. Para ella misma y su insensato dolor.

—¿Y con qué piensas sorprenderme tú?

—Con la verdad.

—Interesante.

—Trabajo para una agencia de investigación privada. Te estuve vigilando hace unos meses.

—¿Eres una... detective?

—Puedes llamarme así.

—¿Y quién te encargó que me espiaras?

—Tu mujer. O más bien tu difunto suegro. Luis Romero. Lo dejó escrito en su testamento como un requisito para el cobro de la herencia.

—Ya. ¿Y puedo saber qué descubriste de mí con tu espionaje?

—Que pareces un buen tipo y un buen profesional pero que engañas a tu mujer con frecuencia. Con Rocío, con Alicia, la rubita del club, con todas las que se te ponen a tiro. Y que eso no parece importarle mucho a tu esposa.

—¿Eso te dijo Amalia?

—Más o menos. Te quiere demasiado como para que le importen tus infidelidades. O eso aparenta.

El doctor Vidal cruza los brazos, la mira sin pestañear.

—¿Qué quieres de mí?

—Dinero. Tu mujer no es la única a la que le podría interesar lo que yo sé. Eres un hombre religioso y muy admirado en tu entorno. Vas a ingresar en el Opus Dei. Sería feo que todo se viniera abajo por una indiscreción.

—No tienes aspecto de chantajista, Raquel.

—La vida es cara, y una chica tiene que buscársela.

—Eres una buscona pues.

—Y tú un pichabrava, doctor. Y eso a veces cuesta dinero. Te ofrezco el material de audio y vídeo que grabé sobre ti y tus amigas.

—¿Cuánto?

—Treinta mil me bastarían. Una caspa para ti.

—Puede arreglarse.

—Me alegro. Por la cuenta que te trae.

Vidal se inclina, sitúa su rostro a escasos centímetros del de ella.

—¿Eso es todo lo que quieres de mí? —pregunta al fin mientras apoya un par de dedos en el cuello de Raquel y mesura el latido de sus venas con un interés en apariencia facultativo.

—¿Debería querer algo más?

—Dímelo tú. Tienes la cara ruborizada, el pulso acelerado y muy alta la temperatura corporal. Yo diría que estás húmeda. Excitada.

—Compruébalo tú mismo, doctor.

Raquel se retrepa arremangando su corta falda vaquera, abre de par en par sus muslos y le permite ver su pubis afeitado e inserto en la abertura de sus medias de rejilla mientras ruega para que el dentista le palpe algo más que el cuello, para que le dé pie a rasgarle la cara con las uñas, arrancarle un mechón de pelo, gritar como una prima donna que el otro ha intentado abusar de ella, montar un escándalo y avisar a las autoridades. Denunciarle y acabar con él de una maldita vez.

Vidal, sin embargo, como si adivinase sus intenciones, retira al punto los dedos de su garganta y los ojos de su coño; se echa hacia atrás con una nueva sonrisa.

—Me encantaría pero este no es el momento ni el lugar.

—Primero el dinero entonces y ya vemos lo de mi humedad, doctor.

—Me parece un buen plan.

—¿Cuándo lo tendrás preparado?

—Esta tarde. Yo te aviso.

Le despertó el rugido demasiado cercano de Chuck Berry a una hora demasiado temprana. Se encaramó en el sofá, acalló *Maybellene* de un zarpazo, atendió con voz ronca a la voz aguda y apremiada que rebotó en su oído:

—Coco. Soy Mila. Siento molestar.

Sacudió la cabeza disolviendo las brumas del sueño y emitió un segundo gruñido para dar a entender a su interlocutora que siguiera adelante.

—Hemos esperado tres días antes de avisarte pero no puedo más. No sabemos nada de mi hermano. Tiene el teléfono apagado. En el periódico tampoco le han visto el pelo desde el viernes.

—¿Habéis llamado a los hospitales?

—También. No lo han atendido en ninguno.

—¿Y su casa?

—Fue Gustavo ayer. No hay señales de que haya pasado por allí.

—¿Ningún mensaje en tu móvil? ¿Ni idea de adónde ha podido ir?

—Nada. Ya sé que no es la primera vez que pasa algo así pero tengo un mal presentimiento... Estaba tan ilusionado últimamente con el trabajo.

—¿Qué os han dicho en la redacción?

—Que se fue el viernes con prisa. Se dejó un artículo por corregir y pidió dinero prestado a algunos compañeros. Eso es lo más raro. Con todo el rollo de las televisiones, había ganado bien últimamente. Estaba acudiendo a la unidad de politóxicómanos. Y no jugaba, Coco, me lo juró por mi madre —la voz de Mila se quebró en un gemido—. Tenía que haberte llamado antes. Pero es que han sido tantas veces que a una al final se le hace la piel dura y ...

—Mila, cálmate y deja que me ocupe de buscarlo. Por lo que me cuentas, estará donde siempre. Tirado en algún hostal de mala muerte esperando a que se le pase la resaca y la mala conciencia por haberla jiñado otra vez.

—Ojalá tengas razón, Coco. Ojalá.

—Necesitaré que pongas denuncia esta mañana mismo en una comisaría. Te llamo en cuanto sepa cualquier cosa.

Se duchó, se vistió y se administró tres cafés, cada uno más cargado que el anterior. Cuatro días desaparecido con hoy. Plumilla de las pelotas. Cuántas veces se había repetido aquella desaparición. Las mismas que crisis alcohólicas o malas rachas o la unión de ambas circunstancias le habían llevado a desear borrarse de la faz de la tierra en las últimas décadas. Tantas que no bastaba con los dedos de una mano para contarlas. Aunque, como Mila, Coco también tenía en esta ocasión un mal presentimiento; procuró ahuyentarlo a telefonazos.

En la redacción, una madrugadora Lola le contó cómo el viernes anterior había tenido que disuadir a Matoses de que solicitara un anticipo. Ni idea de su paradero, pero, si no daba señales pronto, le aguardaba un despido exprés; el dire estaba hasta el escroto de sus subidas a la parra. En Jefatura logró que Perico obtuviera y repasara el registro de entradas y salidas en establecimientos hoteleros de la capital durante los días anteriores. Ni rastro del plumilla. Podía estar durmiendo la mona en cualquier catre de la provincia, o más allá. Pero también podía no estarlo. La pasada de gorra indicaba a las claras la inminencia de una partida golosa. Matoses tenía el acceso vetado a todos los casinos en quinientos kilómetros a la redonda. En las timbas y covachuelas de la capital debía tanto que ni se le hubiera ocurrido asomar la jeta. A Coco tan solo se le venía a las mientes una posibilidad. Así que se tragó el sapo de su orgullo policial y volvió a descolgar el teléfono. En la unidad de narcóticos, Goñi se puso al aparato después de tres llamadas y, tras una sesión intensiva de dorado de píldora, accedió a verse con él en La Tarara a la hora del almuerzo.

—¿Qué operación quieres tumbarme hoy, Coco?

—La misma que la vez anterior. Balboa. ¿Qué sabes de él?

—Nada. Y si supiera algo, no se me ocurre ningún motivo para decirte ni mu.

—Los de su grupo entonces. Seguirán operando en la comunidad o en el territorio nacional. La gente del servicio aduanero que colaboró con ellos. Sus distribuidores. Sus ganchos. Necesito algo. Lo que sea, Fito.

—¿A santo de qué ese interés?

—Mi amigo lleva cuatro días desaparecido. Te acordarás de él.

—Cómo podría olvidarlo —bufó Goñi—. Volaron todos antes el decomiso. Los de aduanas ponían el cazo por cada gancho. Y ni eso pudimos demostrar. ¿Recuerdas el motivo?

—Fue él quien los puso sobre aviso. La pringué, chico. Te pedí disculpas entonces y lo hago otra vez.

—Las disculpas son baratas, Coco. No sé qué esperas de mí.

—Dime algo, Fito. O le han dado ya boleta o se la van a dar en breve.

—¿Y por qué ellos precisamente?

—Porque no se me ocurre otros que le fueran a dar cuartel con el naipe. Porque mamona una vez, mamona siempre. Porque estos tipos matan por puro aburrimiento. Lo sabes tú mejor que yo.

Adolfo Goñi apuró la taza que tenía frente a sí y suspiró.

—Balboa se esfumó para no volver. Seguro que habrá otro cholo en su puesto ahora mismo. Pero yo no te puedo ayudar con ese tema.

—¿Por qué?

—Porque la última vez me jodiste —sentenció levantándose de la mesa—. Una y no más, santo Tomás.

—¿Por qué me largaste lo del contenedor marcado? —preguntó entonces con los ojos clavados en el rostro del estupa—. ¿Necesitabas que la información corriese para cubrirte las espaldas?

—Voy a hacer como que no he oído eso último, Coco.

—Quizá en Asuntos Internos sí quieran oírlo. ¿Apostamos?

Adolfo Goñi optó por no responder. Pagó los cafés en la barra y se largó. Coco miró el reloj. No tenía tiempo ni para cumplir su amenaza. En media hora debía estar en el Tanatorio Municipal. Pasó por los vestuarios de Jefatura, se cambió de camisa y se puso una corbata oscura. Zafra le aguardaba en el patio con el coche arrancado, vestida de negro de la cabeza a los pies.

—Llegamos tarde, Coco.

—Ni se te ocurra poner la sirena.

—Ya me ha contado Perico lo de Matoses.

—Creo que podría estar enfangado con los colombianos de la otra vez. Pero Goñi no me da ni la hora.

—¿Y te extraña?

—Me mosquea más bien —dejó ir Coco entre dientes—. ¿López está con el arquitecto?

—Pasándoselo bomba en la puerta de su finca.

—Dale, morena. No se hace esperar a una juez.

La incineración de Marian Linares parecía una reunión de capitostes de alto nivel enlutados. Media judicatura local se había sumado a la ceremonia de despedida sabedores de que no habría funeral ni misa donde lucir el palmito ni rendir pleitesía al exmarido de la difunta. También abundaban los funcionarios policiales y el personal de juzgados que había estado a sus órdenes. Entre ellos descollaba el secretario Morales. Ojeroso, feble y con la vista extraviada. Coco y Zafra fueron a darle el pésame directamente a él en lugar de al Decano Buigues, acorralado por los prebostes y dignatarios. Al lado del secretario estaba una mujer joven que los abrazó con aire turbado cuando Morales se la presentó como la compañera de la juez. La mujer llamada Raquel pareció querer decirles algo antes de que se alejasen pero se renegó, sacudió su melena roja y tomó asiento junto a Morales. La ceremonia dio inicio y cursó breve y emotiva antes de que el cuerpo de Marian Linares ingresase en el crematorio. Apenas unas palabras conmovidas del Decano Buigues y un poema de un tal Kavafis gemido por Morales. La joven pelirroja se eclipsó del mortuorio tras dar un rápido beso al secretario judicial en la frente.

Zafra lo dejó en Jefatura y fue a sustituir a López en la vigilancia del arquitecto. Nada más llegar a la oficina, Coco puso en marcha con la ayuda de Perico el dispositivo de búsqueda y solicitó a través del juzgado de guardia una petición urgente a la compañía telefónica para que les dieran la localización exacta del móvil de Matoses antes de que dejara de emitir su señal de gps. Cremades, mientras, había ampliado la búsqueda a los hoteles y hospitales de toda la comunidad. Sin resultado. Coco pensó con dolor en el plumilla. La última vez que lo vio rebosaba confianza. A toro pasado, el soplo de la agenda únicamente había valido la pena por verlo reverdecer de aquella manera, encarnar al goliardo justiciero que fue en su día. Pero su amigo, según el protocolo y su propia experiencia policial, tenía muchas posibilidades de estar criando malvas ahora mismo. Sin embargo, no podía entregarse a la parálisis de aquel presagio. El asesino de Micaela Fernández seguía libre como un pájaro.

El inspector apoyó los ojos en el hombre de la bolsa. Su imagen estaba pinchada en el mural de la unidad junto a la secuencia de retratos robot que trazaron los especialistas a tenor de su nariz, boca y mentón desnudos ante las cámaras de la gasolinera donde adquirió el móvil prepago cuya llamada atendió el día de su muerte la víctima. Habían peinado la zona adyacente a la gasolinera durante aquellos días interrogando a vecinos y conductores. No rascaron nada de interés. La vigilancia intensiva del arquitecto era el solitario clavo ardiendo al que seguía agarrándose con más fervor que auténtica esperanza.

En esas, escuchó un carraspeo procedente de la puerta de la oficina. Un sujeto trajeado estaba detenido junto a su quicio, sus ojos hincados en el mural, sobre el rostro del hombre de la bolsa. Coco lo reconoció al instante. Elegante, frío y circunspecto. Era el abogado del arquitecto Riera.

—Sé quién es ese tipo —dijo José María Uncio señalando la imagen del mural.

Los cuatro reyes regresan obsesivos una y otra vez a su cerebro, se superponen y destellan entre el naufragio de sus neuronas como en un una vieja moviola. Las cuatro kas primero apretadas en el puño del hombre dorado, y luego expuestas una a una sobre el verde tapete frente a sus cuatro ridículas jotas. La mirada de Lucho que resbala por encima de su rostro descompuesto y va a ordenar algo a su espalda. La mano del sicario apoyada en su hombro, esa voz de consonantes arrastradas inoculándose en su oído:

—Hora de un *break*, viejo *man*. Acompáñeme a la terraza que le sirvo un trago.

Lívido, sin pronunciar palabra, se tambaleó tras el chico haciendo oídos sordos a los epitafios de los otros burlangas, al rumor sordo de las fichas en su viaje hasta el regazo del hombre dorado y al desplazamiento de Balboa, que ocupó al punto su lugar en la mesa. Se dejó caer en una hamaca, miró las luces lejanas del puerto deportivo, y se tomó a cortos sorbos el roncola que el sicario acababa de poner entre sus manos temblorosas. Y ahí fue que se la colaron. En el roncola.

La boca de repente se le drenó de saliva. Notaba terrosa y cuarteada la lengua igual que un secarral. Vació el vaso con un último bucho en la esperanza de que eso le aliviara; pero no fue así. Se llevó los dedos a la frente y notó su piel ardiendo. El corazón le batía en el pecho como un timbal de jazz. Intentó hablar pero las palabras no salían de entre sus labios, dos segmentos de carne grumosos y adheridos. Invirtió toda su voluntad en ello y consiguió articular:

—Me siento mal.

—No joda —respondió burlón el muchacho repanchingado frente a él.

El rostro del sicario comenzó a deformarse, a fraccionarse ante sus ojos en relieves cada vez más gargolescos. Apretó los párpados, trató de deshacerse de aquella visión vertiginosa. Para colmo, experimentó un espasmo brutal en el ojete, temió que iba a cagarse encima. Logró impedirlo al cabo. Cuando volvió a abrir los ojos, ya no había nada frente a él. El mundo fundido a negro.

Oscuridad. Pasmosa y hermética. Un pentagrama carente de notas. Una obra de teatro absurda sin texto ni intérpretes. Un poema que no acontece. Una mazmorra gótica. Una fosa abisal. Una *performance* vanguardista en la cual, pese a la ceguera y la náusea, su cuerpo se desplaza en respuesta a estímulos simples. Pescozones, siseos, manotadas, la voz suave pero persuasiva del sicario anónimo que penetra ahora en sus oídos como una flecha de cieno:

—Dele, viejo *man*, vamos a dar un paseo.

El retumbo de una puerta a la espalda. El zumbido de un abejorro. Una cápsula de metal en descenso. Chirridos. Olor a aceite. Una superficie bruñida bajo los pies. Una caída al vacío. Un golpe seco y el sabor metálico de la sangre que la boca agradece en su aridez. Una corriente de aire cálido y uniforme contra el rostro. El fragor de una cumbia como fondo musical. Sopor cada vez más envolvente. Un frenazo. Pestuzo a caucho quemado. Aterrizaje contra el suelo y alzamiento frontal. Un plano inclinado. Una rampa. Olor a estiércol esta vez. Pasos vacilantes y en descenso. Goznes. Un envión entre los hombros y una superficie blanda al final del vuelo. El agua que mana sobre sus labios y en su pecho con profusión. Un último tufo insidioso que no acierta a identificar. La voz lentificada y sin nombre de su torturador:

—Échese un sueñecito. Lo va usted a agradecer.

Obedeció sin reparos justo después de descubrir por sorpresa el perfume elemental y remoto que emanaba del lugar: Ajo.

Salió de la negrura y la asfixia con un calambre. Llenó sus pulmones de aire estancado. La cabeza amenazaba con estallarle, y el estómago no le iba a la zaga, pero sus pupilas al menos registraban una serie de formas vagas en la semipenumbra. Estaba tumbado sobre un camastro en posición fetal, las manos y los pies ceñidos con bridas plásticas en lo que semejaba el sollado de un barco. O la panza de la ballena. Una ballena recién desayunada al parecer. Apestaba a ajo. Giró sobre sí mismo. Tras varios intentos, consiguió sentarse en el jergón. Una esquirla de luz penetraba desde un boquete en la pared. ¿Cuánto tiempo llevaba allí? ¿Por qué estaba allí? ¿Dónde era allí?

Los recuerdos de la partida, aquella última mano fatal, su retirada y el roncola ponzoñoso acudieron en tropel a su memoria. ¿Qué le habían metido? Escopolamina, burundanga, belladona, beleño blanco. Burladora la llamaban también en el colmo del sarcasmo. Burladora para un burlanga. Recordó que una vez escribió un reportaje sobre una prostituta descuidera que se la administraba sistemáticamente a sus víctimas antes de desvalijarlas. Los síntomas descritos por los primos coincidían en parte con su particular *viacrucis*. En fin, lo que fuese que le colaron en aquel roncola le había dejado la peor resaca que se pudiese imaginar. Mas lo que importaba ahora era saber dónde estaba y por qué. ¿Qué iban a hacer con él? Había perdido hasta los gayumbos en la partida y definitivamente se convertiría en confidente de Lucho, en su seguro lacayo y servidor de por vida. Haría lo que Balboa le ordenase sin titubear. Pero no entendía qué pintaba la droga y el encierro en ese nuevo guión. Salvo que la trama fuera otra. Más tenebrosa y más siniestra. Sí, eso era lo único que tenía sentido: lo iban a matar.

Se enderezó en el camastro espantado por esa idea. Apoyó la cabeza en el rugoso estuco que encontró a su espalda. Empezó a majársela a golpes regulares contra la pared, al ritmo de su propia desesperación: Cloc, cloc, cloc. Muerto, estaba muerto. Vendrá la muerte y tendrá tus ajos. Entraremos en la muerte con los ajos abiertos. Ajos de la gran puta. La celda de pronto pareció responder a sus golpes con una vibración también regular: Brrr, brrr, brrr. La esquirla de luz se transformó en un charco luminoso que dio de plano sobre sus ojos como si le arrojasen en ellos un chorro de vidrio molido. El mundo fundido a blanco.

Escuchó un chirrido y sintió una ráfaga de aire en el rostro. Despegó los párpados. Cuando logró que sus pupilas se habituasen a la luz y enfocasen de nuevo, descubrió los rostros de Balboa y su fiel sicario asomados a una estrecha puerta de metal.

—¿Quihubo, mi mompa? ¿Cómo le va?

—Lucho, por Dios, sácame de aquí.

—Ay, y cómo le gusta al *man* eso de pedir. Dale gusto al viejo, ándale.

El sicario le alzó en brazos sin aparente esfuerzo, se lo cargó al hombro y salió haciendo maromas con su cuerpo a cuestas por una escalera. Lo descargó sin miramientos en el suelo de un corral. Matoses rodó hasta ir a dar contra la tela metálica que acordonaba el recinto. Alzó el rostro al cielo brillante y acertó a ver cómo una densa nube tapaba el sol hasta convertirse en un oscuro revoque de azur. Arrastró sus ojos hacia el antioqueño, que lo miraba a su vez sentado junto a una cisterna con un habano apagado en la mano.

—¿Qué es todo esto, Lucho? ¿Dónde estoy?

—En tu último rumbo, *man*. Nada personal. Solo negocio.

—¿De qué hablas?

—De repente tu vida vale un chingo de lana. ¿Quién lo iba a pensar?

—¿Mi vida? ¿Qué locura es esa?

—Un escarmiento le llamaron. Dadle café, dijeron unos que no les gusta lo que tú escribes. Y acá que vamos a combidarte a un tintico en su nombre.

—No. No puedes hacerlo. Te daré lo que me pidas. Te daré…

—Córtala ya. No tienes nada que ofrecer, carajito. Tu crédito se canceló.

—Haré lo que quieras, todo lo que mandes… Lucho —escuchó cómo su propia voz se rompía en un sollozo.

—No me llores y échale güevos. Ahora te dejo con el chavo. Puedes dar gracias, es un artista. Nos veremos en el otro reino, mi mompa.

Lucho prendió su cigarro y desapareció con un último gesto manual tras la cisterna. El sicario, mientras, había abierto una neverita portátil y revolvía en su interior. Matoses fijó sus ojos dilatados en él. Intentó otra vez recordar su nombre en vano.

—Dime que esto es mamadera de gallo, chico. No vas a matarme, ¿cierto?

—¿Pos por qué no le iba a matar, viejo *man*?

—Yo nunca te hice nada malo. Nunca. ¿Por qué ibas a matarme?

—Pos porque lo dice el *boss*.

El sicario sacó un bote de la nevera, lo abrió y se lo llevó a los labios.

—A tu jefe tampoco le hice daño. A ninguno de vosotros. No puedes.

—¿Pos por qué no?

—Porque la vida es sagrada.

—Mamada será. De donde yo vengo no se puede elegir. Maté a mi primer *man* con trece añicos. Le aventé con un tote los güevos. Ni a la panza le llegaba, ¿sabe usted?

El sicario da un largo trago de su refresco y Matoses nota cómo un aullido sordo le asciende desde el fondo del estómago y sale por su boca en una catarata de hipidos; las babas le resbalan por el mentón.

—No se lo tome así. Usted ya se puso viejo. Yo no cumpliré ni la mitad de sus años. Además, podría hacerle mucho daño y el *boss* me dijo que sea suave con usted.

—¿Suave?

—Podría quemarle las tripas. O meterle picana. O rebanarlo a cachicos. Podría hacer que usted mismo me rogase acabar.

El sicario apura su bote, un par de gotas negras rebosan la comisura de sus labios. Se arrodilla luego junto al hombre atado. Le palpa la cara y el cuello, le sonríe con dulzura.

—Una caricia mía y usted volará, viejo *man*. No sentirá más dolor ni pena. ¿Quiere rezar algo lindo primero?

Matoses se traga las lágrimas y consigue dominar su temblor, niega con la cabeza gacha. La eleva al cabo y se mira un instante en los ojos de su asesino.

—Dime cómo te llamas, chico.

—Mi nombre es Jackson Acosta —responde el sicario antes de sonreírle por la última vez y rodear con una finta su cuerpo.

Siente las manos nudosas del muchacho situándose a ambos lados de su cerviz, haciendo cuña al extremo de sus quijadas. Escucha un segundo antes de que sus vértebras estallen con un crujido seco:

—Pero me llaman Caronte, señor.

El tiempo chalanea bullicioso, avanza y retrocede en el borde de los espejos, cimenta nuestro actos o circunda nuestras tumbas, nos estafa siempre. El tiempo comprime la secuencia de mis posibilidades de salir con bien en los dos frentes abiertos. Debo elegir y lo hago.

Bosco nunca fue más que un entretenimiento, una burda añagaza con que doblar la apuesta. Ella es mi objetivo y mi destino. Joven. Hermosa. Taimada. Sabedora de mí. La oportunidad que siempre había aguardado sin verdadera esperanza. El sentido y la sombra tomados de la mano. Ofrecidos en una sola pieza final.

Abandono la consulta como una exhalación, monto en el todoterreno y acudo al Carrascal. Encuentro a Amalia cuidando el jardín y la obligo a confesar su estúpido secreto, la marca atroz de nuestra debacle. Mi esposa no se molesta en desmentirlo, admite la investigación encargada por designio testamentario en la agencia de la pelirroja, me explica se diría que divertida la estratagema paterna utilizada para conseguirlo, asiste a mi asombro y mi humillación, me muestra el material grabado en un *pen drive* luego. Sonríe satisfecha al ver las imágenes de Mía desfilando en la amplia pantalla de plasma de nuestro salón.

—Has cometido una equivocación terrible al ocultarme esto, Amalia.

—Tú fuiste quien me lo ocultó primero —me acusa en respuesta—. Me dejaste al margen, Dani. No querías compartirla. No querías que la castigase.

—No quería implicarte —la corrijo—. Ahora tendré que solucionarlo.

—Siempre lo haces. Voy a rezar por ti.

Eso hizo también aquella noche en Barcelona quince años atrás. Rezar mientras yo me acostaba con Miriam en la habitación contigua. Rezar en tanto nos espiaba desde la puerta entreabierta y se masturbaba en silencio. Rezar mientras yo me duchaba y mi amante se quedaba adormilada en la cama. Rezar cuando tomó sus medias del suelo y rodeó el cuello de Miriam con ellas y estiró de sus finos cabos hasta sacarle el aliento y la vida. Rezar a la vez que yo seccionaba el cadáver en pedazos. Rezar mientras los hacía desaparecer en una fosa séptica a cuatro horas de distancia. Rezar todas y cada una de las veces en que el juego se repitió a lo largo de nuestros viajes. Rogar a su dios impasible mientras yo empuñaba el mazo del destino.

Bajé al garaje e hice los preparativos oportunos. Mientras cargaba mis pertrechos en el maletero del todoterreno y le ayuntaba el remolque pequeño a su trasera, deduje que aquello era el desenlace. La pelirroja no había conseguido grabarme junto a Mía y dudé si esas entradas y salidas de la habitación podrían esgrimirse como prueba ante un tribunal o sustanciar una petición de muestreo genético. El problema es que ella sabía y también las gentes que hubieran colaborado con ella en mi vigilancia. El problema añadido era que Bosco sabía igualmente. El problema sin paliativos era que yo era quien había sembrado el camino con las pistas para mi hallazgo. El móvil prepago. Mi semen. El escapulario. Huellas que al fin revelasen mi rostro tras la máscara.

Pensé de nuevo en la pelirroja. Dañina y trepidante en su semejanza. Supe que la había estado esperando durante todo este tiempo que se agota ahora en una última exhibición fraudulenta para dejarme frente a frente con mi castigo. El tiempo y el castigo siempre nos alcanzan. Tenaces como la enfermedad o la muerte. Uno lo sabe y escapa pese a todo. Huye hacia adelante precediendo su sombra. Pero la sombra viaja rauda a su espalda, reclama su saldo, inagotable. Y escapar, fatiga. Agota casi tanto como el daño. Al punto que uno sueña noche tras noche con el final del juego, que uno reza y ruega y llora ante el dios ciego y sordo de los asesinos para que se cumpla el plazo.

Subo a casa de nuevo. Amalia ha acabado ya sus oraciones. Ahora está tumbada boca abajo en el sofá tocándose entre las piernas, excitada ante la caza, mientras revisa una de nuestras viejas películas. Ámsterdam. 1995 o quizá al año siguiente. Aquella mochilera danesa de pecho abundante. Separo la vista de la pantalla justo en el momento en que la chica entra confiada en nuestra caravana.

Saco el *post-it* donde la pelirroja escribió su número antes de abandonar la consulta. Lo marco en mi nuevo móvil prepago. Raquel Bonafed atiende al otro lado con su voz juvenil y falsaria.

—Tengo tu dinero.

—Qué rápido, doctor.

—Estoy impaciente por solucionar esto.

—Me alegra que así sea.

—¿Dónde nos vemos?

—En un lugar público. ¿Conoces…?

—Tenemos dos asuntos pendientes. Y el segundo no es algo que se deba hacer en público.

—Eso depende. Te he grabado haciéndolo en el coche con tus amigas. Ven a buscarme y...

—Perfecto. ¿Dónde te recojo?

Raquel corta la comunicación, temblorosa. Vidal sabe que quiere su semen. Vidal sabe que quiere probar que él mató a Micaela. Vidal es un sociópata peligroso e inteligente. Un asesino serial. Mató a su madre. Mató a Micaela. Mató a Miriam. Y a quién sabe cuántas mujeres más. Y ella está como un cencerro si acude sola a esa cita con el dentista. Pero no tiene otra. O tal vez no quiera otra. Acaba de asistir a la cremación de Marian Linares al lado de Joaquín Morales. Habló brevemente con Maqueda, enlutado y pesaroso, antes de entrar al Tanatorio.

—Deberíamos ir a la policía sin esperar más, Emilio.

—Tómate un respiro, pelirroja.

—¿Y cómo con ese asesino suelto?

—Recuerda que eso no está probado. Solo tenemos información. Y ahora ya ni siquiera nos pertenece. Es propiedad del cliente.

—¿Ese abogado cínico? ¿O el mierda del arquitecto? ¿Te fías de ellos?

—¿Crees que hubiera allanado el escenario de un crimen si no lo hiciese? Uncio es uno de nuestros mejores clientes. Hará lo correcto con tu informe.

Raquel asintió, pensativa. Emilio Maqueda podría perder su licencia si algo así trascendiese. Y Uncio, el cliente preferencial, era la persona que debía acudir a la policía y denunciar al dentista. Eso era lo sensato; pero no lo justo ni lo que se agitaba irreprimible en su interior.

—Anda, hazme caso. Descansa. Haz tu duelo por Marian. El tiempo que necesites.

Tiempo. Consultó la hora en su móvil: las cinco y media. Apenas una hora para preparar su encuentro con Vidal. Buscó la Sig-Sauer P226 del Capitán Araña y comprobó su cargador. Quince balas de nueve milímetros Parabellum. Su padre le había enseñado a disparar y cuidar de aquel arma cuando tenía diecisiete años. Se la regaló en su siguiente cumpleaños y le hizo sacarse la licencia. Una pistola semiautomática como regalo por su mayoría de edad. «Por si vuelven los nazis», le explicó, remedando a Woody Allen.

Pero ella sabía bien la verdadera razón de aquel obsequio. Una manera de poner coto a su adolescencia turbulenta. Un modo de hacerle ver que era con su propia vida con lo que jugaba cada vez que escapaba de su casa, se drogaba o se acostaba con desconocidos. Por rebeldía. Por capricho. Por despecho hacia su padre siempre ausente. Así lo había hecho durante años. Esta vez, para variar, se iba a jugar la vida por una buena causa. Iba a acudir a esa cita. Vidal pensaba que ella quería su esperma. Pero era su sangre lo que pensaba obtener. Lo iba a herir o a matar. Antes de que él la matase a ella.

A las siete, Raquel aguarda sentada en las escalinatas del edificio de Correos. Un todoterreno aparca en el chaflán adyacente un minuto después. Tiene los cristales laterales tintados. Vidal hace bajar la ventanilla del conductor y la saluda con la mano. Primera señal de alarma. Raquel contaba con que acudiese a la cita con el Audi que el dentista llevaba tres meses antes. Tarde para arrepentirse. Se echa el bolso en bandolera, camina hasta el todoterreno y sube por la portezuela del copiloto. Vidal saluda su entrada con la entrega de un sobre. Raquel lo abre y observa el fajo de billetes de color lila que hay en su interior. De repente, un par de manos surgen a los lados del asiento, se aferran de sus brazos como si fueran tenazas. Antes de poder emplear cualquier tipo de resistencia, el dentista exhibe una jeringuilla, debía llevarla oculta y preparada en su mano, y se la inserta bajo la mandíbula. Vidal rechista gozoso y le sonríe mientras bombea el líquido en sus venas; ella se mira en sus ojos relumbrantes antes de que todo escape.

Raquel despierta de un sueño oscuro para abrir los ojos a una oscuridad aún más cernida. Lucha por alejar las brumas de su cerebro. De a poco la oscuridad cede y toma conciencia de su situación. Desnuda, amordazada y tumbada boca abajo sobre lo que parece un banco de madera. Sus manos y sus pies asegurados con bridas a la base del mueble. A su alrededor un espacio cerrado y semicircular salpicado de pequeñas aperturas. La única luz del lugar brilla débil a su espalda. Raquel advierte que la Sig-Sauer y sus ropas se encuentran frente a sus ojos, dispuestas sobre un anaquel: su pistola, su falda vaquera, su suéter, su sujetador, sus bailarinas y sus medias de rejilla negras.

La voz de Vidal resuena entonces, cercana:

—La Bella Durmiente acaba de despertar. Graba.

A Raquel se le eriza la piel primero al escuchar la voz y un instante después al percibir las manos del hombre apoyadas sobre sus nalgas.

—¿Ves qué hermosura? Su melena, su espalda, sus caderas —Vidal sigue hablando mientras sus manos se desplazan abiertas por el cuerpo rendido de ella en un lánguido masaje. Raquel se estremece, siente la presión de su vejiga contra el banco, está por orinarse de puro terror. ¿Con quién coño habla? ¿Con quién? ¿Consigo mismo? ¿Con ella? ¿Con el propietario de esas manos que la sujetaron antes de la inyección de droga? Tiene un copartícipe de su transtorno. Un complementario. Un colaborador en sus crímenes. Una colaboradora. ¿Cómo no lo sospechó antes? ¿Quién si no?— Querías mi esperma, Raquel, y finalmente lo vas a conseguir. Disfruta con tu triunfo.

Raquel siente cómo sus dedos le abren las nalgas de par en par y una lengua recorre el surco de su vagina, su perineo y se introduce por fin en su ano para vibrar allí como una hélice. Raquel no puede resistirse, le orina en la cara con toda la fuerza de su uretra. Le baña en un chorro dorado que su receptor recibe entre jadeos.

—¿Lo grabaste? ¿Viste lo que ha hecho la pequeña buscona? Acerca más la cámara.

La respuesta a su espalda es un sollozo ahogado y gemelo. Vidal tira entonces de sus caderas hacia arriba y le apoya el glande túmido en el ano. La penetra de un brusco empujón. Raquel aúlla su dolor pero la bola de tela que se aloja en su garganta amortigua el sonido con efectividad. Vidal la encula metódico y sañudo. La penetra a fuertes caderazos y se remueve al fondo de sus intestinos antes de retroceder y volver a pujar. Raquel sabe que la furia sodomita es solo el preámbulo. Si la secuencia es idéntica a la de Micaela, al cabo vendrán la defecación, el degüello y el amartillamiento craneal. Las lágrimas ruedan cálidas por su rostro congestionado. No es solo el dolor. Su desamparo. Su vejación. Su muerte anunciada y sin valor. Tan solo una víctima más de aquel tarado y de su…

El retumbo de unos golpes en el exterior de la cámara paraliza de repente el vaivén del hombre en su interior.

—¿Hay alguien ahí dentro? Salgan del camarote. Policía —ordena con fuerza una voz femenina.

El dentista retrocede y la desensarta. Experimenta un alivio instantáneo. Percibe un cuchicheo sofocado y la respuesta medida, serena, increíblemente calmosa de Vidal:

—Enseguida salgo. Soy el propietario del barco. Deme un minuto para vestirme, por favor.

—Salga del camarote. Ahora mismo. Con las manos en la cabeza —le urge la voz femenina, autoritaria.

Raquel escucha un instante después lo que semeja la apertura de una puerta, siente un cambio de luz y una ráfaga de aire que agita todo su cuerpo en oleadas. Un gemido de puro terror animal asciende desde su plexo solar a su boca amordazada cuando las manos del todoterreno reaparecen crispadas junto a su cuello, lo rodean con sus medias de rejilla y tiran de sus cabos hasta estrangular su respiración.

—Ramera asquerosa. El infierno te espera. Allí estarás caliente y mojada, perra judía —escupe en su oído Amalia Romero.

A media tarde, Zafra sustituyó a la agente López en la vigilancia de Riera. Aparcada en la esquina de su calle, vio cómo el todoterreno del arquitecto emergía por la puerta del garaje privado de la finca poco antes de las seis. Lo siguió sin problemas y entró en la ciudad tras él. Riera sorteó el tráfico en dirección al ensanche y aparcó su coche en la zona azul de una travesía céntrica. Zafra lo vio dirigirse a una iglesia recién remozada de la ancha avenida, una de las parroquias más exclusivas de la ciudad.

Consiguió aparcar su coche también tras un par de minutos de búsqueda angustiosa y entró tras él en el templo. Se paró frente a la pila de agua bendita de la entrada y oteó la nave. Riera estaba instalado en un reclinatorio de la primera fila, justo delante del altar. Oraba genuflexo, con los párpados entornados y gesto de profunda abstracción. La iglesia apenas registraba la presencia de tres o cuatro fieles más, absortos en sus rezos, y una anciana prendiendo cirios votivos en una capilla lateral. Tras ubicar al arquitecto, se instaló en la penúltima fila de asientos y aguardó acontecimientos. Iba vestida de luto de la cabeza a los pies, turbante negro incluido. Con su arma reglamentaria en la sobaquera, se sintió por un instante como una samurái velando armas para un inesperado combate.

Un cuarto de hora después, Riera se santiguó, se puso en pie y atravesó la nave con sus largas zancadas en dirección a la salida. No vio a la policía sentada al otro extremo e inmersa en presuntas devociones que incluían taparse la cara con las manos desplegadas. Ya en la calle, el arquitecto atendió una llamada en su teléfono y pareció experimentar una notable agitación. Acelerado, recuperó su todoterreno y condujo a toda prisa hasta la salida sur de la ciudad con Zafra al rebufo.

El todoterreno se detuvo ante la garita de seguridad del club náutico del que era socio. Riera departió durante un rato con el guarda de turno. Luego, ingresó en el aparcamiento y se apeó. Rodeó el vehículo y sacó una funda del maletero. Una funda de piel con forma oblonga. Una funda de escopeta de caza. Con ella al hombro, se encaminó hasta la marina del club.

Zafra hizo lo propio hasta la garita, sacó su placa e interrogó al vigilante de turno con gesto de pocas bromas. El guarda de seguridad, un chico joven y obtuso, poco menos que se cuadró ante ella y la informó con detalle de sus dos conversaciones con Riera. La de hace un instante y la telefónica un cuarto de hora antes.

Llamó a Coco al móvil. El inspector le respondió al punto en un estado de excitación semejante al del sospechoso o al de ella misma.

—Le tenemos, morena. El abogado del arquitecto nos lo ha servido en bandeja.

—¿El hombre de la bolsa?

—Su nombre es Daniel Vidal. Un dentista amigo y compañero de club de Riera.

—Pues yo estoy precisamente en el dichoso club. Riera acaba de llegar. Ha sacado una escopeta de caza de su coche y se ha ido hacia los pantalanes. Un guarda de seguridad me acaba de confirmar que le pidió que lo llamara cuando ese tal Vidal apareciese por aquí. Y lo ha hecho hace un rato, acompañado de una mujer y un remolque con suministros para su yate.

—No te muevas. Salimos para allí ahora mismo.

—¿Que no me mueva? ¡Lleva su escopeta, joder!

—Pues por eso mismo, morena. Espera a que lleguemos.

—Coco, no sé si no me entiendes o no me quieres entender. Voy a por él.

—No te lo voy a repetir. Es una orden, subinspectora.

—No te oigo bien, Coco. Debe haber problemas con la cobertura.

Cortó sin hacer caso de la blasfemia proferida por su interlocutor, guardó el teléfono y atravesó a la carrera el aparcamiento. Cuando llegó a la marina, llevaba su arma reglamentaria amartillada entre las manos. Ni rastro del arquitecto. El segurata le había indicado el amarre donde se encontraba el yate del sospechoso. Siguió la numeración horizontal de los pantalanes y un minuto después localizó el barco indicado. No había nadie en cubierta, pero se distinguía una débil luz prendida en el interior de la embarcación. Se aproximó armada y sigilosa, pegó el oído al casco del barco. Un sonido mínimo pero regular provenía del interior. Zafra saltó la borda, localizó la puerta del camarote y la aporreó con la culata de su pistola.

—¿Hay alguien ahí dentro? Salgan del camarote. Policía.

Escuchó un rumor sofocado y, cuando ya iba a gritar de nuevo, una voz masculina articuló con calma desde el interior:

—Enseguida salgo. Soy el propietario del barco. Deme un minuto para vestirme, por favor.

—Salga del camarote. Ahora mismo. Con las manos en la cabeza —insistió.

Zafra no puedo evitar girarse por un segundo para vigilar a su espalda. El pantalán solitario y oscurecido como un borrón de tinta fue lo único que atinó a distinguir. ¿Dónde se había metido el arquitecto? *Sé que estás ahí. Sal de una vez.*

Sintió la apertura del mamparo del camarote y lo siguiente el silbido de un objeto en dirección a su cabeza. Retrocedió veloz e instintiva, un martillo rasgó el aire junto a su sien. Logró esquivar el golpe pero trastabilló y perdió el equilibrio. Intentó encañonar a su agresor desde el suelo pero el otro fue más rápido. Le machacó la muñeca diestra de un martillazo haciendo volar la pistola hasta la cabina del barco. El dolor invadió su cerebro en avalancha. Pese a ello, alcanzó a enfocar al tipo alto, de ojos verdosos, que se disponía a descargar de nuevo el martillo sobre ella.

El estampido de una detonación llenó súbito el aire. La cabeza del tipo reventó ante sus ojos. Su cuerpo cayó vencido sobre las aguas aceitosas. Aturdida aún, Zafra se arrastró hasta la borda y contempló a Bosco Riera, con su escopeta de caza entre las manos. Sombrío, impávido, rígido como un autómata.

Al extremo del pantalán, los guiñoteos de las luces azules y rojas de los coches patrulla le alertaron de la llegada de sus compañeros, que corrían ya pistola en mano hacia el amarre. Coco le dio una voz furiosa al arquitecto ordenándole que bajara la escopeta. Bosco lo miró inexpresivo, arrojó su arma al agua y se sentó en el muelle a esperar a que todo acabase.

Solo entonces Zafra atisbó por la puerta abierta del camarote y lo que vio le hizo dar un respingo de adrenalina. Se proyectó de cabeza al interior y lanzó una recia patada con su pierna derecha contra la espalda de la mujer que estaba asfixiando a una muchacha desnuda y maniatada sobre una isla de madera. La estranguladora soltó un aullido de dolor y se vino abajo. Por las dudas, le pateó la cabeza con la izquierda y se precipitó sobre la víctima. La reconoció en el acto. La chica pelirroja a la que había visto en la cremación de la juez Linares.

Aflojó las medias que rodeaban su cuello tumefacto. Tomó su pulso y creyó percibir un remoto repunte en la yema de sus dedos. Sajó las bridas que la mantenían boca abajo. Llorando de rabia, le echó la cabeza hacia atrás, pinzó su nariz, inspiró con toda la capacidad de sus pulmones, adhirió sus labios a los labios cianóticos de ella y empezó a insuflarle aire por la boca. Con los ojos empapados en lágrimas, acertó a ver cómo el tórax de la pelirroja se elevaba apenas unos milímetros. Inspiró con fuerza y la colmó de nuevo con su aliento.

XV.
Anoxia

Y lo consiguió. Alentarla antes de que llegase la ambulancia con el concurso de otro agente que le practicó a su vez un masaje cardíaco. Tres minutos y medio después de la parada cardiorrespiratoria. De no ser por la subinspectora Zafra, hubiera muerto o quedado en estado vegetativo. Gracias a su reanimación, la anoxia se saldó con una semana de hospital y una disfunción cerebral mínima que se concretaba en severos dolores de cabeza, confusión espontánea y convulsiones musculares cada vez más intermitentes. Su capacidad de concentración reducida y las fluctuaciones en su estado de ánimo, las anotó a beneficio de inventario. Creía haberlas superado al cabo de pocas semanas. Los esteroides y el trabajo con los fisios influyeron mucho en su recuperación.

Al que no hubo manera de recuperar fue a Daniel Vidal. Bosco Riera le disparó una carga de postas para jabalí a poco más de cinco metros de distancia. El impacto destrozó el cráneo del dentista. Las pruebas genéticas obtenidas con sus restos dieron resultado positivo en la comparativa con las muestras halladas en el cuerpo de Micaela Fernández. Definitivamente pudo establecerse que Vidal fue el alevoso asesino de la venezolana.

El arquitecto Riera se encuentra a día de hoy en prisión preventiva a la espera de juicio penal. Su nuevo abogado no cuenta con demasiados ases en la manga para evitarle una condena, pero quizá sí consiga reducirla. No en vano su oportuna intervención evitó el asesinato de la subinspectora Zafra por Vidal, y el de Raquel a manos de su esposa. Esta, Amalia Romero, fue detenida e ingresada en un centro psiquiátrico de alta seguridad tras negarse a declarar y ser examinada por varios peritos psiquiátricos. Las evidencias encontradas en su mansión del Carrascal señalan que fue la colaboradora necesaria, inductora e incluso ejecutora material en algunos de los crímenes atribuibles a su esposo. La cantidad de estos no ha podido determinarse aún con certeza. El parricidio de su madre resulta indemostrable, así como la desaparición de Miriam Torres en Barcelona quince años atrás. Pero las grabaciones de vídeo que el matrimonio atesoraba muestran cómo Amalia gustaba de filmar las efusiones de su marido con diversas mujeres, Alicia Jarque en su propia casa la última de ellas, a lo largo de los años y en diversos escenarios de todo el continente. La identificación y el paradero de estas mujeres va a ocupar a la policía durante un tiempo. Amalia Romero y Daniel Vidal salían de viaje cinegético en su caravana con periodicidad anual.

Ambos llevaban compartiendo su vida y su locura homicida durante algo más de tres lustros. Desde que se conocieron en el Hospital Universitario de Bellvitge, donde cursaron juntos la carrera de Odontología, si bien ella nunca la finalizó y por tanto no figuraba en la orla estudiantil que Imbernón aportó al informe. El número de sus víctimas está aún por establecer; pero parece claro que Daniel no compartía todos sus asesinatos con Amalia. Al menos no lo hizo en el caso de Micaela. La reservó para sí mismo en exclusiva y eso fue uno de los factores determinantes que condujo al descubrimiento final de su autoría. Otros fueron su semen en el cuerpo de la víctima y el escapulario con que obsequió a su víctima colateral y, a la postre, su verdugo, el arquitecto Bosco Riera. La cuestión sería: ¿por qué dejó esas huellas pudiendo haberlo evitado?

Desde el punto de vista criminalístico y psiquiátrico, las explicaciones a su actitud son múltiples e inseguras. Porque quería aumentar el riesgo, doblar la apuesta, dejar una firma individual y egotista en sus crímenes por lo común compartidos con Amalia y siempre impunes hasta la fecha. Esas serían las respuestas canónicas. En opinión de Raquel, lo hizo porque buscaba desesperadamente una solución de continuidad para su sociopatía. Esto es, porque deseaba acabar. ¿En qué se basó para establecer semejante juicio? En el hecho de que no utilizó su Sig Sauer para enfrentarse a Zafra o a Bosco. En la tranquilidad extrema de su voz antes de salir de su yate en busca de la muerte. En la expresión de su rostro y de sus ojos mientras le inyectaba la lidocaína. Los ojos de alguien que busca a toda costa un final. Elementos puramente subjetivos, por no decir instintivos, pero más que suficientes para Raquel al menos. Pues, si el registro de ángulos muertos en la visión de conjunto tal vez nunca sea su punto fuerte, un instinto depredador que a veces sustituye al conocimiento siempre fue parte de su carácter y, probablemente, continuará siéndolo en su carrera como investigadora.

Por lo demás, la muerte o la enfermedad acontecen puntuales, pero la vida prosigue ajena a cualquier vaina. Una vez quedó claro que Raquel iba sobrevivir sin taras excesivas a la anoxia, Maqueda se cansó de insultarla e hizo amago de patear sus posaderas laborales. No solo había arriesgado su vida de un modo suicida, es que además había comprometido la supervivencia de la empresa al dejar al descubierto las infracciones a la Ley 23/1992 de Seguridad Privada cometidas por su propietario. Los contactos del viejo en el Cuerpo y la Judicatura lograron salvar los muebles al cabo. Raquel supone que el recuerdo de Marian o quizá el del Sefardí y sus pelotas bien puestas le hicieron reconsiderar su actitud y mantenerla en nómina hasta la fecha. Aunque para ello habría que adjudicarle un grado de sentimentalidad que Maqueda jamás admitiría.

En cuanto a los policías, Zafra y Cocoví andan envueltos en un asunto espinoso que atañe a cierto individuo desaparecido, un periodista cuyo paradero se ignora desde hace varias semanas; pero que exuda el tufillo del rapto y el homicidio. Que la fortuna y el instinto los acompañen en su búsqueda. Eso les deseó a su bendita salvadora y a su bigotudo jefe cuando se despidieron de ella tras tomarle declaración en el hospital. Los tendrá presentes en sus oraciones.

Ella nunca fue una persona religiosa pero tal vez su actual disfunción cerebral haya cambiado eso. El lugar, un bar de ambiente a primera hora de la noche, y la parroquia, cinco amigas suyas y cinco amigos aportados por Joaquín Morales, quizá no parezcan los más convenientes. La tradición hebrea reclama un *minyán* de diez hombres justos para la oración, pero Raquel ha debido adaptarse a sus circunstancias. Yavhé seguro sabrá entender y disculpar. Pues en su opinión los textos, sagrados o no, deberían empezar a ser escritos más a menudo por las hembras que los protagonizan con su arrojo y menos por algunos hombres que los pervierten con sus embustes. Y las plegarias como ese kadish, aprendido de los labios de su padre en la infancia, rezadas también por las mujeres que alumbran la vida de los miembros de esta tribu y de las demás tribus de la tierra.

Raquel Bonafed reza mientras recuerda los ojos del asesino. Reza porque quiere que la muerte guarde a sus víctimas, las sostenga e ilumine en la tiniebla de su enigma. Raquel reza por Micaela Fernández, por Miriam Torres y por Verónica Palacios. Por el nombre ignorado de las otras víctimas del horror de Vidal. El Horror con mayúsculas. Ese horror que nunca acaba y se repite a todas horas y en tantos lugares de la tierra; y que requiere continuo combate. Reza por Marian Linares, la más pura de las guerreras que ella tuvo la fortuna de conocer y amar por tan corto tiempo; repite el nombre revelado y reza al fin por Simón Bonafed, reza por el Capitán Araña tantos meses después de su marcha. Reza por su madre zombi, encerrada en los confines de su propia mente ruinosa. Reza por todos y cada uno de sus fantasmas, y obtiene a cambio el recuerdo de una mirada. La impronta de una mirada. Aquella que emparentaba a Marian con su padre: la mirada de la piedad. Y sí, Raquel lo intuye mientras reza, la mirada es conciencia al fin.

PREMIOS DE NOVELA NEGRA
CIUDAD DE GETAFE

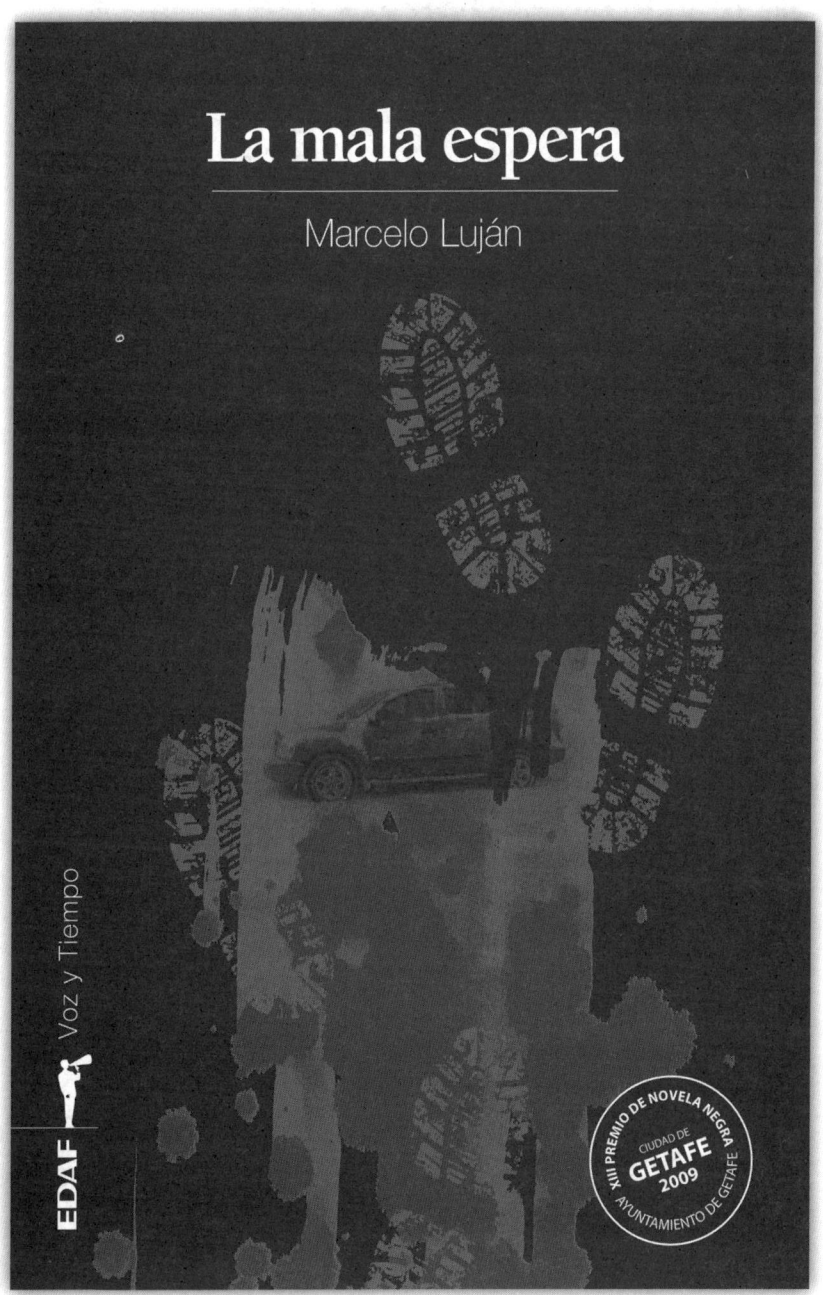

No hay perro que viva tanto

Francisco Balbuena

 Voz y Tiempo

edaf

XIV PREMIO DE NOVELA NEGRA CIUDAD DE GETAFE 2010
AYUNTAMIENTO DE GETAFE